Zum BUCH

2005: Lewis, Janet, Jeff und Liz erhoffen sich ein Abenteuer, ein Wanderurlaub in den Bergen - genau nach ihrem Geschmack. Trotz einiger beängstigender Vorkommnisse während der Fahrt in die Berge entscheiden sie sich, zu bleiben. Als sie allerdings auf die Rucksäcke einer verschollenen Wandergruppe stoßen und nach und nach mysteriöse Anzeichen auf deren Verbleib finden, beginnt ein Albtraum, aus dem es kein Entrinnen zu geben scheint...

1995: Idyllische, weite Wälder und glasklare Seen. Nichts anderes wollen Marcel, Inge, Matthias, Gudrun, Alexander und Ralf, als sie sich dazu entscheiden, einen Urlaub in den Bergwäldern zu machen.

Doch dann verliert sich jede Spur von ihnen…

Zum AUTOR

Niklas Quast wurde am 7.3.2000 in Hamburg-Harburg geboren und wuchs im dörflichen Umland auf. Nachdem er eine Ausbildung zum Groß- und Außenhandelskaufmann absolvierte, arbeitet er nun in einem Familienbetrieb und widmet sich nebenbei dem Schreiben.

NIKLAS QUAST

SPURLOS

ROMAN

2.Auflage 2022

Covergestaltung:
Galax Acheronian (www.acheronian.de)

Lektorat:
Birgit Voigt

Niklas Quast
Emsener Straße 25
21224 Rosengarten

Druck und Bindung:

TWENTYSIX
Eine Marke der Books on Demand GmbH
Herstellung und Verlag:
BoD – Books on Demand, Norderstedt

ISBN: 9783740716295

1 *Freitag, 15. Juli 2005*

Lewis stopfte sein T-Shirt in den Rucksack. Janet hatte ihren schon längst gepackt, nur bei ihm dauerte es wie immer ein bisschen länger.

»Nun mach schon!«, drängte Janet.

»Wir haben nicht ewig Zeit. Außerdem warten Jeff und Liz bereits auf uns.«

»Ist ja gut. Aber es ist doch erst kurz nach halb eins, wollten wir uns nicht um Punkt eins treffen?«

»Eigentlich schon, aber sie sind auch schon fertig. Wir können also früher starten, wenn du denn endlich mal in die Gänge kommen würdest.«

»Klingt logisch«, meinte Lewis zustimmend.

»Wie alles, was ich sage«, witzelte Janet.

»Das wage ich zu bezweifeln.«

Lewis musste lachen.

»Bist du dir sicher?«, fragte sie neckisch.

»Ja. Lass uns los, ich bin jetzt fertig.«

»Wenn du meinst.«

Janet sah ihn zweifelnd an, Lewis konnte sich ein Grinsen nicht verkneifen.

Sie gingen zum Auto und Lewis schloss die Fahrertür auf. Im Inneren des Wagens war es enorm heiß, er startete den Motor und schaltete sofort die Klimaanlage an. Es war ein heißer Sommertag, schon zur Mittagszeit waren es laut des Thermometers fünfunddreißig Grad. Viel zu warm, wenn es nach Janet ginge. Deshalb hatte sie einen Wanderurlaub in den Bergen vorgeschlagen – um der Hitze zu entfliehen, wenn auch nur für fünf Tage. Die Idee war direkt bei allen gut angekommen, nur Lewis hatte zu Anfang noch etwas darüber nachdenken müssen. Aber zuliebe hatte er sich darauf eingelassen, und Janet war froh darüber.

Wenig später steuerte Lewis den Wagen rückwärts vom Hof auf die Straße. Durch die Hitze war der Asphalt langsam aufgeweichen, an einigen Stellen hatten sich große Schlaglöcher aufgetan. Den Pflanzen war die wochenlange Hitze auch schon anzusehen, viele hatten diese Zeit nicht überlebt.

Plötzlich ertönte ein Hupgeräusch. Janet sah im Rückspiegel, wie ein blauer Chevrolet an sie heranraste und ihnen beinahe hinten auffuhr. Lewis schlug empört auf die Hupe, woraufhin der Beifahrer jedoch nur das Fenster herunterkurbelte und während des Überholvorganges den Mittelfinger herausstreckte.

»Vollidiot!«, schrie Lewis, doch das hatte keinen wirklichen Zweck mehr.

Der Chevrolet war bereits mit quietschenden Reifen im Wald vor ihnen verschwunden.

»Was sollte das denn?«, fragte Janet irritiert.

»Ach keine Ahnung.«

Lewis wirkte verunsichert.

Wenige Augenblicke später bog er von der Straße auf den unbefestigten Weg vor Jeffs Haus ab. Der Kies knirschte unter den Reifen, und er fuhr so weit vor, bis die Front seines Wagens beinahe das Garagentor berührte. Nach einer Minute erschienen Jeff und Liz vor dem Haus und steuerten auf den Wagen zu. Beide trugen einen Rucksack auf den Rücken, Jeff öffnete Liz die Tür und stieg anschließend von der anderen Seite aus selbst in den Wagen.

»Na ihr beiden«, begann Liz das Gespräch.

»Wie siehts aus? Freut ihr euch schon?«

»Was denkst du denn?«, fragte Janet zurück.

»Ich wäre überrascht, das Gegenteil zu hören. Vor allem, weil es ja deine Idee war.«

Er zwinkerte ihr zu.

»Eine gute Idee?«, wollte Janet von ihrer Freundin wissen.

»Das wird sich noch herausstellen. Aber ich denke schon.«

Liz grinste.

»Und du, Lewis?«

Liz sah ihn fragend an.

»Was?«

Er war so in den Straßenverkehr vertieft gewesen, dass er von dem Gespräch zwischen Janet und Liz nicht viel mitbekommen hatte.

»Ob du dich schon freust.«

»So einigermaßen.«

Die erwünschte Begeisterung konnte er noch nicht zu einhundert Prozent aufbringen – er ging aber davon aus, dass sich das bald ändern würde. Auch, wenn es eigentlich eine harmlose Sache gewesen war, musste er ständig an das Überholmanöver von eben denken.

»Wo kaufen wir denn unseren Proviant?«, wechselte Liz das Thema.

»Gleich kommt ein Supermarkt«, sagte Lewis.

»Was und wie viel wollen wir denn überhaupt mitnehmen?«, schaltete Jeff sich ein.

»Wir müssen Sachen für vier Tage kaufen. Vieles wird nicht in die Rucksäcke passen, das bleibt dann halt im Kofferraum. Wir nehmen immer nur die Dinge, die wir für den jeweiligen Tag brauchen, mit. Wir werden öfter zum Auto zurückkehren müssen, da wir nicht alles transportieren können.«

»Aber womit...«

Lewis schnitt Jeff das Wort ab.

»Ich habe einen Campingkocher dabei. Darüber können wir uns kleinere Mahlzeiten zubereiten. Es ist ja nur für vier Tage, das geht ja noch.«

»Wir werden es schon aushalten«, erwiderte Liz zuversichtlich.

»Vier Tage, weit entfernt von jeglicher Zivilisation. Klingt wie ein billiger Horrorstreifen«, meinte Janet und lachte.

Kurz darauf steuerten sie auf den Parkplatz des Supermarktes zu. Lewis ließ seinen Blick durch die Gegend schweifen. Die Filiale des „Walmart" hatten er und Janet schon des Öfteren besucht, das letzte Mal vor etwa zwei Wochen, als sie Lewis' Geburtstag gefeiert hatten. Auf dem Parkplatz standen einige Autos, und als Lewis sah, wer direkt vor der Eingangstür parkte, wurde ihm mulmig zumute. Es war der blaue Chevrolet, das Auto, mit dem sie beinahe den Unfall gehabt hatten.

»Was ist? Du siehst geschockt aus.«

Jeff wandte sich fragend an ihn.

»Der Chevrolet da ist uns vorhin beinahe aufgefahren und hat uns dann mit einem mordsmäßigen Tempo überholt. Als ob das nicht schon genug wäre, hat der Beifahrer dann auch noch den Mittelfinger in die Luft gestreckt, als ich gehupt habe.«

»Waren bestimmt nur solche Teenager-Idioten. Du weißt schon, die Jugend von heute«, meinte Jeff.

»Und wenn dem nicht so ist?«

Lewis war sich unsicher.

»Mit denen werden wir schon fertig. Mach dir keinen Kopf.«

Er parkte den Wagen mit etwas Abstand zu dem blauen Chevrolet, während Jeff, Liz und Janet schon zum Eingang des Supermarktes gingen. Er stieg aus, ging an dem Wagen vorbei und begab sich selbst ins Innere des Marktes, wo er bereits erwartet wurde.

»Was denkst du sollen wir kaufen?«, wollte Jeff wissen.

»Na ja, ich habe wie gesagt einen Campingkocher, das heißt, wir können uns kleinere Mahlzeiten wie Ravioli oder ähnliches zubereiten.«

»Ravioli klingt doch gut«, mischte sich Liz in das Gespräch ein.

»Wie viel wollen wir denn davon mitnehmen? Zwei Dosen? Oder vier?«, fragte Jeff

»Erstmal zwei. Gibt ja auch noch andere Möglichkeiten«, war die Antwort von Lewis.

»Und du Janet? Was schlägst du noch vor?«, ergänzte er.

»Ravioli ist okay. Wir können uns noch Spaghetti mitnehmen, dann haben wir schon für zwei Tage Essen. Die Frage ist, was wir die restlichen Tage zu uns nehmen wollen.«

»Ich könnte mein Glück beim Jagen versuchen. Ich... bin ziemlich gut«, gab Jeff zwar zögernd, aber nicht ohne Stolz von sich.

»Klingt gut. Hast du dich informiert, welche Tiere du da jagen kannst?«, fragte Lewis neugierig.

»Von Kaninchen über Rehe bis hin zu Hirschen und sogar auch Bergpumas. Alles dabei. Außerdem gibt es dort eine Menge Seen, in denen viele Fischarten beheimatet sind. Deswegen habe ich auch mein Angelzeug eingepackt.«

Während Jeff sprach, bemerkte Lewis im Augenwinkel, wie zwei mittelgroße Gestalten den Gang neben ihnen entlanggingen. Es waren zweifellos die beiden Chevrolet Fahrer, Lewis erkannte sie an den Haaren desjenigen, der ihnen den Mittelfinger entgegengestreckt hatte.

»Scheiße!«

»Was ist denn?«

Jeff sah ihn fragend an, Janet übernahm das Wort.

»Das sind die beiden, die in dem Chevrolet saßen«, flüsterte sie.

Plötzlich kam einer der beiden jungen Männer genau auf Lewis zugeschritten. Er trug eine Baseballkappe mit dem Logo der Boston Red Sox.

»Entschuldigt mal eben. Könnt ihr uns kurz helfen?«

»Klar«, meinte Liz.

»Was sucht ihr denn?«

»Wir suchen nur Alkohol, aber das ist ja erstmal nebensächlich.«

Er zwinkerte ihr zu.

»Mein Name ist übrigens Josh. Er dahinten heißt Edward, ihr könnt ihn aber auch Ed nennen.«

»Hi«, sagte Ed.

»Mein Name ist Liz. Das ist mein Freund, Jeff, und das sind Lewis und Janet.«

Ein enttäuschter Blick huschte über Joshs Gesicht, als Liz erwähnte, dass Jeff ihr Freund sei. Liz hingegen lächelte. Josh war klein und stämmig, Ed etwas größer aber auch nicht gerade schlank. Sie wirkten beide extrem ungepflegt, Lewis schätzte sie auf Anfang zwanzig. Josh fuhr sich mit der Hand durch seine fettigen braunen Haare. Ed hatte rote Haare, die ihm an seiner verschwitzten Stirn klebten.

»Ihr sucht Alkohol?«, fragte Jeff, um wieder zum ursprünglichen Thema zurückzukommen.

»Ja. Soll schon was Härteres sein«, meinte Josh.

»Wozu braucht ihr das?« fragte Liz.

»Wir werden in die Berge fahren. Wandern, saufen... Genau das

Richtige!«, sagte Josh und lachte.

Lewis wurde übel. *Jetzt fahren die Spinner uns auch noch hinterher*, dachte er. *Das kann ja was werden.*

»Wir fahren auch in die Berge, für vier Tage. Ihr könnt euch uns gerne anschließen«, erwiderte Liz.

Lewis und Janet blickten sie entsetzt an.

»Das Angebot nehmen wir gerne an. Wohin fahrt ihr genau?«, fragte Josh neugierig.

»In die Berge halt. Folgt uns einfach.«, sagte Liz lachend.

»Machen wir. Oder Ed? Was denkst du?«

»Das ist eine sehr gute Idee!«, erwiderte sein Freund gut gelaunt.

»Gut.«

Josh ließ seinen Blick durch die Regalreihen streifen. Lewis' Laune befand sich auf dem Tiefpunkt. *Was soll das?*, fragte er sich. *Was bezweckt Liz damit, diese beiden mitzunehmen?*

»Dann kaufen wir den Rest ein und fahren los. Bleibt ihr auch fünf Tage?«, wandte Liz sich an die beiden jungen Männer.

»Logo. Fünf Tage ist eigentlich zu wenig, aber mehr konnten wir nicht machen. Besser gesagt mein Chef wollte nicht mehr machen«, meinte Josh und konnte sich ein Grinsen nicht verkneifen.

»Habt ihr euch denn schon genug Proviant geholt?«

Liz sah die beiden fragend an.

»Viel brauchen wir nicht. Chips, Schokolade... Das Übliche halt, hier sieht unsere Ernährung auch nicht viel anders aus.«

Kein Wunder, dass die so aussehen, dachte Lewis und schämte sich im selben Moment über so einen abwertenden Gedanken.

»Wir kümmern uns um die richtigen Mahlzeiten. Ravioli, Spaghetti... Was noch?«, fragte Liz.

»Wozu braucht man schon richtige Mahlzeiten?«, fragte Josh mehr sich selbst als die anderen.

Lewis wollte erst „Vielleicht, um nicht so auszusehen wie du" sagen, verkniff sich jedoch die Bemerkung, um nicht unnötigen Ärger heraufzubeschwören.

»Na ja, ich habe keine Lust, mich die ganze Zeit von Chips und Schokolade zu ernähren. Das ist doch auf Dauer nichts. Außerdem hat es viel zu viele Kalorien«, meinte Jeff bestimmt.

»Kalorien zählen, hab' ich noch nie gemacht«, murmelte Josh.

Lewis wollte darüber gar nicht weiter nachdenken, er hoffte nur, dass dieses Gespräch bald ein Ende nehmen würde.

»Ist doch auch egal jetzt«, mischte Liz sich ein.

»Also, was wollen wir noch mitnehmen?«

»Ich glaube, mehr werden wir nicht brauchen. Vielleicht noch etwas Brot oder so, da wir ja nicht immer warm essen werden können. Aber ich gehe jagen, ich denke, ich werde viel fangen. Es wird da nur so wimmeln vor Tieren. Und falls nicht, gibt es viele Gebirgsseen. Da werden wir auch einige Fische zu Gesicht bekommen.«

»Nicht ganz nach meinem Geschmack«, murmelte Josh.

»Aber es ist auszuhalten. Es sind ja nur vier Tage.«

»Genau. Wir werden ja nicht für immer dableiben«, bestätigte Ed.

»Zum Glück«, sagte Josh so leise, dass es keiner mitbekam.

»Also Jungs. Ich würde sagen, wir bezahlen jetzt unsere Sachen. Nehmt ruhig noch ein paar Tüten Chips oder so mit, die kann man ja immer mal essen«, meinte Liz freudig.

Josh und Ed gingen in die Abteilung mit den Chips und kamen mit fünf Tüten in den Händen wieder. Diese legten sie mit einem Sechserpack Cola auf das Kassenlaufband und bezahlten.

Liz, Jeff, Lewis und Janet folgten ihnen mit etwas Abstand, außer Hörweite.

»Was soll das denn werden?«, zischte Lewis.

»Bleib locker. Wir werden bestimmt Spaß haben.«
Liz wirkte sehr zuversichtlich.

»Spaß haben? Weißt du eigentlich, wie knapp das vorhin war? Wären die uns hinten aufgefahren, wären wir jetzt nicht hier«, erwiderte Lewis wütend.

»Vergiss das Ganze einfach. Bist du dir überhaupt sicher, dass das die beiden waren?«

»So viele blaue Chevrolet Epica werden hier wohl kaum rumfahren!«

»Trotzdem bestünde die Möglichkeit, dass du dich getäuscht hast! Oder hast du dir das Kennzeichen gemerkt?«
Liz sah ihn fragend an.

»Nein«, meinte Lewis.
Er warf Janet einen kurzen, eindringlichen Blick zu.

»Und du?«

»Ich auch nicht. Das ging viel zu schnell! Aber... ich glaube, dass sie es waren.«

»Ist ja auch egal. Wir werden sehen, wie sie sich machen. Sollte es Streit geben, trennen wir uns einfach.«
Wenig später gingen auch sie zur Kasse. Lewis packte die Raviolidosen und die Spaghetti auf das Kassenband, Jeff legte das Brot dahinter. Während Ed und Josh vor ihnen bezahlten, versuchte Lewis, die Situation so positiv wie möglich zu sehen. *Was, wenn wir uns tatsächlich nur getäuscht haben?* Er glaubte es zwar selber nicht, aber es war immerhin möglich. Als sie den Walmart verließen, warteten Ed und Josh schon vor ihrem Auto, dem blauen Chevrolet Epica. Lewis wurde ganz mulmig zumu-

te, als sich die gefährliche Situation von vorhin wieder vor seinem inneren Auge zeigte. Er konnte es einfach nicht vergessen. Es war wirklich sehr knapp gewesen, es hatte nicht viel zu einem heftigen Unfall gefehlt. Lewis ignorierte die beiden und stieg in seinen Ford Fiesta ein. Die Hitze schlug ihm erneut entgegen, und das, obwohl er im Schatten unter dem Dach des Walmart geparkt hatte. Janet setzte sich auf den Beifahrersitz, Jeff und Liz nahmen wieder auf der hinteren Sitzbank Platz. Nachdem er den Motor gestartet hatte, schaltete Lewis sofort die Klimaanlage an und steuerte rückwärts vom Parkplatz auf die Straße zu.

»Wie weit ist es jetzt bis zu dem Sportgeschäft?«, wollte Liz wissen.

»Ungefähr eine Meile«, erwiderte Lewis knapp.

Er war noch immer sauer, obwohl er wusste, dass das jetzt nichts außer Unruhe innerhalb der Gruppe bringen konnte. Er musste sich auf die Situation einlassen und die Gegebenheiten akzeptieren. *Hoffentlich benehmen sie sich wenigstens ordentlich.*

»Was für eine Piste«, murmelte Jeff wenig später, und Lewis musste ihm innerlich zustimmen.

»Warte mal ab. Nachher wird es noch schlimmer. Die ganzen Gebirgsstraßen rauf und runter«, sagte Lewis.

»Ich freu mich jetzt schon drauf«, murmelte Liz.

Lewis konnte sich ein Grinsen nicht verkneifen. Endlich war es mal Liz, die sich mit der Situation nicht anfreunden konnte.

»Du klingst so negativ. Wie kommt's?«

»Nun ja, ich kann dieses Ruckeln nicht so ab. Frag nur mal Jeff.«

Lewis blickte Jeff durch den Innenspiegel an.

16

»Sie hat mir das ganze Auto vollgekotzt, allerdings auch nur, weil sie zu viel getrunken hat. Aber das ist lange her.«

Kurz darauf hatten sie bereits das Sportgeschäft erreicht. Mithilfe des Blinkers gab Lewis Josh und Ed zu verstehen, links auf den Parkplatz zu fahren. Als er die Tür öffnete, schlug ihm eine immense Hitzewelle entgegen, was zur Folge hatte, dass er sofort wieder zu schwitzen begann. *Ätzende Hitze!* Die Temperatur trug nicht gerade zu einer Verbesserung seiner allgemeinen Laune bei, was allgemein auch für die aktuelle Situation galt. Janet schien das Gleiche zu denken, denn sie fächerte sich mit der Hand Luft zu. Josh und Ed stiegen wenig später aus ihrem Auto und blickten Lewis an.

»Was wollt ihr hier denn noch?«, fragte Josh genervt.

»Wir brauchen Wanderschuhe und Trinkflaschen«, meinte Liz.

»Glaubt ihr wirklich, dass wir Wanderschuhe brauchen werden?«, wollte Josh von ihr wissen.

»Natürlich!«, erwiderte Lewis überzeugt, obwohl er nicht direkt angesprochen worden war.

Es war deutlich zu sehen, dass Josh ein Auge auf Liz geworfen hatte – diese hingegen nahm das, genau wie Jeff, entspannt zur Kenntnis.

»Wir werden viel auf unbefestigten Pfaden wandern. Und mit solchen Wanderschuhen hat man einfach den besten Halt.«

»Dann holen wir uns auch welche, oder Ed?«

»Na klar. Ist einfach am besten, wie Lewis schon sagt.«

»Und Flaschen zum Auffüllen, da wir an vielen Seen vorbeikommen werden und die Getränke nur unnötiger Ballast sind«, ergänzte Jeff.

Sie betraten das Geschäft. Janet ging mit Liz im Schlepptau in die Damenabteilung, Jeff, Lewis, Josh und Ed schlugen den

Weg in die Herrenabteilung ein und hatten wenig später bereits den Bereich mit den Wanderschuhen gefunden.

»Neunundachtzig Dollar fünfundneunzig. Krass«

Josh war entsetzt, als er den Preis der Schuhe sah.

»So viel muss man schon ausgeben, wenn man wirklich gutes Schuhwerk haben möchte. Du wirst noch staunen, wenn du die teilweise unbefestigten Wege siehst, die wir gehen werden müssen«, meinte Lewis.

»Na gut. Zum Glück haben wir genug Geld mitgenommen«, murmelte Josh.

»Wie viel hast du dabei?«, fragte Ed ihn.

»Zweihundert Dollar oder so.«

»Das reicht ja.«

»Wie viel hast du denn noch mit?«

»Hundert.«

»Denkt dran, dass ihr auch noch Benzingeld braucht. Der Weg ist noch weit, und ihr werdet nicht drumherum kommen, mehrmals zu tanken.«

»Sollte doch reichen. Hundertsiebzig und dann noch Benzingeld«

»Und die Feldflasche, die kostet zehn Dollar«, meinte Lewis.

»Dann eben noch zwanzig Dollar dazu. Macht Zweihundert Dollar. Wären noch hundert für Benzin. Das reicht ja locker!«

»Wenn du meinst.«

Lewis wandte sich ab und ging zu Liz und Janet. Sie hatten sich ihre Schuhe schon ausgesucht und warteten vor der Herrenabteilung.

»Die beiden sind echt anstrengend«, murmelte Lewis.

»Seid ihr noch nicht fertig?«, fragte Janet ihn.

»Noch nicht ganz. Also ich schon, aber Josh und Ed noch nicht.

Die können sich nicht entscheiden.«

Er rollte die Augen.

»Hast du deine Meinung über sie mittlerweile geändert?«, fragte Janet leise, damit Liz, die in der Umkleidekabine verschwunden war, sie nicht hören konnte.

»Was soll das denn heißen? Natürlich nicht, du etwa?«

Lewis sah sie eindringlich an.

»Ich glaube, wir haben uns getäuscht. Es gibt so viele Chevrolet Epica in blau, das ist einfach ein normales Auto in einer alltäglichen Farbe. Das war bestimmt nur Zufall.«

Lewis würde gerne glauben, was Janet gerade gesagt hatte, aber er konnte es nicht. Er glaubte nicht an Zufälle, außerdem passte alles bisher so gut zusammen. *Deren Verhalten ist nicht das Beste, zudem war es ganz klar Ed, der mir den Mittelfinger gezeigt hat.*

»Das Letzte, was ich glauben würde, ist, dass das alles Zufall ist. Das kannst du mir nicht erzählen!«

»Trotzdem denke ich nicht, dass sie uns was Böses wollen. Sie würden sich sonst doch sicher anders verhalten.«

»Ich muss mir erst noch ein Bild von ihnen machen. Ich bin mir noch nicht ganz sicher.«

In diesem Moment kam Liz aus der Umkleidekabine.

»Wie stehen mir die Schuhe?«

Im Augenwinkel sah Lewis wie Jeff, Josh und Ed näherkamen.

»Ausgezeichnet!«, meinte Jeff.

»Ja, die sehen echt gut aus!«

Josh staunte.

»Ich schließe mich den beiden an«, bestätigte Ed.

Was für eklige Schleimer, dachte Lewis und schüttelte innerlich den Kopf.

»Janet hat die Feldflaschen. Dann können wir ja jetzt bezahlen gehen«, beendete er das Gespräch.

Sie bezahlten ihre Schuhe und die Flaschen. Da es im Laden angenehm klimatisiert war, bekam Lewis wieder einen Hitzeschlag, als er das Geschäft verließ. Sofort bildeten sich Schweißtropfen auf seiner Stirn. Er ging zu seinem Wagen, verstaute die Schuhe und Flaschen im Kofferraum, setzte sich auf den Fahrersitz, ließ die anderen einsteigen und wartete, bis Josh und Ed ihr Auto betreten hatten. Danach fuhr er los.

Im Auto wurde dank der Klimaanlage gleich angenehmer, während die Temperatur außerhalb immer weiter anstieg. Der Asphalt besserte sich mit der Zeit, es traten weniger Schlaglöcher auf und die Oberfläche wurde ebener.

»Wie schaut`s aus? Wollen wir nachher in einem Restaurant essen oder uns was holen?«

Lewis wandte sich fragend an seine Freunde.

»Wir können ja irgendwann später anhalten. Wir fahren bestimmt an einigen Restaurants oder so vorbei«, antwortete ihm Liz.

Die Straße wurde schon bald wieder unebener; die Berge waren nicht mehr weit entfernt. Um kurz nach halb vier hatten sie ein kleines Dorf erreicht. Auf der linken Seite befand sich ein Supermarkt, über dem ein Schild mit der Aufschrift *Desert Market* prangte. Die Buchstaben hingen herab, an einigen Stellen war die Farbe bereits abgeblättert. Ein Restaurant auf der rechten Seite trug den Namen *Desert Valley*, hier sah das Schild etwas neuer aus. Dennoch wirkte das Etablissement von außen hin nicht gerade einladend.

»Wollen wir hier halten?«, fragte Janet.

»Gute Idee. Langsam kriege ich Hunger«, antwortete Jeff.

»Ich auch«, entgegnete Liz.

Lewis setzte den Blinker und bog auf den Restaurantparkplatz. Josh und Ed folgten ihm, sie parkten direkt vor dem Eingang. Außer seinem Auto und dem blauen Chevrolet stand nur ein einziges weiteres dort auf dem Parkplatz: ein grauer Bentley, der schon ziemlich alt aussah. Sie stiegen aus, betraten das Restaurant und setzten sich an einen Tisch, der sich nah am Fenster befand. Vor dem Tresen standen mehrere Barhocker, dahinter waren einige Gläser sauber aufgereiht. Liz nahm die Speisekarte in die Hand und warf einen Blick darauf.

»Ich nehme ein Thunfisch-Sandwich«, sagte sie, als die Bedienung an den Tisch kam. Sie reichte die Speisekarte weiter.

»Und was möchten Sie trinken?«, fragte die Bedienung, die laut ihres Namensschildes Tanya hieß.

»Eine große Cola Light, bitte.«

»Ich nehme das Gleiche wie sie. Nur... eine normale Cola dazu«, schloss sich Josh an.

»Dasselbe bitte auch für mich«, sagte Ed.

»Ich hätte gerne ein Schinken-Sandwich«, bestellte Janet. »Und auch eine Cola dazu, bitte.«

»Ich nehme einen Burger mit einer großen Portion French Fries. Und du, Jeff?«, wollte Lewis wissen.

»Ich auch. Und als Getränk eine Sprite.«

»Und Sie?«

Tanya blickte Lewis fragend an.

»Wie bitte?«

»Ihr Getränk.«

»Ach so. Auch eine Sprite, bitte.«

Tanya notierte sich die Bestellungen und verschwand kurz darauf im Küchenbereich. Josh gaffte ihr hinterher, und auch Ed starrte sie aus großen Augen an. Lewis ließ seinen Blick weiter durch den Raum schweifen. Außer ihnen saß nur ein älteres Ehepaar im Restaurant, das Essen befand sich bereits vor ihnen auf dem Tisch. Augenscheinlich die Besitzer des grauen Bentleys, er schätzte sie auf Mitte sechzig. *Die wollen bestimmt auch in die Berge*, dachte er. *Vielleicht sieht man sich ja wieder. Die Welt ist klein.* Wer hier essen ging, wohnte entweder in dem kleinen Dorf oder hatte vor, in die Berge zu fahren. Lewis überlegte kurzzeitig, die beiden zu fragen, ob sie ebenfalls in die Berge fahren wollten, verwarf die Idee dann jedoch wieder. *Man wird es sehen*, dachte er und fand im selben Augenblick auch, dass es eigentlich total unwichtig war. Sein Blick wanderte weiter durch die Umgebung. Das Thermometer, welches auf der gegenüberliegenden Seite am *Desert Market* angebracht war, zeigte mittlerweile eine Temperatur von fünfunddreißig Grad an. Es wurde immer wärmer, vermutlich war damit noch nicht einmal der Höhepunkt des heutigen Tages erreicht. Zehn Minuten später erschien Tanya mit den Mahlzeiten und Getränken. Nachdem Ed und Josh ihre Sandwiches aufgegessen hatten, entschieden sie sich dazu, noch mal zwei weitere zu bestellen, dieses Mal allerdings mit Schinken belegt. Lewis aß in kleinen Bissen seinen Burger und biss lustlos von den French Fries ab, die irgendwie etwas zu trocken und fade schmeckten. Janet hatte ihr Sandwich ebenfalls mittlerweile aufgegessen und schlürfte an ihrer Cola, während Liz gerade ihren letzten Bissen kaute. Jeff und Lewis waren noch mit ihren Mahlzeiten beschäftigt, als Tanya schon die beiden Sandwiches für Josh und Ed brachte. Sie ließen sich nicht viel Zeit und schlangen diese regelrecht in sich hinein. Lewis musste in seinem Inneren den Kopf schütteln. *Das kann ja noch was werden*, dachte er. Seine

Laune wollte sich einfach nicht bessern. Die Einzige, die seinen missmutigen Blick bemerkte, war Janet. Sie gab ihm ohne ein Wort zu verstehen, die beiden einfach nicht zu beachten, weshalb er sich wieder auf seinen halbvollen Teller besinnte. Wenige Zeit später fühlte Lewis sich satt. Jeff war gerade fertig, er winkte Tanya herbei und gab ihr per Handzeichen zu verstehen, dass sie bezahlen wollten. Zwei Minuten später erschien sie bereits mit der Rechnung am Tisch.

»Das macht insgesamt neunundzwanzig Dollar fünfzig.«

Lewis bezahlte für sich und Janet, Jeff für sich und Liz und Josh und Ed für sich selbst. Nach kurzer Zeit standen sie wieder auf dem Parkplatz vor ihren Autos. Lewis hatte sich mittlerweile an die Temperatur gewöhnt, ihm kam es nicht mehr so heiß vor, obwohl die Sonne noch immer brannte.

»So Jungs, wie siehts aus? Wir haben noch eine weite Strecke vor uns. Unser Tank reicht noch für etwa zweihundertdreißig Meilen. Wie schaut es bei euch aus?«

Lewis wandte sich fragend an ihre beiden Begleiter, Josh und Ed.

Josh steckte den Schlüssel ins Schloss und drehte ihn nach rechts. Er warf einen Blick auf den Stand des Tanks.

»Maximal fünfzig Meilen. Ich würde sagen, bei der nächsten Möglichkeit tanken wir«, meinte er.

»Gut. Dann wollen wir mal weiter.«

Lewis wollte das Auto starten, stockte jedoch plötzlich. *Moment…*

»Was ist?« fragte Janet verblüfft.

»Irgendwas ist mit dem Auto nicht in Ordnung.«

Lewis stieg aus und inspizierte den Wagen. Als er hinten angekommen war, sah er, was das Problem war.

»Wir haben einen Platten. Hinten rechts«, bestätigte er knapp, als er sich wieder im Wageninneren befand.

»Na toll! Und jetzt?«

Janet sah ihn fragend an.

»Wir haben ja zum Glück ein Ersatzrad im Kofferraum. Jeff… kannst du mir dabei helfen?«

Die beiden Männer gingen zum Kofferraum und wollten den Ersatzreifen aufziehen, als plötzlich Josh und Ed hinter ihnen standen.

»Was ist los?«, fragte Josh.

»Wir haben einen Platten«, erklärte Lewis.

Josh und Ed gingen zum Heck ihres Wagens und wollten sich versichern, ob mit ihrem Auto alles in Ordnung war. Das Resultat verschlug ihnen die Sprache.

»Hinten rechts«, murmelte Ed.

»Ihr habt auch einen Platten?«, fragte Lewis irritiert.

»Ja«, bestätigte er.

»Nun, das kann eigentlich kein Zufall mehr sein«, meinte Lewis.

In diesem Moment stieg Janet aus dem Auto. Sie ging zu Lewis, beugte sich nach unten und begutachtete nun ebenfalls den kaputten Reifen.

»Was kann kein Zufall sein?«, wollte sie wissen, nachdem sie wieder aufrecht stand.

»Dass der Reifen platt ist. Das ist bei Josh und Ed genau so, sogar exakt an derselben Stelle!«

Lewis schaute sich den Reifen näher an. Er drehte ihn, bis er die Stelle fand, an der das Objekt an Luft verlor.

»Aufgeschlitzt. Schaut!«

Lewis wies auf den kaputten Reifen.

Jeff und die anderen warf einen Blick darauf.

»Das sieht übel aus! Aber zum Glück hast du ein Ersatzrad.«

Auch Josh hatte bereits ihren Reifen abmontiert. Sie legten beide nebeneinander und stellten fest, dass der Einschnitt genau an derselben Stelle erfolgt war.

»Krass«, meinte Josh.

»Ja«, bestätigte Ed.

»Da wusste aber jemand, was er macht«, fügte Jeff kopfschüttelnd hinzu.

»Das kann kein Zufall sein«, war Liz der Ansicht, die mittlerweile auch dazugekommen war, aber bislang nur still zugehört hatte.

»War bestimmt nur irgendein Streich von Leuten, die Langeweile hatten«, war Janets Meinung.

Lewis wusste nicht, was er sagen sollte. Es passte nicht in das Bild, das er sich von der Situation gemacht hatte. Er war ratlos. Es bestätigte den Verdacht, dass Josh und Ed nichts mit der Sache zu tun hatten, dass sie also eigentlich harmlos waren. Er war der Meinung, dass die ganzen Vorkommnisse miteinander verbunden sein mussten, weil er einfach nicht an Zufälle glaubte. Er gab insgeheim denjenigen die Schuld an dem Vorfall mit dem aufgeschlitzten Reifen, die ihnen vorhin beinahe aufgefahren waren, was also bedeutete, dass es einen weiteren blauen Chevrolet Epica geben musste – oder, dass Josh und Ed ihnen sehr übel mitspielten, wovon er aber mittlerweile nicht mehr ausging. Lewis warf noch einmal einen letzten Blick auf den Reifen. Es war ein ziemlich großer Einschnitt, er fragte sich, mit was für einem Gegenstand dieser gemacht worden war. Es musste etwas Größeres gewesen sein, größer als eine Glasscherbe oder dergleichen. *Vielleicht ein Taschenmesser. Vielleicht ein spitzer Stein.* Lewis wollte sich darüber nicht den Kopf zerbrechen, da die Antwort auf diese Frage sowieso nicht auf einmal vom Himmel fallen würde. Stattdessen wollte nur noch weg aus diesem unheimlichen Kaff - es bereitete ihm starkes Unbehagen. Bei der Montage des Ersatzreifens beeilte er sich, sodass beide Autos wenige Minuten später bereits wieder startklar waren. Der Weg ins Ungewisse konnte weitergehen.

Schon bald wurde aus der wüstenartigen Landschaft dichter Wald, der nie aufzuhören schien. Neben der Fahrbahn ragten Bäume hoch in den Himmel, von der kargen Umgebung, die zuvor über viele Meilen geherrscht hatte, war nichts mehr zu sehen.

»Wie lang zieht sich das denn noch hin?«, fragte Lewis in die Runde.

»Ist doch angenehm«, meinte Liz entspannt.

»Besser als dieses grelle Licht auf offener Fläche. Der Sand reflektiert das Ganze ja zusätzlich noch, und ich finde das auch gerade für die Augen wesentlich angenehmer.«

»Stimmt«, bestätigte Lewis und warf kurz darauf einen Blick auf den Meilenstand.

Siebzig Meilen, seit sie aus dem Dorf losgefahren waren. Plötzlich erinnerte er sich an Joshs Worte. Er hatte die beiden, auch, wenn er das zuvor für unmöglich gehalten hatte, einfach vergessen. *Maximal fünfzig Meilen.* Er blickte in den Rückspiegel, entdeckte sie nicht, drosselte das Tempo, fuhr rechts ran und wartete.

»Entweder sie sind liegengeblieben, oder sie haben umgedreht, weil sie keine Lust mehr hatten«, vermutete Lewis.

»Also ich glaube kaum, dass sie einfach umgedreht sind«, erwiderte Liz kopfschüttelnd.

»Nicht ohne einen triftigen Grund.«

»Es besteht, wie gesagt, auch die Möglichkeit, dass sie liegengeblieben sind. Das ist sogar am Wahrscheinlichsten! Josh meinte vorhin auf dem Parkplatz, dass er noch knapp fünfzig Meilen Reichweite hätte, und das ist jetzt 70 Meilen her. Wir werden wohl umdrehen müssen und zwanzig Meilen zurückfahren, um uns zu vergewissern, ob sie wirklich liegengeblieben sind. Für den Fall habe ich einen vollen Ersatzkanister im Kofferraum.«

»Sie hätten ja wenigstens mal hupen oder sonst irgendwie auf sich aufmerksam machen können«, war Janet der Ansicht.

»Sie hätten uns auf jeden Fall in Kenntnis setzen müssen! Aber egal, ich denke, das lässt sich klären.«

Lewis bog in einen engen Waldweg ein, um zu wenden. Es hatte wohl die letzten Tage einige Regenschauer gegeben, der Boden um das Auto herum war ziemlich aufgeweicht. Plötzlich sackte der Ford im Schlamm ein, und nur unter sehr großer Anstrengung gelang es Lewis, rückwärts wieder herauszukommen. Er wendete und fuhr in die Richtung, aus der sie gerade gekommen waren. Es war bereits viertel nach sechs. *Wenn das so weiter geht, erreichen wir unser Ziel nie!*, dachte Lewis. Er war genervt. Etwa eine halbe Stunde später hatten sie die Stelle er.-reicht, an der Joshs Auto hätte stehen müssen. Doch da war nichts, selbst in den kaum einsehbaren Waldwegen nicht. Er fuhr noch weitere zehn Meilen in diese Richtung, mit demselben Ergebnis.

»Entweder sie sind abgehauen, oder sie haben sich in Luft aufgelöst«, meinte Lewis sichtlich verärgert.

»Wobei Möglichkeit Nummer eins nun deutlich wahrscheinlicher ist.«

»Ich glaube es immer noch nicht. Sie haben doch so viel Geld für die Wanderausrüstung ausgegeben, einfach so abzuhauen wäre ziemlich dumm!«, meinte Liz.

Lewis drehte wieder um, es hatte keinen Sinn, weiter zu suchen.

»Na ja, aber wo sollten sie denn sein?«

Darauf konnte Liz keine Antwort mehr geben, weshalb Lewis wieder in die Richtung des Ziels fuhr. Während der weiteren Fahrt sagten sie nicht mehr viel, eine angespannte Stille herrschte im Inneren des Wagens. Um Punkt zwanzig Uhr war es laut der Karte nicht mehr weit. Lewis konnte nur noch mit Mühe seine Augen offenhalten, weshalb er rechts ranfuhr.

»Was ist los?«

Jeff warf ihm einen fragenden Blick zu.

»Wir müssen mal tauschen. Ich kann mich gar nicht mehr richtig konzentrieren. Die Umgebung wirkt irgendwie ermüdend auf mich«, erwiderte Lewis.

Er stieg aus, und sie tauschten ihre Plätze, danach fuhren sie weiter. Langsam wurde der Weg unebener, da es immer wieder bergauf und bergab ging. *Wenigstens ist die Strecke nicht so mit Schlaglöchern gesäumt*, dachte Lewis. Es war ganz angenehm, die Fahrt von der Rückbank aus zu beobachten – er lehnte sich zurück und schloss die Augen. Um halb zehn hatten sie die ausgewählte Stelle schließlich erreicht. Sie stiegen aus und Lewis öffnete den Kofferraum. Die Sonne hatte mittlerweile ihren Tiefpunkt erreicht, sie stand kurz davor, unterzugehen. Er holte die Rucksäcke und Zelte heraus und reichte sie herum. Jeder nahm den für ihn vorgesehenen Rucksack, Lewis und Jeff schleppten dazu noch die Zelte.

»Jetzt müssen wir zwanzig Minuten gehen, dann haben wir den See erreicht, an dem wir campen können«, erklärte Lewis.

Sie zogen ihre Wanderschuhe an und machten sich auf den Weg durch das dichte Unterholz. Der Boden war übersät von Blättern und zudem ziemlich rutschig, sie mussten mehrmals aufpassen, dass sie nicht ausrutschten. Liz war die Erste, die es nicht mehr schaffte, sich auf den Beinen zu halten: ihr Fuß rutschte weg und sie landete unsanft auf dem Rücken.

»Scheiße!«, keuchte sie.

»Alles okay?«, fragte Janet.

»Ich denke schon. Das ist aber auch schwierig, hier zu gehen!« Sie rappelte sich auf und setzte ihre Wanderung fort. Nach besagten zwanzig Minuten hatten sie den See erreicht. Der Weg dahin war steinig und rutschig gewesen, hatte für sie aber letztendlich kein größeres Problem mehr dargestellt. Lewis ließ seinen Blick über den Zeltplatz schweifen. Er schien schon einmal bewohnt gewesen zu sein, da verlassene Rucksäcke die Lichtung um sie herum ausfüllten. Jedoch hielt sich keine Menschenseele in der Nähe auf. Über den schlammigen Boden begab Lewis sich zu einem der verwaisten Rucksäcke und packte ihn unter den gespannten Blicken der anderen aus. Eine ungeöffnete, abgelaufene Dose mit Fisch in Tomatensoße, ein Foto mit vier Menschen drauf (Lewis schätzte, dass es ein Familienfoto war), ein altes Nokia Handy und ein Portemonnaie mit einem Ausweis. Lewis betrachtete diesen näher: Matthias Frohling, geboren am 27.2.1964 in Brandenburg, Deutschland. Das Foto musste 1989 aufgenommen worden sein, und der Ausweis war seit sechs Jahren abgelaufen. Es befanden sich außerdem jede Menge Geldscheine im Portemonnaie, doch Lewis beließ sie an Ort und Stelle. Er schaute sich die weiteren Rucksäcke an. Mit den anderen wechselte er kein Wort, bis Janet von hinten auf ihn zukam, als er gerade den zweiten Rucksack durchsuchte.

»Ziemlich merkwürdig, oder?«, fragte sie ihn.

»Auf jeden Fall. Mir ist dabei nicht so geheuer!«

Lewis ließ von dem Rucksack ab und zählte die verstreuten Ausweise.

»Sechs Stück. Ich werde die alle gleich einmal überprüfen.«

In den weiteren Rucksäcken fand er bis auf eine ältere Kamera, mehrere Notizbücher und eine Thermoskanne nichts Besonderes. Jetzt hatte er alle Ausweise zusammen, er legte sie nebeneinander und betrachtete sie genauer.

Matthias Frohling

Gudrun Frohling

Alexander Reising

Marcel Reising

Inge Möller

Ralf Schneider

Alles Deutsche, alle gebürtig in Berlin, Potsdam oder Brandenburg. *Eine deutsche Reisegruppe*, dachte Lewis.

»Die Rucksäcke scheinen sich schon länger an Ort und Stelle zu befinden. Das ist seltsam. Merkwürdig ist auch, dass jede Spur fehlt. Oder habt ihr irgendetwas gesehen?«, fragte Janet.

»Nein«, antwortete Liz.

»Da stimmt irgendetwas nicht. Ich meine, guckt euch nur das Alter an. Und die Ausweise sind alle fünf bis sieben Jahre abgelaufen. Dieser Platz scheint schon lange unbewohnt zu sein«, schaltete Jeff sich ein.

»Keine Lebenszeichen. Nichts«, murmelte Liz.

»Wartet mal eben.«

Jeff wandte sich von der Gruppe ab und betrat den naheliegenden Wald. Nach zwei Minuten kam er wieder, die Arme voller

Äste.

»Wo hast du die denn her?«

Lewis runzelte die Stirn.

»Die lagen da einfach so rum. Ein riesiger Haufen! Guckt selber! Eine gute Quelle für Feuerholz.«

Liz, Lewis und Janet folgten Jeff. Tatsächlich lag mitten im Wald ein riesiger Stapel voller Äste, darunter auch einige Holzplatten, die Jeff vielleicht vorher gar nicht aufgefallen waren. Lewis war verwundert. Es sah fast so aus, als hätte jemand seinen Sperrmüll hier entladen.

»Nehmt alle mal etwas mit. Heute Abend wird es kalt«, wies Jeff seine Freunde an.

Wortlos nahm jeder so viel mit, wie er tragen konnte. Jeff ging voran, Lewis, Janet und Liz folgten ihm. Sie hatten ihren Platz wieder erreicht und breiteten das Holz aus. Jeff verschwand erneut im Wald und kam mit einem Bündel trockenem Gras zurück. Er kramte ein Feuerzeug aus seiner Hosentasche und zündete den Haufen an, da es mittlerweile dunkel geworden war. Liz war die erste, die sich nach einiger Zeit zu Wort meldete.

»Mein Rucksack ist weg«, murmelte sie.

»Was? Wie kann das sein?«

Lewis sah sie entsetzt an.

»Er ist nicht da«, gab Liz zur Antwort.

»Hast du ihn wieder aufgesetzt, nachdem du gestolpert bist?«, fragte Janet.

»Natürlich!«

»Aber wo soll er sonst sein?«

»Passt auf«, meinte Lewis.

»Liz, du und Jeff, ihr geht noch mal in den Wald und haltet nach dem Rucksack Ausschau. Janet, wir beide bauen in der Zeit die

Zelte auf.«

Auf Lewis' Bitte hin zerstreute sich die Gruppe. Er und Janet bauten die Zelte auf und kramten den Campingkocher aus dem Rucksack hervor. Mithilfe des Dosenöffners öffnete er die Raviolidose, die er ebenfalls aus dem Rucksack hervorholte. Danach hieß es warten.

»Dauert ganz schön lange«, meinte Janet nach einiger Zeit.

Just in dem Moment kamen Jeff und Liz aus dem Wald. Irgendetwas stimmte nicht, das sahen Janet und Lewis sofort. Beide wirkten irgendwie unsicher.

»Was ist los?«, wandte Janet sich fragend an ihre Freunde, als sie sah, dass Liz am ganzen Körper zitterte.

»Im Wald liegen große Knochen. Zu groß, als dass sie von irgendwelchen Tieren stammen könnten«, antwortete ihr Jeff.

»Knochen? Aber…«, wollte Lewis anfangen, doch Jeff unterbrach ihn.

»Guckt es euch selbst an. Es ist besser, wenn ihr es mit eigenen Augen seht.«

»Auf gar keinen Fall! Ich bewege mich heute nicht mehr von hier weg. Ich denke, wir sollten zusammenbleiben und uns das Ganze morgen bei Tageslicht angucken. Dann entscheiden wir auch, ob wir abreisen oder nicht«, schlug Janet vor.

»Genau«, bestätigte Lewis.

»Na gut. Dann lasst uns ans Feuer gehen, langsam wird's kalt«, schlug Jeff vor.

»Moment«, sagte Lewis, als er merkte, dass die beiden keinen Rucksack bei sich hatten.

»Habt ihr Liz Rucksack nicht gefunden?«

»Nein. Das ist ja noch merkwürdiger. Der Rucksack war nirgends zu finden! Aber lasst uns jetzt was essen, ich habe tierischen Hunger.«

Sie setzten sich ans Feuer und aßen schweigend die Ravioli, die Lewis und Janet zubereitet hatten. Danach verabschiedeten sie sich voneinander und gingen in ihre Zelte.

»Schon ziemlich merkwürdig, oder?«, flüsterte Lewis nach einiger Zeit.

»Auf jeden Fall! Aber durch solche komischen Dinge sollten wir uns nicht den Urlaub verderben lassen. Es können auch Hirschknochen oder sonst was gewesen sein. Ich denke, es wird sich alles als harmlos herausstellen. Die einzige Sache, die mir etwas Kopfzerbrechen bereitet, ist die mit Liz Rucksack.«

»Ja, das ist es eben.«

Lewis schaute auf die Uhr.

»Zehn nach elf. Wir sollten langsam daran denken, die Augen zu schließen. Morgen wird ein langer Tag.«

»Wenn wir morgen nicht schon abreisen«, meinte Janet nachdenklich.

Lewis ignorierte ihre letzte Bemerkung. Er wollte sich darüber keine Gedanken machen, sondern den Geschehnissen erstmal ihren Lauf lassen.

»Gute Nacht«, sagte er stattdessen und gab ihr einen Kuss.

Aus dem Zelt von Jeff und Liz waren einige Geräusche zu hören, und Lewis musste bei dem Gedanken, dass sie es mitten in der Wildnis miteinander trieben, grinsen. Aber nach einiger Zeit wurde es auch dort ruhiger. Er schloss die Augen, während Janet neben ihm schon schlief. Es dauerte nicht mehr lange, bis auch er in einen traumlosen Schlaf glitt.

2 *Freitag, 15. Juli 2005*

Josh bremste ab. Er setzte den Blinker, aber Lewis machte keine Anstalten anzuhalten. Daraufhin fuhr er rechts etwas tiefer in einen kaum einsehbaren Waldweg, wollte vorher noch einmal hupen, merkte jedoch, dass die Hupe nicht mehr funktionierte.

»Scheiße! Der Tank ist leer, und die Hupe funktioniert auch nicht mehr!«

»Na toll«, murmelte Ed, als sie schon standen.

»Toll finde ich das nicht gerade«, entgegnete Josh genervt.

»Was machen wir jetzt?«, wandte sich Ed fragend an ihn.

»Was bleibt uns anderes übrig, als zu warten? Wir können nur hoffen, dass sie merken, dass sie uns verloren haben. Das kann ja wohl nicht allzu lange dauern.«

»Na hoffentlich! Aber langsam kriege ich Hunger. Hol mal eine Chipstüte und eine Flasche Cola aus dem Kofferraum. Wir können jetzt sowieso nur warten, oder kennst du dich mit Autos aus?«

Josh schüttelte den Kopf und stieg aus dem Fahrzeug. Er begab sich zum Kofferraum, öffnete diesen und holte die Tüte und die Flasche heraus. Dann stieg er wieder ins Auto. Langsam begann der Tag in die Nacht überzugehen, es wurde dämmrig und kühler. Dennoch herrschte weiterhin eine angenehme Temperatur.

»Lass uns doch mal aussteigen und auf der Straße Ausschau nach weiteren Autos halten. Nur rumzusitzen bringt uns auch nichts.«

Ed stieg mit der Chipstüte in der Hand aus dem Auto, wenig später folgte Josh ihm mit der Cola-Flasche. Weit und breit war kein Auto zu sehen. Nachdem Ed seinen Blick schweifen ließ, hielt er plötzlich inne. In seinem Augenwinkel bemerkte er etwas Schwarzes. Ruckartig drehte er sich um, konnte jedoch nichts entdecken.

»Hast du das auch gesehen?«, fragte er Josh.

»Was denn?«

»Irgendjemand ist hier. Ich habe da was gesehen. Aber...«
Er drehte sich erneut um.

»Jetzt nicht mehr.«

»Was hast du denn gesehen?«, fragte Josh.

»Nur dunkle Konturen, mehr nicht.«

»Könnte auch ein Tier gewesen sein, ein Wildschwein, beispielsweise.«

Ed drehte sich wieder um. Plötzlich sah auch er etwas Schwarzes, es bewegte sich jedoch nicht, und hatte sich auch nie bewegt: es handelte sich um eine Hütte, welche ziemlich tief im Wald versteckt lag und nur schwer zu erkennen war.

»Hey, guck mal. Ein Haus!«, sagte Ed.

Josh drehte sich um und sah die Hütte sofort.

»Lass uns mal dorthin. Vielleicht kann der Bewohner uns ja weiterhelfen, sofern es einen gibt.«

»Meinst du? Sieht aus, als ob niemand zu Hause wäre. Aber lass es uns trotzdem mal versuchen.«

Sie bewegten sich weg vom Auto, hinein in den tiefen Wald - die Chipstüte und die Cola-Flasche weiterhin in den Händen haltend. Nach zehn Minuten über Stock und Stein hatten sie ihr Ziel schließlich erreicht.

»Willst du immer noch klopfen?«, fragte Ed.

»Na klar. Warum denn nicht?«

Nach drei Schritten stand Josh vor der Tür. Das Klingelschild sah schon sehr alt und abgenutzt aus, er konnte nur ganz schwach ein großes "A" erkennen. Nichtsdestotrotz drückte er auf die Klingel. Ein Sirren ertönte aus dem Inneren, und die Tür öffnete sich. Josh ließ seinen Blick schweifen. Im Inneren war niemand zu sehen, zumindest nicht von der Position aus, an der er stand.

»Hallo?«, fragte er.

Es kam jedoch keine Antwort. Josh trat ein, Ed folgte ihm. Im Inneren war es warm, fast schon stickig. Durch wenige Ritzen fiel Licht in den Raum, ansonsten war es komplett dunkel. Außerdem lag ein undefinierbarer Geruch in der Luft. Sie stiegen eine Wendeltreppe hinauf und betraten einen langen Flur. Plötzlich sah Josh ein schwaches Licht: am Ende des Flures brannte eine antike Glaslampe. Bilder hingen an den Wänden - von Picasso über Van Gogh bis Dalí waren viele Künstler vertreten. Josh und Ed waren sich einig, dass ihnen der Stil überhaupt nicht gefiel. Eine Vase schmückte außerdem noch den Flur, sie stand auf einer Biedermeier-Kommode. Die Tür am anderen Ende zierte ein goldener Knauf. Bei näherem Hinsehen merkte Josh, dass dieser mit kleinen Totenköpfen versehen war. Er legte seine Hand auf den Knauf und drehte ihn. Abgeschlossen. Doch plötzlich bemerkte er ein Geräusch am anderen Ende, und wenig später glitt die Tür unter seinen Händen auf. Im Zimmer war es dunkel und noch stickiger als im Flur, außerdem war der unangenehme Geruch hier noch intensiver. Durch einen Lichtstreifen, der durch die Jalousien fiel, konnten Josh und Ed ein paar Konturen ausmachen. Es schienen sich mehrere Holzpfähle in dem Raum zu befinden. Ed näherte sich einem und strich mit den Fingern darüber. Er konnte deutlich Schnitzereien auf dem Pfahl ertasten.

»Lass uns mal hier raus.«

Ed fühlte sich unwohl in seiner Haut.

»Ich habe kein gutes Gefühl bei der Sache.«

Sie begaben sich aus dem Schlafzimmer wieder in den Flur. Die antike Glaslampe, die vorhin noch etwas Licht gespendet hatte, leuchtete jetzt nicht mehr. Mit jedem Schritt, mit dem sie sich tiefer in die Dunkelheit wagten, wurde Ed mulmiger zumute. Dann hatten sie die Treppe, die zu der Tür führte, erreicht. Ed ging die Stufen hinunter, sodass er vor Josh die untere Etage erreicht hatte. Seine Hand glitt zur Klinke und drückte sie herunter. Doch die Tür ließ sich nicht mehr öffnen, er zog, so fest er konnte, doch sie saß zu fest im Schloss. *Wir sind hier gefangen*, dachte er, und spürte, wie ihm bei dem Gedanken daran übel wurde.

3   *Samstag, 16.Juli 2005*

Die Sonne weckte Lewis. Im Zelt war es taghell, doch Janet schlief unbeirrt weiter. Die Hitze hatte sich im Inneren aufgestaut, er zog den Reißverschluss des Zeltes auf und begab sich ins Freie. Dort empfingen ihm blauer Himmel und bereits eine angenehme Temperatur von etwas mehr als achtzehn Grad. *Es verspricht, ein heißer Tag zu werden*, dachte Lewis. Er zog sich seine Badehose an, ging zum See und nahm ein erfrischendes Bad. Es war kälter als er gedacht hatte, aber durchaus angenehm. Er sprang sofort hinein und tauchte unter. Danach ließ er sich weiterhin im Wasser treiben. Nach ein paar Minuten sah er, wie Liz aus dem Zelt stieg. Sie setzte sich an die Reste des Feuers vom letzten Abend und blickte auf den See, bis sie Lewis entdeckte. Sie winkte, verschwand wieder im Zelt, und ein paar Minuten später kam sie zusammen mit Jeff, beide in Badeklamotten, wieder heraus. Im Gegensatz zu Lewis brauchten sie etwas länger, um den Schritt ins kühle Nass zu wagen, aber nach einigen Minuten befanden sie sich auf gleicher Höhe mit ihm.

»Guten Morgen. Ist Janet noch nicht wach?«, fragte Liz ihn.

»Noch nicht. Aber ich dachte, wenn ich eh schon wach bin, kann ich mich ja erfrischen. Ich meine, was spricht dagegen?«

»Natürlich nichts. Was ist für heute geplant?«, fragte sie.

»Wir haben die Möglichkeit, alles abzubrechen und nach Hause zu fahren. Das wäre aber blöd, es gibt keinen triftigen Grund, bis auf ein paar Hirschknochen und einem Haufen Sperrmüll. Entweder wir lassen die Zelte hier stehen und kehren nach dem Wandern wieder zurück, oder wir nehmen sie mit und schlagen unser Lager woanders auf. Das wäre schlau, aber wir hätten dann natürlich auch einiges zu schleppen. Dennoch bevorzuge ich diese Möglichkeit, weil wir so mehr von der Gegend sehen und nicht immer wieder zurücklaufen müssen.«

»Das andere wäre ja idiotisch! Ich meine, was bringt es uns denn, ständig die gleiche Strecke abzulaufen?«, meinte Jeff.

Nach ein paar Minuten kam auch Janet aus dem Zelt und war schneller als Liz und Jeff im Wasser.

»Morgen.«

Sie gähnte. Sie blieben noch eine Weile zusammen im Wasser und begaben sich schließlich wieder an Land. Liz und Janet sonnten sich, während Lewis und Jeff im Wald verschwanden und Holz von dem Stapel nahmen. Jeff kümmerte sich um das Feuer, während Lewis das Frühstück herrichtete. Er kochte etwas von dem Instantkaffee, den er in Janets Rucksack gefunden hatte, und nach ein paar Minuten saßen sie alle auf dem Boden, umgeben von der Asche des Feuers, die Reste der gestrigen Ravioli essend und einen Becher Kaffee in der Hand haltend. *Schmeckt eigentlich echt okay*, fand Lewis. *Zumindest für die Umstände, in denen wir uns befinden.* Mit jeder vergehenden Minute wurde es zunehmend wärmer. Schweigend aßen sie ihre Mahlzeit, bauten ihre Zelte ab, verstauten diese in den Rucksäcken und machten sich auf den Weg. Lewis übernahm die Führung mithilfe einer Wanderkarte der direkten Umgebung, die er sich vor dem Urlaub zugelegt hatte. Als alle bereit waren, ergriff er das Wort.

»Folgt mir einfach. Wir sollten den ursprünglichen Pfad nicht verlassen, weil wir uns dadurch leicht verlaufen könnten. Wenn das passieren würde, was uns normalerweise nicht passieren *sollte*, dann wäre das ziemlich blöd. Aber es ist eigentlich nicht schwer - wie gesagt, immer auf dem ursprünglichen Weg bleiben! Wir werden fünf Stunden brauchen, bis wir einen Wasserfall erreichen. Von da aus sind es nochmals zwei Stunden, bis wir an einer Stelle ankommen, die ähnlich wie diese ist. Ein Lager, wo wir zelten werden. Das ist zwar eine ziemlich lange Zeit, zudem werden wir auch noch einige Höhenmeter überwinden. Es wird eine wahre Abenteuerwanderung. Wir müssen auch aufpassen, dass wir uns nicht verletzen, denn das wäre ziemlich blöd«, erklärte Lewis.

»Was du nicht sagst«, murmelte Jeff.

»Dann lasst uns mal los. Lewis, geh du voran, danach Janet und Liz, ich gehe ganz hinten.«

Sie wanderten los. Der Pfad führte nicht zurück in den Wald, sondern erst einmal um den See herum. Das Wasser war glasklar und der Weg steinig, er zog sich über einige Höhen zum nächsten Waldstück. Ein leichter Wind wehte, außerdem zogen mit ihm einige Wolken auf, die die Sonne etwas verdunkelten. Der Wind war warm und angenehm. Durch die hohen Bäume, die weite Schatten warfen, war es im Wald deutlich kühler. Wenig später klarte der Himmel wieder auf, und das Sonnenlicht glitzerte zwischen den Lücken im Blätterdach. Es warf seine hellen Strahlen auf den moosbewachsenen Boden. Liz war fasziniert von dem Anblick.

»Wartet mal kurz!«, rief sie, da sie sich etwas zurückfallen lassen hatte. Sie bat Jeff, ihr die Kamera zu reichen. Er legte seinen Rucksack auf den weichen Untergrund, öffnete ihn und gab Liz das gewünschte Objekt. Sie ging in die Hocke und schoss mehrere Fotos, auch von Lewis, Janet und Jeff. Danach sahen sie sich die Bilder an. Plötzlich hielt Liz inne. Sie legte die Kamera weg und sah auf. Ihr Blick wanderte zu einer Stelle, direkt neben einem Baum. Ohne die Zoom-Funktion der Kamera hätte sie es niemals erkannt. In einem Erdloch, zehn Meter entfernt, lag ein Plastikfetzen. An ihm klebte etwas Dunkles. Liz ging ungeachtet der Blicke von den anderen zu dem Loch und nahm den Fetzen heraus.

»Kommt mal her und seht euch das an!«, rief sie.

Als sie sie erreicht hatten, war Janet die Erste, die sich zu Wort meldete.

»Sieht aus wie Blut auf einem Stück Plastik.«

Lewis nahm sich den Fetzen und betrachtete ihn näher. Da er so klein war, konnte er nicht beurteilen, um was es sich handelte.

»Und?«, fragte ihn Janet, als er den Fetzen wieder ablegte.

»Ich kann nichts erkennen. Ist leider zu wenig abgeschnitten worden. Aber ich denke, es handelt sich um die Reste einer Chipstüte oder ähnlichem. Es könnte ja sein, dass unsere deutsche Reisegruppe diese Reste liegen gelassen hat. Eine weitere Spur auf deren eventuellen Aufenthaltsort. Wie gesagt, nur eventuell!«

»Wage Vermutungen. Aber es könnte durchaus etwas dran sein«, meinte Jeff.

Sie setzten ihre Wanderung fort und ließen das Stück Plastik dort, wo sie es gefunden hatten. Der Weg führte bergauf, ehe ein paar Meter später eine Gabelung folgte. Geradeaus befanden sich nun zwei Schilder. Lewis trat vor diese und las vor, was darauf geschrieben stand.

»Auf dem linken Schild steht „Himmel". Auf dem rechten...«

Lewis warf einen näheren Blick darauf.

»Auf dem rechten steht „Hölle" geschrieben. Bestimmt nur irgendein Scherz.«

Er wurde trotzdem nervös.

»Wir müssen...«

»Was ist denn?«, fragte Liz.

»Wir müssen laut der Wanderkarte nach rechts.«

4 *Samstag, 10.Juli 1995*

Der Regen weckte Marcel. Er prasselte so laut auf das Zeltdach, dass es eigentlich unmöglich war, weiterzuschlafen. Zu seiner Verwunderung tat Inge neben ihm genau das – sie ließ sich durch den stetigen Regen nicht in ihrem Schlaf stören. Er blickte auf seine Uhr. Siebzehn nach sieben. Er öffnete den Reißverschluss des Zeltes und stieg hinaus. Es war nicht nur nass, sondern auch stürmisch. Er wagte drei Schritte, sackte jedoch direkt im Schlamm ein. Das Wasser des Sees war aufgewühlt, man konnte wegen des Nebels nicht weiter als fünfzig Meter sehen. Blitze zuckten am Himmel, jedoch war kein Donner auszumachen. Pro Minute wurde es ruhiger, und nach einer halben Stunde war das Unwetter vorbei. Mit ihm verzogen sich auch der Sturm und der Nebel. Es klarte auf. Die Sonne schien durch die Wolken hindurch und es wurde stetig wärmer. Kurz darauf sah Marcel, wie Alexander aus dem Zelt kletterte.

»Jetzt erst wach?«, fragte Marcel ihn.

»Ja. Wieso?«

»Hast du gar nichts von dem Unwetter mitbekommen?«

»Unwetter?«

Alexander runzelte die Stirn.

»Ach du meinst das bisschen Regen. Doch, na klar. Aber ich hatte keine Lust, nass zu werden.«

»Das war mehr als nur ein bisschen Regen! Sturm, Nebel, Gewitter... Alles dabei.«

Im nächsten Moment stieg Inge aus dem Zelt, nach ihr begaben sich auch Ralf, und zuletzt Matthias und Gudrun aus ihren Schlafplätzen ins Freie heraus.

Inge und Gudrun bereiteten das Frühstück zu - Brot. *Wie immer*, dachte Marcel. Er blickte auf den See, der nun wieder komplett ruhig vor ihm lag. Das Unwetter hatte keine Spuren hinterlassen. Mittlerweile war der Himmel fast wolkenlos. Sie setzten sich um die Reste des Lagerfeuers, aßen ihre Brote, schnürten die Wanderschuhe und machten sich auf den Weg. Alexander und Marcel übernahmen die Führung, Inge und Gudrun nahmen den Platz in der Mitte ein und Matthias und Ralf bildeten die Nachhut. Der steinige, über einige Höhen gehende Weg führte sie um den See herum, durch dessen kristallklare Oberfläche ganz klar die Algen am Boden zu erkennen waren. Die Luft wurde immer wärmer. *Zum Glück schleppen wir nicht unsere ganzen Rucksäcke mit*, dachte Marcel. *Das wäre ziemlich heftig!* Die Taschen von Inge und Gudrun reichten da vollkommen aus. Der Proviant bestand aus einer Tüte Salzbrezeln, sechs leeren Plastikflaschen zum Auffüllen, sechs Bananen und einer Wanderkarte. Nachdem sie den steinigen Pfad passiert hatten, erreichten sie den Wald. Es dauerte nicht lange, bis Alexander sich zu Wort meldete.

»Lasst uns eine Pause einlegen. Ich habe Hunger.«

»Jetzt schon?«

Inge zog eine Augenbraue hoch.

»Du hast doch immer Hunger«, meinte Marcel und lachte.

»Und?«, sagte Alexander.

»Egal. Lasst uns eine Pause machen«, war auch Ralf der Ansicht.

»Du also auch?«, fragte Marcel.

»Was?«

»Hunger.«

»Wenn ich wüsste, worauf du hinauswillst, könnte ich dir auch ordentlich antworten.«

»Ob du auch Hunger hast«, erwiderte Marcel genervt.

»Immer. Du kennst mich doch.«

Alexander nahm Inge die Tüte ab und riss sie auf.

»Scheiße«, murmelte er.

»Hast du dich geschnitten?«, fragte Marcel.

Seine Stimme klang ironisch und provozierend.

»Sei still!«, meinte Alexander.

»Geschieht dir nur Recht.«

»Ich sagte sei still!«

»Du kannst es einfach nicht abwarten«, meinte Marcel amüsiert.

Alexander sagte nichts mehr, er gab es auf. Das Blut wischte er mithilfe des Plastikfetzens von seinem Zeigefinger. Diesen warf er danach auf den Boden, er landete in einem Erdloch direkt in der Nähe.

»Umweltverschmutzung«, murmelte Marcel.

»Kannst du nicht einfach mal die Klappe halten?«, erwiderte Alexander sichtlich genervt.

»Jungs«, unterbrach Matthias.

»Benehmt euch doch einfach mal. Ist das so schwer?«

»Wenn dieser Idiot...«, setzte Alexander an, wurde aber von Inge unterbrochen.

»Schluss jetzt!«, sagte sie.

Ihre Stimme duldete keinen Widerspruch

Schweigend griff Alexander in die Tüte und nahm sich eine Handvoll Salzbrezel heraus. Er reichte sie herum, doch bis auf Ralf verneinten alle. Nach fünf Minuten setzten sie ihren Weg fort. Es dauerte nicht lange, bis sie eine Gabelung erreicht hatten. Der Weg wurde links und rechts von zwei Schildern getrennt, geradeaus ging es nicht weiter. Marcel runzelte die Stirn und bat Inge, ihm die Karte zu reichen. Er blickte auf die Schilder. Links stand „Himmel" und rechts „Hölle" geschrieben.

»Um den Wasserfall zu erreichen, müssen wir nach rechts. Zumindest steht das so auf der Karte.«

»Zeig mal her«, murmelte Matthias.

Er überflog die Karte und reichte sie Marcel mit einem Stirnrunzeln zurück.

»Er hat Recht.«

»Na dann: Auf in die Hölle!«, meinte Alexander und lachte.

5

Howard parkte den grauen Bentley auf dem Waldweg. Er stieg aus und öffnete den Kofferraum, um die Rucksäcke rauszuholen. Kurz darauf begaben sie sich in den Wald. *Ins Ungewisse*, dachte Howard. Weit und breit war kein anderes Auto zu sehen, was ihn aber auch nicht verwunderte. Der Boden war extrem schlammig, er sackte plötzlich mit einem Fuß ein und konnte sich nur mit Hilfe von Olivia wieder befreien. Es war ein Kraftakt. *Langsam werde ich zu alt für so was*, dachte er. Olivia hingegen schien nichts aufzuhalten. Ohne auch nur mit der Wimper zu zucken meisterte sie verschiedene Schwierigkeiten, bei denen der Schlamm noch das einfachste war. Howard musste grinsen. So kannte er sie. Zwanzig Minuten später hatten sie den Zeltplatz erreicht. Er nahm seine Polaroid Kamera und schoss ein paar Fotos von dem See, der hinter den Bäumen versteckt lag.

»Olivia«, sagte er.

Sie drehte sich um.

»Stell dich mal vor den See, das wird ein schönes Foto.«

Olivia tat wie geheißen. Howard ging in die Hocke, doch noch bevor er unten war, bemerkte er, dass diese Bewegung ein Fehler war. Er hatte seine Knie komplett vergessen. Seit der Diagnose des Gelenkrheumas hatte er stets darauf geachtet, diese nicht großartig zu belasten, und nun schoss ihm ein nadelstichähnlicher Schmerz durchs Knie. Er kam nicht mal mehr dazu, das Foto zu schießen, ehe er nach hinten in den Sand kippte.

»Howard!«

Olivia kam angestürmt.

»Alles gut?«

»Ja. Ich habe nur *leichte* Schmerzen.«

Das Wort „leichte" konnte er jedoch nur unter Schmerzen hervorbringen. Er biss seine Zähne zusammen und versuchte, sich wieder aufzurichten, was ihm jedoch erst nach ein paar Versuchen gelungen war.

»Es war ja deine Idee!«, sagte Olivia.

Musste sie ihm jetzt Vorwürfe machen? War das der richtige Zeitpunkt dafür?

»Du wolltest ja unbedingt wandern. Mensch, du bist keine zwanzig mehr. Du musst auf deine Knie achten!«

»Zwanzig bist du aber auch nicht mehr«, brachte Howard hervor und grinste.

»Aber ich bin fit wie eine Zwanzigjährige! Naja gut, das ist vielleicht etwas übertrieben, aber ich bin noch relativ gut zu Fuß in meinem Alter. Denk doch nur mal an Hester.«

Hester. Howard musste grinsen. Sie war Olivias beste Freundin, doch Howard hatte sie nie leiden gekonnt. Die beiden hätten unterschiedlicher nicht sein können. Eigentlich wollte sie mitkommen, wäre sie nicht vor zwei Wochen die Treppe hinuntergestürzt. Sie brach sich ihre Hüfte, das rechte Handgelenk und den rechten Daumen. Es war ein ziemlich heftiger Sturz gewesen, dennoch konnte Howard sich nicht verkneifen, es ihr zu gönnen. In seinen Augen war sie schon immer falsch gewesen. Ihr Leben bestand nur aus Lügen, und Howard war schlussendlich froh, dass Hester nicht mit dabei war. Sie hätte es vermutlich nicht weit geschafft, da sie wegen ihres Übergewichtes oftmals Beschwerden mit ihrer Atmung hatte. Sogar Olivias Versuche, sie zum Abnehmen zu überreden, schlugen fehl, Hester hatte ihren eigenen Kopf. Sie war jetzt dreiundsechzig, und Olivia war vor vier Tagen fünfundsechzig geworden. Howard selber war schon siebzig. Seit der Arzt ihm Gelenkrheuma diagnostiziert hatte, bewegte er sich kaum noch. Dennoch wollte er dringend Olivias Wunsch, einen Wanderurlaub einzulegen, solange sie beide noch relativ gut zu Fuß waren, erfüllen, weil er ihr eben keinen Wunsch absprechen konnte. Sie bezogen den Platz und bauten ihre Zelte auf. Nach dreißig Minuten schweißtreibender Arbeit waren sie fertig. Nun war es bereits 21:20 Uhr und es wurde langsam dunkel am Horizont. Da auf der Lichtung noch Feuerreste lagen, zündete Howard diese mit Hilfe seines Feuerzeuges an. Das halb verkohlte Gestrüpp ging nicht mehr an, Howard musste etwas trockenes Gras aus dem Wald holen und dazulegen. Danach ließ sich das Feuer relativ leicht entfachen – Howard fühlte sich wie zu Pfadfinderzeiten, die weit in der Vergangenheit lagen. Manchmal wünschte er sich diese Zeiten zurück, da er glaubte, sie hätten einen anderen Menschen aus ihm gemacht. Das war natürlich vollkommener Irrsinn, redete er sich wiederum in anderen Zeiten ein. Das waren die Zeiten, in denen er viel Zeit zum Nachdenken hatte. Seit einem Jahr war er nun in Rente, und seitdem dachte er viel nach. Er konnte nicht sagen, dass ihm die Decke zu Hause auf den Kopf fiel, doch es gab Tage, an denen er nichts mit sich anzufangen wusste. Meistens suchte er dann in der Natur das Weite - die weiten Wälder, die großen Seen... bis ihm die Diagnose seines Hausarztes aus der Bahn geworfen hatte. Howard schwelgte oftmals in Erinnerungen, sie hatten etwas Magisches für ihn. Er dachte auch gerne an ein Zitat, welches er vor langer Zeit mal in irgendeiner Zeitung gelesen hatte:

„Manchmal weiß man den Augenblick nicht zu schätzen - bis er

zu einer Erinnerung wird. "

Ein leichter Wind war aufgekommen, was dafür sorgte, dass sich eines der Zelte etwas löste. Howard schlug die Heringe fester in den Boden. Nun stand das Zelt sicher, doch sein Rücken schmerzte. Kein gutes Zeichen. Er breitete seinen Schlafsack im Inneren aus und legte sich hinein. Olivia hatte mittlerweile schon die Rucksäcke ausgepackt, und Howard ließ aus dem Zelt seinen Blick über die Dinge schweifen. Mehrere Dosen Hering in Sahnesoße, verschiedene Kosmetikartikel und... Plötzlich wurde Howard schwarz vor Augen. Seine Sinne schwanden und sein Kopf drohte zu explodieren. Das Letzte, was er hörte, war ein Schrei von Olivia, der in unendlicher Schwärze endete.

„Manchmal weiß man den Augenblick nicht zu schätzen - bis er zu einer Erinnerung wird. "

6 *Samstag, 16. Juli 2005*

»Rechts«, murmelte Liz leise.

»Was könnte rechts sein?«

»Laut der Wanderkarte zumindest bald ein Wasserfall. Aber... was hat das mit der Hölle zu tun?«, murmelte Lewis.

Jeff mischte sich ein.

»Leute. Ihr glaubt doch nicht im Ernst daran, dass es rechts wirklich in die Hölle geht. Das ist doch absurd!«

»Es gibt mehr Dinge zwischen Himmel und Erde...«, fing Liz an, wurde aber jäh von Jeff unterbrochen.

»Das ist doch der größte Müll!«

Jeff tobte. Lewis glaubte zu sehen, dass er mit der Situation überfordert war, wollte jedoch nicht weiter darauf eingehen, weshalb er seine nächsten Worte mit Bedacht wählte.

»In welche Richtung willst du denn gehen, Jeff?«

»So wie es auf der Wanderkarte steht. Nach rechts natürlich!«

»Na schön. Sind alle damit einverstanden? Wir können ja auch umkehren, falls wir doch lieber in den Himmel wollen.«

Er grinste, aber da er war der Einzige. Liz, Janet und Jeff verzogen keine Miene. Deshalb wurde auch er wieder ernst.

»Meint ihr wirklich, dass es das Richtige ist, wenn wir rechts langgehen?«, fragte Liz leise.

»Wir sollten es zumindest probieren. Ich würde gerne den Wasserfall sehen. Aber...«

Janet stutzte.

»Was?«, fragte Lewis.

»Guckt mal. Da ist eine Karte.«

Lewis, Liz und Jeff warfen ihre Blicke auf eine Stelle abseits des Schildes, dorthin, wo Janet zeigte. Tatsächlich stand dort eine große Wanderkarte, sie bestand vollständig aus Metall. Lewis sah sich das Ganze näher an. Es war eine größtenteils gerade Linie mit einigen Anstiegen und Tiefen, außerdem waren durchgehend Bäume am Rand gezeichnet. Ganz am Ende, nach dem bewaldeten Gebiet, war ein Wasserfall zu sehen. Daneben stand in Großbuchstaben und mit krakeliger Schrift „Vier Tage" geschrieben. Hinter dem Wasserfall war eine Art Holzhaus zu sehen. Zumindest sah es auf der Skizze so aus.

»Vier Tage«, murmelte Jeff.

»Stand auf deiner Karte nicht was von zwei Stunden, oder so?«

Lewis warf einen Blick auf seine Wanderkarte.

»Dreieinhalb. Aber das kann eigentlich nicht sein. Wollen wir denn trotzdem den Weg auf uns nehmen? Ich habe das Gefühl, dass das ein riesiges Abenteuer wird.«

»Es wird ja auch zwischendurch einige Plätze geben, an denen wir die Nacht verbringen könnten. Und ich denke auch, dass das Risiko, dass wir uns verlaufen, relativ gering ist, denn wie ihr seht ist der Weg genau wie auf der Karte.«

Lewis legte ihre Wanderkarte neben den Metallblock.

»Wenn wir also den Schildern und der Wanderkarte folgen, ist es sogar eigentlich unmöglich.«

»Schaut mal«, meinte Liz plötzlich.

Sie hatte eine Stelle auf der Wanderkarte entdeckt, an der es einen zweiten Wasserfall gab. Dieser war aber mindestens um das Zehnfache kleiner als der, der sich am Ende der Karte befand.

»Moment«, meinte Lewis.

Er nahm die Wanderkarte in die Hand und warf einen genaueren Blick darauf.

»Der Wasserfall, zu dem wir wollen, soll der größte in der Umgebung sein. Da passt dieser hier gar nicht rein. Vor allem muss er von gigantischem Ausmaß sein. Anders kann ich mir das nicht vorstellen.«

»Er muss einfach riesig sein. Es wird bestimmt aufregend. Wobei...«

Liz stockte.

»Was ist?«, fragte Jeff.

»Wir haben nur noch vier Tage Urlaub. Wir müssen auch noch zurückwandern.«

»Das wird kein Problem sein.«

Lewis grinste.

»Ich denke, das wird es doch.«

Liz blieb hartnäckig. Aber auch Lewis ließ sich nicht aus der Ruhe bringen.

»Ich habe vorgesorgt. Für den Fall der Fälle habe ich bei Mr. Norris für jeden von uns zehn Tage Urlaub genommen. Eigentlich, um zu Hause noch ein paar schöne Tage zu haben. Aber wenn das gerade so ins Bild passt...«

»Dann können wir ja loswandern«, meinte Janet freudig.

»Das ist wohl ein Scherz«, rief Liz entrüstet.

Sie glaubte nicht, was sie gerade gehört hatte. Ihr fehlten die Worte.

»Wie dem auch sei. Was denkt ihr nun, damit wir zu einer Antwort kommen? Wollen wir oder wollen wir nicht?«

Einstimmig entschieden sie sich dafür, es waren nun auch nicht mehr die geringsten Zweifel zu hören. Das Schild, welches ihnen den Weg in die Hölle gewiesen hatte, war schon längst wieder vergessen. Sie machten sich auf eine Wanderung ins Ungewisse.

7 *Samstag, 16. Juli 2005*

Alles war bisher nach seinem Plan gelaufen. Endlich. Er verspürte ein Glücksgefühl, welches einem Orgasmus gleichkam. Er hatte alles dort drapiert, wo es damals liegen geblieben war – und sie waren darauf reingefallen. Schon bald würden sie auf etwas stoßen, was ihnen erneutes Kopfzerbrechen bereiten würde. Seine Freude war unbeschreiblich! Aber eine Sache bereitete ihm Bauchschmerzen. Sie passte nicht in das Bild, welches er sich von der Situation gemacht hatte. Wer hatte die Reifen zerstochen? Eines war sicher, nämlich, dass er in diesem Fall komplett unschuldig gewesen war. Er würde seine Beute ja nicht daran hindern, zu ihm vorzudringen, nein, er spielte mit seiner Beute. Außerdem hatte er sich zu der Zeit tief in den Wäldern befunden. Er musste es wissen. Seufzend verließ er die Terrasse seiner Hütte. Er musste wohl oder übel zurück in das Dorf, musste irgendwie an die Aufnahmen einer Überwachungskamera herankommen. Es würde sich zwar als schwierig gestalten, sofern es denn welche gab, aber es war nicht unmöglich. Er musste es versuchen! Der alte Korbstuhl fiel mit einem Poltern um, als er sich ruckartig erhob. Das Rauschen des Wasserfalls drang leise zu ihm vor, ein weiteres Signal zum Aufbruch. Sein weißer Mustang stand an der Straße, er begann schon langsam zu rosten, was daran lag, dass er schlichtweg zu wenig bewegt wurde. Bevor die Camper gestern aufgetaucht waren, hatte er ihn fast gar nicht bewegt. Nur wenige Male zu seiner kleinen Waldhütte, dem „Geisterhaus", wie er es immer nannte, um dort unter anderem das Diktiergerät zu verstecken. Er hielt sich weniger dort auf, da er sich tatsächlich vor dem

Haus fürchtete. Übernatürliche Mächte waren für ihn bis dato Schwachsinn gewesen, aber seit einiger Zeit glaubte er daran. Seine Lebensversicherung waren der Wald und der Wasserfall. Er brachte Unmengen an Fischen, außerdem hatte er etwas Mysteriöses an sich – das Wasser glitzerte immer so verheißungsvoll im Sonnenlicht. Er setzte sich auf den Fahrersitz, steckte den Schlüssel in die Zündung und drehte. Nichts. Er versuchte es noch einmal, jedoch mit demselben Ergebnis. Erst beim siebten Versuch sprang der Wagen schließlich an. Der Mann setzte rückwärts auf den Waldweg und fuhr eine Meile, bis die Straße erschien - der Weg zurück zur Zivilisation. Ein Schauer lief ihn über dem Rücken. Vielleicht sollte er sich mal wieder ein neues Opfer besorgen. Er brauchte es einfach, die beiden Rentner waren zu einfach gewesen. Vielleicht hatte er ja Glück. Sein erstes Opfer seit zehn Jahren. Seit der großen Wende. Er musste grinsen. So fühlte er sich immer, wenn er sich an diesen Tag erinnerte. Er schwelgte noch etwas länger in Gedanken, bis er sich entschied, auf die Straße zu achten. Er wollte nicht auffallen, nicht, bis er in diesem kleinen Kaff angekommen war. Eigentlich auch dort nicht. Er wurde nervös. Zehn Jahre kaum Umgang mit anderen Lebewesen, außer den Fischen, Bergpumas, Kaninchen und den weiteren Tieren, von denen es im Wald nur so wimmelte, hatten ihre Spuren hinterlassen. Sie bereiteten ihm jedes Mal ein wahres Festmahl, und er hatte in den zehn Jahren nicht einen einzigen Tag hungern müssen. Zwar hatte er keine große Auswahl, aber er hatte es sich ja so ausgesucht. Er bereute es auch nicht. Von seiner Hütte im Wald waren es fünfzig Meilen bis zu der Stelle, an der die Vier campierten. Er war ihnen schon viel zu nah gekommen, aber er war nicht gesehen worden, dessen war er sich sicher. *Sonst hät-*

ten sie sich anders verhalten. Die Strecke zum Restaurant betrug zweihundertsiebzig Meilen, also eine Tagestour. Er schaute auf seine Uhr. Sie ging nicht genau, trotzdem konnte er ablesen, dass es zwanzig nach zehn am Morgen war. Wenn er nicht plante, irgendwo zu übernachten, wäre er nach Mitternacht wieder zu Hause. *Also immer noch pünktlich*, dachte er. Dann hätte er noch genug Zeit, sich auf den Showdown vorzubereiten. Seine Vorfreude wuchs ins Unermessliche. *Ich könnte im Geisterhaus vorbeischauen.* Er bekam eine Gänsehaut auf dem Rücken. Dann drückte er das Gaspedal durch und verschwand immer weiter im dichten Wald.

8 *Freitag, 15. Juli 2005*

Howard wachte mit starken Kopfschmerzen auf. Um ihn herum war es dunkel, warm und stickig. Neben sich hörte er Olivias flachen Atem. Und er nahm eine Lichtquelle wahr, sie schien jedoch sehr weit entfernt zu sein. Erst jetzt begriff er, dass er sich in einem kleinen Haus oder einer Hütte befinden musste. Es fiel ihm schwer, sich aufzurappeln, was nicht nur an seinen Knien, sondern auch an seinen starken Kopfschmerzen lag. Er fühlte sich wackelig auf den Beinen und ertastete eine Wand neben sich, an der er sich festhielt. Lückenhaft kehrten seine Erinnerungen zurück. Zuerst nur einzelne Schemen, die sich dann später aber zu einem Ganzen zusammenfügten. Eine sehr intensive, geruchlose Wolke. Gift. *Nervengift*, kam ihm in den Sinn. In der Zwischenzeit hatte er es endlich geschafft, sich an der Wand auf die Beine hochzuziehen. Olivia regte sich nicht, aber er hörte sie atmen, sie schien noch immer bewusstlos zu sein. Neben ihm erstreckte sich eine Wendeltreppe, die wohl in ein oberes Stockwerk führte. Howard versuchte, Olivia wachzurütteln, doch es war vergeblich. Schweren Herzens entschied er sich dazu, alleine das Haus zu erkunden. Er musste einfach rausfinden, wo sie hier waren, und, ob es einen Ausweg gab. Hier war schon lange kein Mensch mehr gewesen, das war an dem schweren Geruch zu erkennen, der in der Luft lag. Er stieg die Wendeltreppe empor, sie mündete in einem dunklen Flur. Es war nicht ganz finster, da durch die Jalousie einige Streifen Tageslicht fielen, aber diese reichten nicht dazu aus, mehr als nur Konturen erkennen zu können. Plötzlich ging ein Licht an. Howards Herz setzte aus, und er dachte zuerst, er bekäme einen

Herzinfarkt. Dem war aber nicht so, wie er nach einigen Sekunden erleichtert feststellte. Er machte sich auf eine Begegnung mit dem Hausbesitzer gefasst, aber als er sich wieder zu der Lichtquelle, einer antiken Glaslampe, drehte, bemerkte er, dass dort niemand stand. Noch bevor er sich das Ganze näher ansehen konnte, öffnete sich die Tür am Ende des Flures wie von Geisterhand. Howard hatte Angst, aber er war auch neugierig. Schließlich überwog seine Neugier, er wagte sich näher an den Raum heran und betrat diesen schließlich. Durch das spärliche Licht konnte er nur Konturen wahrnehmen. Holzpfähle mit Schnitzereien waren in dem gesamten Raum verteilt. Da die Tür geöffnet blieb, konnte Howard einen näheren Blick darauf werfen. Und was er dort sah, ließ ihn sein Blut in den Adern gefrieren. Es waren dämonische Zeichnungen, sie waren schrecklich und verstörend. Er wandte sich von dem Raum ab und ging wieder zu der Treppe zurück, die in die untere Etage führte. Die Stufen knarrten unter seinem Gewicht, doch sie hielten ihm stand. Olivia hatte ihre Augen noch immer fest geschlossen, weshalb er auch die untere Etage alleine erkundete. Am Ende des Flures befanden sich zwei Türen, hinter denen jeweils rechts und links ein Raum lag. Einem Instinkt folgend entschied Howard sich für die linke Tür. Und was er als nächstes sah, ließ seinen Atem endgültig stocken. Auf den Holzpfählen, die auch in diesem Raum bis an die Decke ragten, waren Köpfe aufgespießt. Howard musste seinen Blick abwenden. Zwei Köpfe, und direkt daneben… Mehrere freie Pfähle. Er wollte umkehren, doch er konnte nicht mehr. Eine Klinge wurde mit heftiger Kraft in seinen Hals gestoßen, und das Letzte, was er sah, war das Gesicht einer ganz und gar nicht menschlichen Gestalt.

9

Samstag, 10. Juli 1995

Inge und Gudrun waren nicht so erfreut wie Alexander. Sie hielten sich etwas abseits der Gruppe auf und besprachen die Situation.

»Was denkst du?«, wandte sich Inge fragend an Gudrun.

»Ich habe kein gutes Gefühl bei der Sache. Aber das gute ist, falls es länger dauern sollte, hat Matthias ja seine Jagdausrüstung und Ralf die Zelte mitgenommen. Matthias ist gut im Jagen, das heißt, dass wir schon mal nicht verhungern werden.« Sie versuchte zu grinsen, doch im Angesicht der Situation brachte sie nur ein halbherziges Lächeln zustande. Danach wurde Gudrun wieder ernst, ihre Anspannung war deutlich zu erkennen. Auch Inge war nicht ganz wohl bei der Sache, was wohl daher rührte, dass sie einfach schon zu viel gelesen hatte. Oft waren Artikel im „Stern", bei denen es sich um mysteriöse Dinge handelte. Wanderer verschwanden von heute auf Morgen von der Bildfläche - und ihre Leichen wurden, wenn überhaupt, erst Jahre später gefunden. Inge wusste nicht, warum sie gerade jetzt daran denken musste, und ihr lief ein Schauer über den Rücken. Es fühlte sich an, als krabbelten Myriaden kleiner Spinnen über ihren Körper. Sie erschauderte erneut.

»Aber mal im Ernst. Was soll schon sein? Wir sind hier nicht in irgendeinem billigen Horrorstreifen. Und auch nicht die Protagonisten von irgendeinem Buch.«

Inge wusste, dass solche Dinge nicht nur in Büchern passierten. Die Welt war manchmal sogar gefährlicher und gemeiner, als sie in Büchern dargestellt wurde. Aber darüber wollte sie jetzt nicht sprechen, das wäre nur vergeudete Zeit gewesen. Sie wollte weiter, egal ob durch den Himmel oder die Hölle. Von Religionen, speziell vom christlichen Glauben, hielt sie nichts. Deshalb war es ihr egal, für welche Richtung sie sich entscheiden würden, auch, wenn es die Hölle sein sollte. Inge ging zum Rest der Gruppe zurück, wo Gudrun schon auf sie wartete. Ralf blickte derweil in den Himmel, an dem sich wieder Wolkenformationen zusammenbrauten.

»Schaut nicht gut aus«, meinte er mit ernstem Gesichtsausdruck.

Matthias, der gerade seine Jagdausrüstung sortierte, blickte auf. Sogar Marcel und Alexander, die mal wieder miteinander stritten, hielten inne.

»Das Wetter?«, fragte Matthias.

»Ja.«

Inge nahm ihre Brille ab und wischte sich mit dem Handrücken die verschwitzte Stirn ab. *Verdammte* Hitze, dachte sie und setzte sich das Gestell wieder auf die Nase. Durch ihre Hornbrille sah sie, wie Alexander sich mit hochrotem Kopf von der Gruppe entfernte.

»Was ist denn jetzt schon wieder passiert?«, fragte sie Marcel genervt.

»Du brauchst mich gar nicht so komisch angucken. Ich bin unschuldig.«

»Klar«, meinte Ralf sarkastisch.

»Wie immer.«

Inge sah in Marcels Blick, dass er seine Wut nur schwer zurückhalten konnte.

»Was war denn jetzt schon wieder los?«, fragte sie, und bereute es direkt.

»Dein Freund musste mal wieder Alexander sagen, dass er für

ihn ein Stück Dreck ist.«

Das war zu viel für Marcel. Vom einen auf den anderen Moment explodierte er. Seine Faust schnellte nach vorne und erwischte Ralf an der Nase. Sie knickte nach rechts, und Blut strömte heraus. Marcel wollte gerade zu einem zweiten Schlag ausholen, als Ralf sich aufrappelte und zurückschlug. Zunächst duckte er sich unter dem Schlag seines Gegners weg, ehe seine Faust Marcel am Kopf erwischte. Er fiel zu Boden. Nun stand Ralf direkt über ihm und blickte ihn bedrohlich an.

»Das machst du nicht nochmal!«, schnaufte er.

Marcel sagte nichts. Er blieb reglos am Boden. Inge wurde panisch.

»Was war das denn bitte?«

Gudrun sah die anderen nacheinander fragend an.

Matthias hielt sich etwas abseits der Gruppe auf und redete mit Alexander. Nun kamen auch die beiden an.

»Oh! Habe ich was verpasst?«, fragte Alexander.

»Geschieht dir sowas von recht. Du mieses Arschloch!«

Er hatte sich nicht unter Kontrolle, das merkte Inge. Die Situation drohte noch brenzliger zu werden, als sie es ohnehin schon war. Marcel kam langsam wieder zu sich. Inge ging in die Knie und streichelte über sein Gesicht.

»Scheiße!«, keuchte Marcel.

»Was ist? Tut es sehr weh?«, erkundigte sich Inge.

»Ja. Mann, Ralf. Warum?«

»Guck dir nur mal meine Nase an, du Arschloch. Ich sagte dir ja, mach das nicht nochmal!«

Inge versuchte Marcel zu beruhigen. Nach ein paar Minuten gelang es ihm, sich aufzurappeln. Ihr wurde klar, dass die Situation für keinen einfach war. Immer noch fragte sie sich, was zwischen Alexander und Marcel vorgefallen sein konnte, dass das Ganze so eskalieren musste. Aber sie wollte nicht noch mehr Salz in die Wunde streuen, sie war sich bewusst, dass ein weiterer Funke eine erneute Explosion erzeugen könnte – und das galt es unbedingt zu vermeiden. Nun stand Marcel einigermaßen sicher auf seinen eigenen Beinen. Ralf unterhielt sich mit Alexander und Matthias, Marcel blieb bei Inge und Gudrun.

»Wollen wir dann mal weiter?«, fragte Matthias, nachdem sich alle beruhigt hatten.

»Können wir, oder?«, fragte Inge.

»Auf geht`s«, sprach Ralf.

Zunächst hatte Inge geglaubt, dass seine Nase gebrochen sein musste. Jetzt nahm sie jedoch erleichtert zur Kenntnis, dass dem wohl nicht so war, denn dann hätte er mehr Schmerzen, dessen war sie sich sicher. Eine Welle der Erleichterung überkam sie. Der Weg führte über Stock und Stein und es ging durchgehend bergauf, bis sie nach zwanzig Minuten eine Hängebrücke erreicht hatten.

10 *Samstag, 16. Juli 2005*

Lewis übernahm die Führung, Janet und Liz folgten ihm und Jeff bildete den Schluss. Es fiel ihm schwer, sich auf den Weg zu konzentrieren, weshalb er nach wenigen Minuten stoppte.

»Lasst uns eine Pause einlegen. Nur zehn Minuten oder so. Irgendwie kann ich mich nicht so richtig konzentrieren.«

Er setzte sich auf eine Stelle, an der besonders viel Moos wuchs. Janet nahm neben ihm Platz, auch sie wirkte geistig irgendwie abwesend.

»Alles klar bei dir?«, fragte er.

»Soweit schon. Nur... ich weiß nicht, was ich von der ganzen Situation halten soll. Es ist alles so komisch. Wenn du weißt, was ich meine.«

»Natürlich weiß ich das, ich befinde mich ja gerade in derselben Situation. Aber trotzdem spüre ich einen gewissen Drang. Ich fühle mich fast verpflichtet, bis zu diesem Wasserfall zu wandern. Ich meine...«

Weiter kam er nicht. Sein Blick wanderte durch den Wald, und er entdeckte abseits der Stelle, an der Janet saß, etwas Schwarzes. Er stand auf und begab sich zu dem Ding. Bei näherem Betrachten bemerkte er, dass es sich bei diesem "Ding" um ein Diktiergerät der Marke Telefunken handelte.

»Seht euch das mal an.«

Janet, Jeff und Liz verließen ihre Plätze und begaben sich zu Lewis.

»Krass«, murmelte Jeff, als er sah, weshalb Lewis sie herbeigerufen hatte.

»Drück mal auf die Play-Taste«, meinte Liz.

»Du glaubst doch nicht wirklich, dass...«

Weiter kam Lewis nicht.

Liz hatte ihm das Diktiergerät bereits aus der Hand genommen und den Knopf mit der Beschriftung „Play" gedrückt. Zu Lewis' Erstaunen war tatsächlich eine Aufnahme vorhanden. Zunächst herrschte Stille, danach jedoch waren klare Stimmen zu hören.

»Die Tür ist zu.«

Als Lewis erkannte, wem diese Stimme gehörte, rutschte ihm sein Herz in die Hose. Trotz der Verzerrung des Diktiergerätes war es eindeutig, sie gehörte zu Ed. Auch in den Blicken der anderen spiegelten sich Entsetzen aber auch Überraschung wieder. Dann ertönte Joshs Stimme.

»Mann, erzähl keinen Scheiß. Wir sind doch vorhin auch reingekommen.«

»Probiere es doch mal selber. Vielleicht geht es dann«, meinte Ed spöttisch.

»Das kann aber doch nicht sein.«

»Siehst du doch! Ich kann es selber ja kaum glauben.«

Ein Rütteln war zu vernehmen, dem Anschein nach versuchten sie, sich zu befreien. *Wo auch immer sie sich gerade aufhalten,* dachte Lewis.

»Wirklich abgeschlossen«, sagte Josh.

»Lass uns das Haus nach einem Schlüssel absuchen. Es muss ja einer hier sein, anders kann ich mir es bei bestem Willen nicht vorstellen«, meinte Ed.

Jetzt waren Schritte zu hören, wahrscheinlich durchsuchten sie nun das Haus. Trotzdem gab das Ganze Lewis ein Rätsel auf. Er versuchte, die einzelnen Puzzleteile zu einem Bild zusammenzufügen, doch es gelang ihm nicht. Im nächsten Moment wurde eine Türklinke heruntergedrückt, kurz darauf glitt die Tür mit einem leisen Quietschen auf. Plötzlich vernahm Lewis leises Gekicher. Gerade, als er dachte, sich das nur eingebildet zu haben, hörte er erneut Eds Stimme.

»Was war das?«

»Keine Ahnung. Aber wir sind hier definitiv nicht alleine!«

Josh klang panisch.

»HALLO?«

Lewis erschrak, da Joshs schreiende Stimme plötzlich durch den Lautsprecher des Diktiergerätes dröhnte. Sie klang extrem verzerrt, das Rauschen hatte unterdessen zugenommen. Keine Antwort. Nur wieder dieses Gekicher, es klang unheimlich.

»Guck dir das an!«, sagte Ed plötzlich.

»Was?«

»Alter!«

Josh schien sich heftig erschrocken zu haben. Ed sagte vorerst nichts. Man hörte ihn nur scharf die Luft ausstoßen. Lewis war sich bewusst, dass es einiges brauchte, um die beiden aus der Fassung zu bringen. Ihm lief ein unangenehmer Schauer den Rücken hinunter. Er konnte die Angst, die die beiden spürten, förmlich greifen.

»Bitte... Lass uns hier raus!«

Eds Stimme klang verzweifelt.

Wieder war das Gekicher zu hören, nur war es dieses Mal viel näher. Dann war ein Schrei zu vernehmen, der eindeutig zu Josh gehörte. Das nächste, was kam, war ein lauter Knall, dazu ein Geräusch, das klang, als ob Knochen brächen. Nun wurde das Gekicher lauter, es schien aus jeder einzelnen Ecke des Raumes zu kommen, hallte sogar im Wald wider. Ein letzter Schrei von Ed war noch zu hören, dann war die Aufnahme beendet. Noch lange Zeit herrschte Stille, bis Liz diese schließlich durchbrach. »Das kann doch nicht mit rechten Dingen zugehen! Das Gekicher... das war definitiv nicht menschlich.«

»Das stimmt. So grausam klingen nicht einmal die schlimmsten Töne, die ein Mensch von sich geben kann«, stimmte Janet ihr zu.

Lewis wusste nicht, was er darauf erwidern sollte. Ihm fiel nichts ein, in seinem Kopf herrschte ein zu großes Durcheinander. Erst nach einer Weile, die er damit verbrachte, die Augen zu schließen, fügte sich ein undeutliches Bild zusammen.

»Ihr habt Recht. Das war nicht menschlich. Aber was kann es dann gewesen sein? Und vor allem wo sind die beiden? Wo ist das Haus?«

»Es könnte das Haus hinter dem Wasserfall sein. Auf der Skizze... Wisst ihr, was ich meine?«, fragte Janet.

»Das wäre eine vernünftige Erklärung. Lasst uns so schnell wie möglich dorthin. Auch, wenn es erst in vier Tagen ist. Vielleicht können wir sie ja noch retten«, meinte Liz hoffnungsvoll. Sie klang bedrückt.

»Das kann aber eigentlich nicht sein. Sie müssten uns dann ja in irgendeiner Form überholt haben, und das war definitiv nicht der Fall«, gab Lewis zur Kenntnis.

»Wir werden es ja herausfinden«, murmelte Jeff.

»Genau. Ich bin dafür, dass wir weitergehen. Lewis, kannst du jetzt wieder die Führung übernehmen?«, fragte Janet.

Eigentlich fühlte Lewis sich noch nicht fit genug, aber er konnte Janet nicht widersprechen. In ihrem Blick lag viel Verzweiflung, und er wollte sie nicht enttäuschen.

»Klar. Lasst uns weitergehen.«

Er stand auf, schulterte seinen Rucksack und folgte dem Wanderweg. Die Strecke ging steil bergauf und nach zwanzig anstrengenden Minuten, während denen der Weg, der durchgehend bergauf führte, immer unebener wurde, hatten sie die Hängebrücke erreicht.

11 *Samstag, 10. Juli 1995*

Sie erstreckte sich über einem Fluss, der mit einer heftigen Schnelligkeit unter ihnen dahinfloss. Ralf schätzte den Abstand der Brücke bis zum Wasser auf über einhundert Meter. So hoch, wie die Steigung, die sie die letzten zwanzig Minuten bewältigt hatten, eben gewesen sein musste. Ihm lief der Schweiß über den Körper, er hatte das Gefühl, zu verbrennen. In seinem Kopf herrschte ein zu großes Durcheinander und seine Nase schmerzte. Ralf ließ seinen Blick schweifen. Er und Alexander hielten sich zwanzig Meter vom Rest der Gruppe entfernt auf. Der Wald schien kein Ende zu nehmen, er erstreckte sich so weit, bis man ihn nicht mehr erkennen konnte. Inge und Marcel unterhielten sich gerade, während Matthias und Gudrun sie erwarteten. Matthias war der Erste, der einen Fuß auf die erste Stufe der Brücke setzte. Sie wirkte instabil, hielt seinem Gewicht jedoch stand. Er gab ihnen kurz zu verstehen, dass sie ihm erst folgen sollten, wenn er auf der anderen Seite angekommen war. Die Brücke konnte jederzeit einstürzen, und das wollten sie auf keinen Fall riskieren! Nach einer halben Minute befand er sich auf der anderen Seite. Er winkte Gudrun herbei, und nach ihr wagten sich auch Inge, Marcel und Alexander über die Brücke. Nur Ralf zögerte. Seine Höhenangst brach in Schüben über ihn ein und übermannte ihn plötzlich.

»Ich...«, stammelte er.

»Na, was? Hast du Schiss?«, neckte ihn Marcel.

Als Ralf das hörte, verspürte er wieder eine unbändige Wut in sich aufsteigen, gepaart mit dem dringenden Bedürfnis, Marcel seine Faust ins Gesicht zu rammen. Nur mit Mühe unterdrückte er eine provokante Antwort.

»Nein. Das Einzige, was ich habe, ist Höhenangst. Und das weißt du auch!«

»Komm rüber. Es dauert nicht lange, höchstens eine halbe Minute.«

Seine Wut ebbte langsam ab. Plötzlich kam Ralf die ganze Situation absurd vor. Was war das für ein Fluss? Als sein Blick wieter nach links schweifte, sah er den See. Ihren See. In der Ferne konnte er ihre Rucksäcke als kleine, schwarze Punkte ausmachen. *Wie Ameisen*, dachte er. Er zitterte. Der Fluss mündete in den See, und der war riesig! Vom Zeltlager aus war er Ralf nicht so groß vorgekommen. Auf der anderen Seite erstreckte er sich, bis er irgendwann hinter den hohen Bäumen verschwand. Ralf wusste, dass es an der Zeit war, den ersten Schritt zu wagen. Er setzte seinen Fuß auf die erste Stufe. Sie ächzte, und für einen Moment dachte er, dass die Brücke unter ihm einstürzen würde. Doch sie hielt ihm stand. Ralf stöhnte auf. Mit seinen einhundert Kilo war er noch schwerer als Alexander. Er war der schwerste, und er verfluchte sich in diesem Moment dafür. Mit geschlossenen Augen und den Händen an den Seilen der Hängebrücke setzte er zum zweiten und dritten Schritt an. Das war jedoch einer zu viel! Die Stufe brach unter seinem Fuß und er sackte bis zum linken Oberschenkel in das Loch, welches sich nun in der Hängebrücke befand.

»Scheiße!«, schrie er.

»Ralf!«, rief Matthias.

»Brauchst du Hilfe?«

»Ja. Schnell!«

Er wurde panisch, es kam auf Sekunden an. Lange würde ihn die Brücke nicht mehr halten können. Dann brach auch die nächste Stufe weg. Sein linkes Bein rutschte vollständig in den mittlerweile sehr großen Spalt, und seine schweißnassen Hände glitten langsam von dem Holzgeländer ab. Matthias war nicht mehr weit von ihm entfernt, vielleicht fünf Meter. Die Brücke würde beide nicht lange halten können. Nun waren es noch zwei Meter. In dem Moment, in dem Matthias seine Hand ausstreckte, rutschten Ralfs Hände von dem Geländer. Er wollte sich an der nächsten Stufe festhalten, griff jedoch ins Leere, so dass rein gar nichts mehr seinen Fall aufhalten konnte. Mit einem lauten Klatschen und einem harten Knall kam Ralf am Boden auf. Das Wasser um ihn herum färbte sich rot, und die Strömung trieb seine Leiche davon. Matthias war wieder bei dem Rest der Gruppe angekommen, als die Hängebrücke komplett einstürzte.

12 *Samstag, 16. Juli 2005*

Der Laden war leer. Seit die sechs Camper und das ältere Ehepaar das *Desert Valley* gestern Abend verlassen hatten, waren bis auf zwei Biker niemand mehr vorbeigekommen. Tanya seufzte. Es war mal wieder ein Tag zum Vergessen. Von ihrem Lohn konnte sie definitiv nicht leben. *Ich sollte diesem Kaff für immer den Rücken zukehren*, dachte sie. Mehr als einmal hatte sie sich darüber Gedanken gemacht, aber es war bei eben diesen Gedanken geblieben, sie in die Tat umzusetzen, das hatte sie nie versucht, sie gab einfach immer viel zu schnell auf. Sie brauchte den sprichwörtlichen Tritt in den Hintern, doch den hatte ihr bisher noch niemand gegeben – auch nicht sie selbst. Aus dem Augenwinkel nahm sie wahr, wie sich die Ladentür öffnete. *Ein Gast!*, schoss es ihr durch den Kopf. Doch als sie sich umdrehte, wurde sie jäh enttäuscht. Es handelte sich um keinen Gast sondern um ihren Exfreund Eugene. Sie stöhnte hörbar und etwas übertrieben auf. Schnell duckte sie sich hinter dem Tresen, doch Eugene hatte sie bereits entdeckt. Als Tarnung schnappte sie sich einen Putzlappen und tat so, als würde sie den Boden wischen.

»Na Schätzchen«, sagte Eugene, als er am Tresen ankam und von oben auf sie herabblickte.

Tanya erhob sich.

»Hallo, Eugene. Was möchtest du?«, fragte sie genervt.

»Mach mir mal ein Bier. Und dazu ein Schinken-Sandwich. Mit Eiern, bitte.«

Er grinste. Tanya hielt das Bierglas unter den Zapfhahn und reichte es Eugene, als es bis zum Rand vollgelaufen war. Dann verschwand sie in der Küche. Sie warf im Vorbeigehen einen Blick auf die Wanduhr. Zehn Uhr siebenunddreißig. Seit drei Stunden war sie nun schon hier, und Eugene war der erste Gast. Sonst war auch nicht viel los, gelegentlich verirrten sich mal Pendler auf der Durchreise hier, sie übernachteten in dem zwei Häuser weiter liegendem *Desert Inn* und kamen zum Essen ab und an mal ins *Dessert Valley*. Es war eine schäbige Bruchbude, und Tanya hatte sich schon mehrmals gefragt, wie dieses *Hotel* hier überhaupt überleben konnte. Sie würde nicht mal dort schlafen, wenn sie Geld dafür bekäme! Sie griff sich ein Toastbrot, bestrich es lustlos mit Butter und belegte es mit Schinken, Eiern und strich Mayonnaise darüber. Dann legte sie eine zweite Toastbrotscheibe darauf und schnitt das Ganze in zwei Hälften. Als sie den Teller zu Eugene bringen wollte, sah sie, dass sein Bier schon fast geleert war.

»Möchtest du noch ein Bier?«, fragte sie ihn.

»Immer.«

Er schob ihr sein Glas über den Tresen. Gerade, als Tanya es fassen wollte, rutschte es ihr aus der Hand, fiel mit einem lauten Knall auf den Boden und zerbrach in viele kleine Glasscherben. Tanya verschwand in der Küche und kam eine Minute später mit einem Handfeger und einer Schaufel wieder. Genervt bückte sie sich und schob die Scherben auf das Kehrblech. Als sie glaubte, dass sie alles aufgefegt hatte, ging sie wieder in die Küche und leerte die Schaufel in den Mülleimer aus. Danach schnappte sie sich ein neues Glas und zapfte Eugene ein frisches Bier.

»Nicht dein Tag, was?«, fragte Eugene sie mit vollem Mund.

»Nein, und du machst ihn nicht gerade besser«, zischte sie zurück.

Eugene grinste. Es war ein arrogantes Grinsen, welches Tanya noch lange in Erinnerung bleiben würde. Sie musste ihre aufgestaute Wut zurückhalten.

»Bleib locker, Schätzchen. Ich habe dir nichts getan.«

»Pass auf, Eugene«, sprach Tanya ruhig.

»Ich würde dir empfehlen, dass du dein Bier austrinkst, dein Sandwich aufisst und verschwindest. Ich habe schon genug Probleme in meinem Leben, da brauche ich dich nicht auch noch, glaub mir.«

»Ist ja gut«, murmelte Eugene.

Er legte sieben Dollar auf den Tresen, obwohl er eigentlich nur sechs bezahlen musste.

»Schön. Dann... hoffentlich auf Nimmer-Wiedersehen.«

Die Glastür schloss sich hinter Eugene. Tanya seufzte erleichtert auf. *Warum lässt er mich nicht einfach in Ruhe?*, fragte sie sich. Okay, sie hatte sich unfair ihm gegenüber verhalten. Aber warum konnte er sie nicht einfach vergessen? Sie in Ruhe lassen? Sie wusste es nicht. Plötzlich hörte sie Schritte hinter sich. Sie drehte sich um und erblickte Megan. Ein Lächeln stahl sich auf ihr Gesicht. Sie kannte Megan, seit sie vor vier Jahren angefangen hatte, im *Desert Valley* auszuhelfen. Vor vier Jahren, mit sechzehn, hatte sie nur an den Wochenenden gearbeitet, das hatte sich aber seit zwei Jahren geändert. Megan war eine Freundin für sie geworden, obwohl sie fünf Jahre älter war und seit fünf Jahren fest in dem Restaurant arbeitete.

»Was war denn hier los?«, fragte Megan aufgebracht.

»Eugene war eben hier. Ich meine, ich habe ihn ja schon echt lange nicht mehr gesehen, aber kann er mich nicht einfach in Ruhe lassen?«

»Dieser Typ...! Und dann hat er auch noch ein Glas runtergeworfen?«

»Nein. Das war ich, es ist mir aus der Hand gefallen. Trotzdem... irgendwas stimmt mit mir nicht.«

»Das sehe ich auch. Los, sag schon.«

»Ich weiß es ja selbst nicht. Leider.«

»Merkwürdig.«

Megan runzelte die Stirn.

»Sag ich ja. Ich weiß nicht, ob es an Eugene liegt oder daran, dass ich einfach keine Lust mehr habe, hier zu arbeiten. Der Lohn ist so niedrig, die Arbeitszeiten sind so schlecht... Ich will einfach nicht mehr! Verstehst du?«

»Ja klar«, antwortete Megan.

»Lass uns eine rauchen. Das löst zwar nicht deine Probleme, aber es erleichtert sie etwas!«, ergänzte sie und klopfte Tanya freundschaftlich auf die Schulter.

13 *Samstag, 16. Juli 2005*

Es war ein traumhafter Anblick. Liz nahm ihre Kamera in die Hand und schoss einige Fotos. Von jeder Position aus konnte man das Wasser sehen, der Fluss floss langsam dahin, was daran lag, dass es allgemein fast windstill war. Von Westen zogen derweil langsam einige Wolken auf. *Wolken bedeuten Schatten. Und das wäre gar nicht so schlecht*, schlussfolgerte Lewis. Sie alle schwitzten, was aber nicht nur an der Hitze lag, sondern auch an der Steigung, die sie bewältigt hatten, bevor sie die Hängebrücke erreicht hatten.

»Stellt euch mal vor die Brücke!«

Liz hantierte mit ihrer Kamera.

»Ja, so ist es gut.«, sagte sie, als Janet, Lewis und Jeff die richtige Position eingenommen hatten. Sie schoss einige Fotos. Danach ging sie auf die Hängebrücke zu, um von der anderen Seite ein paar gute Schnappschüsse hinzubekommen. Sie ging rückwärts, schätzte die Abstände der Holzstufen jedoch nicht richtig ein und knickte in einem Spalt um. Mit einem Schmerzensschrei ließ sie ihre Kamera fallen. Kurz sah es danach aus, als würde diese auf einer der morschen Holzstufen landen, was jedoch nicht passierte: sie erwischte eine Lücke und fiel in den Abgrund. Der Aufprall war nicht zu hören, da sie im Wasser landete, und von dort aus langsam in die Ferne gespült wurde.

»Hast du dir wehgetan?«

Janet klang besorgt.

»Ja. Scheiße«, antwortete Liz verkniffen.

Janet bedeutete Lewis und Jeff, ihr zu folgen. Doch als Lewis einen Fuß auf die Brücke setzte, bemerkte er, wie diese bedrohlich zu wackeln begann.

»Janet!«, rief er.

»Die Brücke ist zu instabil für drei Personen. Komm du einfach wieder hierher, Jeff geht zu Liz.«

Janet kam auf ihn zu. An ihrem Gesichtsausdruck konnte er ganz klar den Schock, den sie erlitten hatte, ablesen.

»Und?«, fragte er, als sie sich wieder am sicheren Ufer befand und Jeff die Hängebrücke betrat.

»Sie ist ziemlich fies umgeknickt. Aber ich denke, sie wird bald wieder normal gehen können.«

Mittlerweile war Jeff an der Stelle, an der Liz auf ihn wartete, angekommen. Die Brücke erzitterte, als er ihr hoch half, aber sie hielt dem Gewicht der beiden stand. Liz konnte ihren Fuß scheinbar wieder normal belasten, weshalb sie die Hängebrücke wenige Zeit später überwunden hatte – gefolgt von Jeff, Janet und Lewis. Auf der anderen Seite entdeckte Lewis ein Schild. Er warf einen näheren Blick darauf. *Three Lake Bridge* - Drei Seen Brücke, stand dort geschrieben. Lewis ging näher an die Brücke heran und sah sich die Umgebung genau an. Links erstreckte sich der See, in dem der Fluss mündete. Er erkannte, dass das ihr See war, der See, in dem sie heute Morgen noch ein Bad genommen hatten. Doch es war direkt zu sehen, dass etwas nicht stimmte. Das Wasser war nicht wie heute Morgen glasklar, sondern hatte einen dunkelroten Farbton angenommen.

»Guckt euch das mal an!«, sagte er atemlos.

»Was denn?«, fragte Liz und humpelte zu ihm herüber.

»Der See... Heute Morgen war er glasklar. Und guck mal jetzt, dunkelrot. Das ist doch höchst merkwürdig, oder?«

Nun kamen auch Janet und Jeff dazu. Nach einer Weile, während derer sie das Schauspiel einfach nur beobachteten, ergriff

Janet das Wort.

»Das ist auf alle Fälle nicht normal! Ich meine, dunkelrot?!«
Plötzlich stockte sie. Von der einen auf die andere Sekunde
nahm der See plötzlich einen komplett anderen Farbton an, er
wechselte von dunkelrot zu hellgrün. Verdutzt blickten sie sich
an. Lewis warf nebenbei einen Blick auf seine Uhr. Gebannt
starrten sie auf das Schauspiel, nach exakt fünf Minuten wechselte die Wasseroberfläche jedes Mal ihre Farbe. Nun war der
See glasklar. Sie warteten weitere fünf Minuten, doch es geschah nichts mehr. Auch zehn Minuten später lag der See noch
immer unverändert vor ihnen, es war, als wäre nie etwas passiert.

»Was war das denn bitte?«, fragte Liz nach einiger Zeit.

»Ich habe keine Ahnung. Es gäbe nur eine logische Erklärung,
aber die macht nicht wirklich Sinn«, murmelte Lewis.

»Und die wäre?«

»Gelöste Schwebstoffe, wie zum Beispiel Eisen oder Mangan-
verbindungen. Aber das würde nicht erklären, warum sich das
Wasser innerhalb weniger Minuten erst von dunkelrot auf hellgrün und dann wieder auf den normalen Farbton färbt. Immer
im fünf Minuten Takt. Und dann... ich meine, dass es dann wieder den normalen Farbton annimmt, ist schon höchst seltsam!«

»Ich glaube, das hat nichts mit chemischen Verbindungen zu
tun. Frag mich nicht warum, ich habe es einfach im Gefühl«,
meinte Jeff.

»Ich glaube es auch nicht. Aber es wäre die einzige, vernünftige
Erklärung.«

»Ich weiß nicht, was ich glauben soll. Wobei deine Erklärung
eigentlich nicht verkehrt klingt. Aber... das mit den fünf Minuten, das bereitet mir Kopfzerbrechen«, brachte Janet sich in das

Gespräch mit ein.

»Eben«, sagte Lewis.

»Lasst uns bitte weitergehen«, brachte Liz mit schmerzverzerrtem Gesicht hervor.

»Vielleicht finden wir ja irgendwo eine vernünftige Sitzgelegenheit. Einen Baumstamm, oder so.«

Lewis konnte seinen Blick nur schwer von dem See abwenden. Dennoch hatte Liz recht, sie mussten weiter! Er übernahm wieder die Führung, allerdings nicht, ohne noch einen letzten Blick auf den See zu werfen. Und mit diesem Blick glaubte er, eine Antwort auf die brennende Frage gefunden zu haben.

14 *Samstag, 10. Juli 1995*

Nach einer Minute war von der Hängebrücke nichts mehr übrig, die Holzbretter fielen nach und nach in ihren Einzelteilen in den reißenden Fluss. Niemand war fähig, ein Wort zu sprechen, bis Matthias nach ein paar Minuten die fast schon unheimliche Stille durchbrach.

»SCHEISSE!«, schrie er so laut er konnte in den Wald hinein. Sein Ruf hallte durch das dichte Gestrüpp wider. Inge zuckte zusammen. So hatte sie Matthias bisher noch gar nicht kennengelernt, sie hatte ihn immer als still wahrgenommen, und ihn so noch nie von seiner anderen Seite kennengelernt. *Stille Wasser sind eben tief.*

»Du kannst nichts dafür«, versuchte sie Matthias zu beruhigen. Was ja auch stimmte - er war unschuldig, er hätte Ralf nicht retten können. Aber ihre Worte drangen nicht zu Matthias durch, er war zu aufgewühlt, um sie überhaupt verstehen zu können.

»Inge hat Recht«, meldete sich Gudrun.

»Ja«, meinten auch Alexander und Marcel fast zeitgleich.

Dennoch ließ Matthias sich nicht beruhigen.

»Ich hätte schneller bei ihm sein müssen«, brachte er leise hervor.

Gudrun wagte einen Schritt auf ihn zu und legte einen Arm um ihn.

»Du kannst wirklich nichts dafür. Sei froh, dass du unversehrt geblieben bist«, flüsterte sie ihm beschwichtigend zu.

»Wärst du noch länger auf der Brücke geblieben, wärst du jetzt ebenfalls tot. Sei froh, dass du noch lebst. Das war wirklich ziemlich knapp«, ergänzte sie.

»Ich hätte es verhindern können.«

»Nein. Und jetzt hör auf, dir andauernd Vorwürfe zu machen. Du kannst nichts dafür!«

Gudrun wurde etwas lauter. Inge gefiel das nicht, aber sie wollte ihre Freundin auch nicht zurückhalten. Im Grunde hatte sie ja recht.

»Lasst uns weiter. Bitte. Sonst vergesse ich die Sache nie«, murmelte Matthias.

»Ich übernehme auch die Führung.«

Er wirkte wieder einigermaßen gefangen, die Worte, die gewechselt worden waren, schienen tatsächlich ihre Wirkung erzielt zu haben. Inge seufzte leise und erleichtert auf. Marcel holte indes die Wanderkarte aus seiner Hosentasche heraus und reichte sie an Matthias weiter.

»Wie kommen wir denn jetzt eigentlich wieder zurück?«, fragte er.

»Ich denke, wir brechen die Wanderung an dieser Stelle ab. Wir müssen halt nur irgendwie wieder zurückkommen.«

Marcel sah die anderen kurz fragend an und machte einen Schritt auf den Abgrund zu, über dem bis eben noch die Hängebrücke geschwebt hatte. Es sah fast so aus, als ob sie nie dagewesen wäre. Er warf einen Blick über den Abgrund, unter seinen Füßen ging es senkrecht hinunter. Ein Schauer lief ihm über den Rücken, als er dachte, wie Ralf sich gefühlt haben musste. Obwohl er ihn nicht gemocht hatte, fühlte er mit ihm. Er hatte genauso zur Gruppe gehört wie alle anderen auch, und sie hatten ihn verloren. Nur, was jetzt? Es sah nicht so aus, als ob es einen Weg gäbe, der nach unten führen würde. Und selbst wenn sie unten waren, wie sollten sie es dann schaffen, den Fluss zu umgehen? Auf die andere Seite zu schwimmen kam gewiss nicht infrage, dafür war die Strömung zu stark. Es blieb ihnen keine andere Möglichkeit, sie mussten weiterwandern, um irgendwie einen Weg zurück zu finden. Bis dato war dieser Weg die Brücke gewesen, aber da diese jetzt nicht mehr existierte, mussten sie umdenken. Sie brauchten einen Plan B. Plötzlich zog ein stechender Schmerz durch Marcels Kopf, genau an der Stelle, an der Ralf ihn mit der Faust getroffen hatte. Ihm wurde schwindelig, weshalb er wieder den Weg zurück zum Rest der Gruppe einschlug.

»Also einen Weg zurückzufinden wird schwierig werden. Vor allem wird der Fluss das größte Problem sein, wir werden ihn nicht überqueren können. Er ist zu breit und fließt viel zu schnell. Unmöglich! Einen Weg, der um den Fluss führt, gibt es nicht, ich habe mir alles genau angesehen. Trotzdem sollten wir weiter suchen. Oder habt ihr eine andere Idee?«

Sein Blick schweifte durch die Runde, Inge und Gudrun schüttelten nur den Kopf, während Matthias und Alexander unschlüssig blieben.

»Also ich für meinen Teil will so schnell es geht wieder zum Zeltlager zurück«, meinte Matthias plötzlich.

Niemand erhob Einspruch.

»Soll ich dir die Tasche mal abnehmen?«, fragte er Gudrun.

»Ja, bitte. Sie ist ziemlich schwer.«

Sie überreichte Matthias die schwere Tasche. Er hängte sie sich um die Schulter und packte die Tüte mit den Salzbrezeln aus. Er griff hinein, doch bis auf Alexander verneinten alle, niemand hatte Lust, nach diesem Schock etwas zu essen. Matthias tat es auch mehr oder weniger als Ablenkung, stand danach auf und wies den anderen den Weg. Dieser führte zunächst über einige Steine und Baumstämme, bis der Wanderpfad mit einer Lichtung endete. Die Sonne, die ihre Strahlen durch den mittlerweile bedeckten Himmel auf das Moos warf, verharrte an einem Punkt. Es glitzerte. *Wasser*, schoss es Marcel durch den Kopf. Und tatsächlich: sie befanden sich an einer Quelle. Nur war das Wasser nicht glasklar, sondern hatte einen blutroten Farbton angenommen, bei dessen Anblick sich Marcels Magen zusammenzog.

15 *Samstag, 16. Juli 2005*

Olivia wurde von lauten Schreien geweckt. Ihr Kopf schmerzte, und es fiel ihr schwer, sich aufzurichten. Sie öffnete die Augen, doch es war komplett finster und still – eine geisterhafte, unheimliche Stille. Nach und nach wurde ihr bewusst, dass sie sich in einem Haus befand. Als ihre Augen sich an die Dunkelheit gewöhnt hatten, sah sie, dass durch einige Ritzen Licht ins Innere fiel. Bruchstückhaft kamen ihre Erinnerungen zurück, sie schoben sich über die Schwärze, die vorher in ihrem Kopf geherrscht hatte. Sie waren an ihrem Zeltplatz angekommen – doch was war dann passiert? *Howard!*, schoss es ihr durch den Kopf. Sie tastete den Boden neben sich ab, doch bis auf einige Splitter und lose Dielenbretter fand sie nichts.

»Howard?«, schrie sie in die Dunkelheit hinein.

Doch da war nichts. Bis auf... Halt! Olivia stand nun auf ihren Beinen und tastete sich durch die Dunkelheit. Plötzlich bekam sie etwas zu fassen, was sich wie ein Treppengeländer anfühlte. Vorsichtig setzte sie einen Fuß vor den anderen, und bemerkte, dass sie mit ihrer Vermutung recht hatte. Es war tatsächlich eine Treppe, nur erstreckten sich die Stufen nicht gerade wie eine normale Treppe, nein, sie waren schraubenartig angeordnet wie bei einer Wendeltreppe. Sie bestanden aus altem, morschem Holz. Ein stechender Schmerz schoss durch ihren Kopf, und plötzlich war ihre Erinnerung wieder voll da. Sie waren entführt worden! Howard hatte sich im Zelt aufgehalten, während der Entführer sie gepackt und ihr dieses Tuch auf das Gesicht gedrückt hatte. Danach hatte sie das Bewusstsein verloren, und das wahrscheinlich für eine ziemlich lange Zeit. Nun hatte sie das Ende der Treppe erreicht, sie mündete in einem altmodischen Flur. Die Einrichtung erinnerte Olivia fast an das Haus, in dem sie in ihre Kindheit verbracht hatte. Obwohl es dunkel war und nur durch vereinzelte Lücken in der Jalousie Licht fiel, konnte sie grobe Umrisse erkennen. Eine Kommode, auf ihr standen eine Vase und eine Glaslampe. Plötzlich ging die Lampe wie von Geisterhand an, Olivia drehte sich reflexartig um, doch der Flur war leer - bis auf sie selbst befand sich niemand in der oberen Etage. *Hier geht es definitiv nicht mit rechten Dingen zu,* dachte sie. Es handelte sich um eine Lampe, die aussah, als ob sie der Bewohner irgendwo ausgegraben hätte. Erst jetzt, als Olivia ihren Blick schweifen ließ, entdeckte sie die Tür. Mit einem mulmigen Gefühl begab sie sich ans Ende des Flures und stand nach wenigen Sekunden direkt vor ihr. Sie wurde von einem goldenen Knauf geziert, auf dem ganz kleine Totenköpfe zu sehen waren. Darüber hing ein Bild, oder besser gesagt eine Kopie von dem originalen Gemälde. Olivia erkannte es sofort. *Die Beständigkeit,* von Salvador Dalí. Sie klopfte leise an der Tür. Nichts. Daraufhin griff sie nach dem Knauf, drehte ihn, und trat ein. Als sie über die Schwelle trat, fühlte sie sich direkt unwohl. Hier war Howard schon mal nicht, das war ihr nach wenigen Sekunden bereits klar. Sie wollte den Raum so schnell wie möglich wieder verlassen, doch plötzlich hielt sie inne. Sie tastete sich auf der Suche nach einem Lichtschalter, den sie nach wenigen Sekunden auch fand, an der Wand entlang. Doch als sie ihn schließlich betätigen wollte, merkte sie, dass die Glühbirne wohl kaputt sein musste. *Außer es hat sich jemand am Sicherungskasten zu schaffen gemacht...* Der Sicherungskasten! Das wäre die Lösung! Olivia verließ den Raum und hatte bald wieder die Wendeltreppe erreicht. Die Holzstufen

84

ächzten unter ihren Füßen, als sie sich auf den Weg nach unten machte. *Das Haus muss schon ziemlich alt sein*, dachte sie. Sie hatte kurz darauf wieder die Stelle erreicht, an der sie vorhin aufgewacht war. Auch hier gab es einen Gang, der ihr gar nicht aufgefallen war. Am Ende befanden sich zwei Türen, zudem lag ein undefinierbarer Geruch in der Luft. Olivia rümpfte die Nase. Plötzlich hörte sie hinter einer der Türen einen Schrei. *Howard!* Sie vergaß die Ambitionen, nach dem Sicherungskasten zu suchen und stieß die linke Tür auf. Das Licht war in diesem Raum angeschaltet, und was sie sah, konnte sie zunächst nicht glauben. Sie tat die gesamte Sequenz als Albtraum ab: Howards Körper befand sich neben denen von zwei jungen Männern auf dem Boden. Die Leichen lagen kopflos nebeneinander, jeder von ihnen in einer Blutpfütze. Der Körper des einen jungen Mannes sah seltsam verrenkt aus, und der Geruch des Blutes füllte den gesamten Raum aus. Ihr Blick glitt weiter durch die Umgebung, bis sie die Köpfe entdeckte. Sie steckten auf Holzpfählen, der von Howard füllte den linken aus. Sie drehte sich weg, während ihr Tränen in die Augen stiegen. Plötzlich hörte sie Gekicher, das von überall zu kommen schien. Die Holztür, durch die sie in den Raum gekommen war, schloss sich auf einmal automatisch hinter ihr, doch bevor sie ganz geschlossen war, warf Olivia sich reflexartig und entschlossen mit ihrem gesamten Körpergewicht dagegen. Mit Erfolg. Sie ließ sich wieder aufstoßen, Olivia rannte aus dem Raum, erreichte die gegenüberliegende Tür und drückte die Klinke herunter. Im Inneren war es stockdunkel. Die Tür fiel hinter ihr ins Schloss, und sie versuchte, mit ihren Händen zu ertasten, was sich in dem Raum befand. Sie strich über kaltes Metall, und bevor sie den gesamten Fremdkörper abgetastet hatte, wusste sie, dass es sich um den gesuchten Sicherungskasten handelte. Sie tastete weiter, bis sie das Schloss des Kastens gefunden hatte. Er war abgeschlossen, und mit bloßer Gewalt würde er sich nicht öffnen lassen, wie Olivia nach einigen Versuchen erfolglos feststellen musste. Sie tastete weiter an der Wand entlang, bis sie etwas erreicht hatte, dass sich wie Glas anfühlte. *Ein Fenster*, dachte sie. Olivia suchte nach einem Griff, den sie aber nicht fand. Das Glas war sehr dünn. Fieberhaft überlegte sie, womit sie es einschlagen könnte. Holz. Plötzlich herrschte ein Inferno aus aufgewühlten Gedanken in ihrem Kopf. Holz. Oben im Raum hatte sie es bemerkt, ihre Arme hatten Holz gestreift, aber sie hatte sich zu der Zeit keine Gedanken darüber gemacht. Wenn sie hier rauswollte, musste sie zwangsläufig noch einmal nach oben gehen. Sie seufzte, begab sich auf den Flur und von dort aus zu der Wendeltreppe. Währenddessen überlegte sie, versuchte, wieder einen klaren Kopf zu bekommen. Mehrere Sachen waren definitiv merkwürdig - zum einen das, was sie in dem Raum wahrgenommen hatte. Erneut stiegen ihr die Tränen in die Augen, doch sie kämpfte gegen diese an. Sie war sich sicher, dass sie ein Wesen gesehen hatte, als sie ihren Blick von der Szenerie, die sich ihr geboten hatte, abgewandt hatte. Einen Dämon. Olivia bekam eine Gänsehaut. Sie hatte die die Gestalt zwar nur aus dem Augenwinkel wahrgenommen, war sich aber doch sehr sicher. Und die Leichen, sie waren übel zugerichtet gewesen. Erneut wurde ihr der schmerzhafte Verlust von Howard klar. Tränen stiegen ihr in die Augen, doch sie wollte ihren Gefühlen erst freien Lauf lassen, wenn sie sich in Freiheit befand. Und das erforderte noch einiges an Arbeit. Sie erreichte den oberen Flur und bemerkte, dass die Lampe noch immer angeschaltet war. Die Tür war wieder offen. Als sie sich einen

Holzpflock schnappte, sah sie, dass es sich um einen Totempfahl mit vielen, kleinen Schnitzereien handelte. Sie waren schrecklich und zeigten, wie grauenhafte Wesen einen blutigen Kampf ausfochten. Sie wandte den Blick ab, denn sie wollte sich die Schnitzereien nicht näher ansehen. Stattdessen lief sie wieder zu der Treppe, und stand bald schon vor der Tür, die in den Raum führte, in dem sich der vermeintliche Sicherungskasten und das Fenster befanden. Sie war noch immer offen, was Olivia enorm erleichterte. In diesem unheimlichen Haus hätte sie mit allem gerechnet, es hätte sie nicht mal groß verwundert, wenn der Raum nun verschlossen gewesen wäre. Sie holte aus und warf den Totempfahl mit voller Kraft in Richtung des Fensters. Das zersplitternde Glas übertönte das Gekicher, welches hinter der Tür des gegenüberliegenden Raumes klar und deutlich zu vernehmen war. Aber die entstandene Lücke war zu klein, Olivia holte erneut aus, und traf nun auch die Reste der Fensterscheibe. Die Glasscherben fielen mit einem lauten Knall auf den Boden, und durch die gerade entstandene Lücke fiel Licht auf den Boden. Selbige war nun groß genug, nur die Rollläden waren noch im Weg, doch diese stellten kein größeres Problem mehr dar. Als Olivia sich durchgekämpft hatte, wurde ihr bewusst, dass sie sich keineswegs in Freiheit befand. Sie fand sich in einem viereckigen Holzschuppen wieder, der zwar nicht besonders groß aber bis in die hinterste Ecke vollgestellt war. Als Olivia in dem schummrigen Licht, welches durch eine Dachluke fiel, sah, was sich in dem Raum befand, stockte ihr der Atem. Überall an den Wänden hingen Knochen, teilweise blutverschmiert. Näher wollte sie nicht hinsehen, es war ihr einfach zu viel, sie hatte in den letzten Minuten schon genug gesehen. Den Totempfahl, den sie weiterhin bei sich trug, stieß sie mit aller Kraft, die sie aufbringen konnte, gegen das Dachfenster. Und sie hatte Erfolg: die Glasscheibe zerbrach dieses Mal sogar beim ersten Versuch vollständig. Einige Scherben landeten auf Olivias Kopf, doch das interessierte sie in diesem Moment überhaupt nicht. Sie hielt kurz inne und schnappte sich dann einen großen Tisch, auf dem weitere Knochen lagen. Sie schob diese beiseite und stellte sich auf die Platte. Es war wackelig, und erfüllte seinen Zweck noch nicht ganz – selbst, wenn sie sich streckte, fehlte noch ein geschätzter halber Meter. Olivia dachte fieberhaft nach. Plötzlich hörte sie Schritte. Sie konnte nicht einschätzen, aus welchem Bereich des Hauses diese Schritte kamen, da das gesamte Gebäude knarzte. *Der Besitzer ist da!*, schoss es ihr durch den Kopf. Sie musste sich beeilen. Nun konnte sie jedoch hören, wie die Person die Treppen hochstieg, und eine Welle der Erleichterung überkam sie. Das verschaffte ihr etwas mehr Zeit, und die war wertvoll, denn jede Sekunde konnte über Leben und Tod entscheiden. Dennoch hatte sie ihr Problem bisher noch nicht gelöst. Hastig suchte sie nach irgendwelchen Dingen, die ihr weiterhelfen konnten. Aber da war immer noch nichts. Bis auf die kleine Kommode an der Seite – hatte sie die etwa tatsächlich übersehen? Sie kletterte von dem Tisch und ging zu besagter Kommode, die ebenfalls über und über mit Knochen bestückt war. Erleichtert stellte sie fest, dass das Möbelstück wesentlich leichter war, als sie gedacht hatte. Dennoch war es ein Kraftakt, die Kommode auf den Tisch zu hieven. Zögerlich wagte sie einen Schritt auf die wackelige Konstruktion, stellte sich auf die Zehenspitzen… und konnte so den Rand der Dachluke tatsächlich locker erreichen. Genau rechtzeitig, denn in dem Moment, in dem sie sich auf dem Dach des Schuppens befand, hörte sie, wie die Tür zum

Raum mit dem Sicherungskasten geöffnet wurde. *Gleich habe ich es geschafft!* Der Abstand zum Boden betrug etwa zwei Meter, doch ein umgestürzter Baumstamm verkürzte ihn auf ungefähr einen. Olivia wagte es, zu springen, und landete genau auf dem Baumstamm. Sie konnte ihr Gleichgewicht nicht mehr halten und stolperte mehr durch den Wald, als dass sie rannte. Am nächsten Baumstamm hielt sie sich fest und sank erschöpft zu Boden. Sie hatte es geschafft, sie war frei!

16 *Samstag, 16. Juli 2005*

Ein Schlüssel. Lewis überlegte. Als er sich das letzte Mal umgedreht hatte, hatte der See etwas komplett Neues gezeigt. Vielleicht war es auch pure Einbildung gewesen, doch Lewis meinte gesehen zu haben, dass die Wasseroberfläche sich nicht mehr dunkelrot oder hellgrün gefärbt, sondern einen Schlüssel gezeigt hatte. Es war, als ob Scheinwerfer ein komplexes Muster auf den See geworfen hatten. Lewis drehte sich erneut um, doch nun war der Schlüssel nicht mehr zu sehen. *Also doch nur Einbildung.* Dann übernahm er die Führung und ging weiter. Der Schlüssel, falls es ihn gegeben hatte, hatte antik ausgesehen, und Lewis glaubte zu wissen, um welchen es sich dabei handeln musste. *Entweder, es hat was mit Josh und Ed oder etwas mit dem Haus, was wir auf der Skizze gefunden haben, zu tun.* Fragen über Fragen, und er wüsste nur zu gerne mal ein paar Antworten. Nichtsdestotrotz gab er das Tempo vor und setzte den Weg, der mit der Zeit immer unebener wurde, da sich zu den Kieselsteinen größere Brocken und umgestürzte Baumstämme gesellten, fort. Kurz darauf hörte jedoch auch dieser Weg auf, er endete komplett, da sie eine Lichtung erreicht hatten. Die Sonnenstrahlen fielen durch das dichte Geäst über ihnen, sie ergaben das perfekte Fotomotiv. Aus dem Augenwinkel nahm Lewis eine Quelle wahr. Sie befand sich etwas abseits der Lichtung, und als er sah, welchen Farbton das Wasser hatte, wurde ihm mulmig. Blutrot. Dennoch verspürte er den Drang, etwas trinken zu müssen. Sein Hals fühlte sich ausgetrocknet an, weshalb er seinen Rucksack absetzte und seine Feldflasche hervorkramte. Doch als er sie anhob, bemerkte er, dass sie leer war. Natürlich, sie hatten ihre Flaschen beabsichtigt leer gelassen, weil sie an genug Seen vorbeikommen würden. Genug Stellen, an denen man die Flaschen auffüllen konnte, um nicht unnötigen Ballast mit sich herumzuschleppen. Seufzend hielt er inne. Sollte er das Wasser einfach mal probieren? Falsch machen würde er damit höchstwahrscheinlich nichts. Sein Durst wurde immer stärker, er war fast nicht mehr auszuhalten.

»Wollen wir das Wasser mal probieren?«, fragte er.

»Ich habe schrecklichen Durst«, ergänzte er.

»Bist du verrückt? Das sieht aus, als ob da ein Tier oder sonst was geschlachtet wurde. Nie im Leben!«, meinte Liz.

»Sieht tatsächlich ziemlich ekelhaft aus«, sagte Janet angewidert.

»Aber wir müssen etwas trinken.«

Ohne eine Antwort abzuwarten ging Lewis zu der Quelle. Als er die Feldflasche in das Wasser tauchte, fühlte er, dass es deutlich wärmer war, als er gedacht hatte. Er schöpfte die Flasche voll. Als er sie wieder herausziehen wollte, streiften seine Hände blankes Metall. Fast wie... ein Schlüssel! Lewis hielt kurz inne, steckte seine Hand zurück und ertastete den Gegenstand, ehe er ihn aus dem Wasser nahm. Es handelte sich tatsächlich um einen Schlüssel, er sah genauso aus, wie Lewis ihn auf dem See gesehen hatte. Hatte er da etwa eine Vision gehabt?

»Was ist das?«, fragte Janet, als sie den Schlüssel sah.

»Ein Schlüssel.«

»Ein Schlüssel?«, fragte Liz, als sie sich ebenfalls vor der Quelle befand.

»Eben, nachdem der See die Farbe gewechselt hatte und wir schon gehen wollten, habe ich mich noch einmal umgedreht. Auf dem See war ein Bild von diesem Schlüssel zu sehen gewesen. Vielleicht habe ich mir das auch nur eingebildet - keine Ahnung. Ich wollte euch das nur mitteilen.«

»Aber wozu soll der gut sein?«

Lewis reichte Janet den Schlüssel, und sie betrachtete ihn in ihren Händen.

»Er sieht ziemlich alt aus.«

»Stimmt«, murmelte Jeff.

»Fast schon antik.«

Auch er betrachtete den Gegenstand näher und gab ihn danach Lewis zurück. Dieser öffnete seinen Rucksack und legte den Schlüssel behutsam hinein. Ihn beschlich irgendwie das Gefühl, dass sie ihn später noch brauchen würden. Danach trank er einen Schluck von dem Wasser, welches er sich zuvor in die Feldflasche gefüllt hatte. Er merkte jedoch zu spät, dass es sich dabei keinesfalls *nur* um Wasser handelte. Angewidert spuckte er die Flüssigkeit aus und übergab sich. Danach ging sein Blick zur Quelle. Und da entdeckte er es: unter einem Felsvorsprung lagen ein Dutzend tote Kaninchen. Er würgte.

»Na, doch nicht trinkbar?«, scherzte Jeff.

»Nein. Aber wenigstens weiß ich, warum es nicht schmeckt.«

Er zeigte auf die Kaninchen.

»Was soll das denn jetzt?«, meinte Liz, als sie die leblosen Körper sah.

»Ich habe keine Ahnung. Aber lasst uns von hier verschwinden.«

Lewis schmeckte immer noch das Blut in seinem Mund. Wie hatte er nur so naiv sein können? Im Grunde war es klar gewesen, dass das Wasser nicht trinkbar sein konnte. Aber egal. Erneut stieg ihm die Galle im Hals hoch, doch er schaffte es nun, sie herunterzuschlucken. Janet und Liz setzten sich auf zwei

Steine, die sich nah an der Quelle befanden, Jeff ließ sich etwas abseits nieder. Lewis legte seinen Rucksack ab, ging ebenfalls zu einem der zahlreichen Steine und setzte sich. Es tat gut, zu sitzen. Durch das dichte Geäst fielen die Sonnenstrahlen auf den Boden, es blendete ihn, was ihn aber nicht daran hinderte, für einen Moment zu entspannen und die Augen zu schließen. Es fiel ihm extrem schwer, abzuschalten, denn es gab einfach zu viele Dinge, die in seinem Kopf herumgeisterten – Liz' Rucksack, die Knochen, das Holz und die Kaninchen, die Färbung der Seen mal außen vorgelassen. Alles musste irgendwie zusammenpassen, das war Fakt. Zufall konnte das wahrlich nicht mehr sein. Lewis blickte auf die Quelle. Ebenfalls rätselhaft war, dass das *ganze* Wasser blutrot gefärbt war. Das Blut von den zwölf Kaninchen war dafür niemals ausreichend gewesen. Über ihnen erstreckten sich Kiefern in den wolkenbehangenen Himmel, sie spendeten ein wenig Schatten. Lewis öffnete den Reißverschluss seines Rucksackes und kramte die Wanderkarte hervor. Weit und breit war kein Weg zu sehen, stattdessen entdeckte er in etwa zweihundert Metern Entfernung die Umrisse eines Schildes. Es hatte denselben Grünton wie das Schild, welches ihnen den Weg in die Hölle gewiesen hatte. Von der Quelle aus war nicht ersichtlich, was dort geschrieben stand.

»Wartet mal eben hier. Ich bin gleich zurück.«

Ohne auf eine Antwort der anderen zu warten stand er auf und ging den unbefestigten Weg zu dem zweiteiligen Schild. Als er vor jenem stand, konnte er genauestens entziffern, was dort geschrieben stand. „Three Lake Bridge. 15 min" - das Schild, welches in ihre Richtung wies, die Hängebrücke, von der sie gekommen waren. „Wasserfall 4 ¼ std". Das Schild, was nach vorne zeigte. *Wasserfall.* Lewis glaubte, dass es der Wasserfall war, der auf seiner Karte zu finden gewesen war, der kleinere der beiden. Der, der angeblich nur ein Zehntel der Größe des anderen betragen sollte. Lewis konnte sich das bei bestem Willen nicht vorstellen, war aber trotzdem neugierig. Und eben diese Neugier überwog der Angst, und an den Blicken seiner Freunde, die er aus der Entfernung wahrnehmen konnte, konnte er erkennen, dass es ihnen genauso erging. Er trat den Rückweg zu der Quelle an und wartete, bis jemand das Wort übernahm.

»Und?«, fragte Liz.

»Nichts Besonderes. Nur das, was wir schon wissen. Noch etwas mehr als vier Stunden bis zum kleineren Wasserfall. Sonst stand da nur noch der Name der Hängebrücke.«

»Also ich hätte ja gedacht, dass wieder so eine Himmel oder Hölle Sache kommt. Aus dem Ganzen werde ich nicht schlau«, murmelte Jeff.

»Ich auch nicht. Ist schon ziemlich merkwürdig«, bestätigte Liz.

»Lasst uns weiter. Ich würde mir gerne ein Bild von der ganzen Situation machen.«

Sie wählten den Weg, der sie zu dem Wasserfall bringen würde – genauer genommen hatten sie ja auch keine andere Wahl. Schon bald mündete der Moosweg in einen festeren, steinigeren Untergrund, und der Wald wurde immer dichter.

17 *Samstag, 10. Juli 1995*

»Donnerwetter!«, staunte Alexander, als er die Quelle sah. Die Wasseroberfläche schimmerte im Sonnenlicht, im Kontrast mit dem gelblichen Licht wirkte das Wasser fast orange.

»Was ist das?«, fragte Inge mehr sich selbst als die anderen.

»Wenn ich das mal wüsste«, erwiderte Gudrun ratlos.

»Wow«, kam von Matthias.

Seine Lethargie, die nach Ralfs Sturz Oberhand genommen hatte, war nun langsam wieder abgeflacht. Alexander murmelte irgendetwas vor sich hin, während Marcel die Situation einfach auf sich einwirken ließ. Die Sonnenstrahlen ließen ihn schnell ins Schwitzen kommen, und die Schweißperlen auf seiner Stirn vermehrten sich noch, als er keine Antwort auf all die vielen Fragen fand, die in seinem Kopf herumschwebten. Marcel wollte nicht weiter darüber nachdenken, da er auf die Schnelle eh keine Antwort finden würde, das wusste er. Seufzend setzte er sich wieder in Bewegung, da der Rest der Gruppe bereits die Quelle erreicht hatte. Marcel befand sich ein paar Meter abseits von ihnen im Schatten der Baumkronen. Alexander und Matthias saßen schon auf einem Stein nahe der Quelle, während Inge und Gudrun im Schatten standen. Er entschied sich, zu den beiden Frauen zu gehen. Wortfetzen drangen zu ihm herüber, doch er konnte dem Gespräch nicht folgen, konnte keinen Zusammenhang zwischen dem Gesprochenen feststellen. Als er sie erreichte, stellten sie ihr Gespräch ein.

»Alles okay bei euch?«

»Na ja. Das ist schon alles ziemlich merkwürdig, oder was meinst du?«, fragte Inge.

»Ja. Ich kann es nicht einordnen, obwohl ich es versuche. Doch es ist irgendwie viel zu kompliziert. Ein Rätsel, das wir nur zusammen lösen können. Gemeinsam.«

»Dann sollten wir aber bald anfangen! Ich habe das Gefühl, uns bleibt nicht mehr viel Zeit«, erwiderte Gudrun.

»Wie meinst du das?«, hakte Marcel nach.

»Ich weiß nicht. Ich meine, dass die Hängebrücke eingestürzt ist, ist schon recht merkwürdig. Sie sah eigentlich ziemlich stabil aus. Wenn du weißt, was ich meine.«

»Klar. Aber glaubst du wirklich, dass die irgendjemand sabotiert hat? Kann auch alles nur Zufall sein. Wobei ich das selbst kaum glauben kann. Du weißt ja auch, wie stämmig Ralf war.«

»Ja, trotzdem. Wenn das nur Zufall war, dann... keine Ahnung. Aber das wird kein Zufall gewesen sein«, war Inge der Ansicht.

»Sage ich doch. Aber egal. Ich denke, wir sollten langsam mal wieder umdrehen«, meinte Marcel, da sie sich während ihrer Unterhaltung immer tiefer in den Wald hineingewagt hatten. Doch plötzlich hielt Marcel inne. Vor ihnen lag mitten im Dickicht ein Bild aus Steinen. Sie waren kreisförmig angeordnet und hatten alle nahezu die gleiche Größe. Es handelte sich exakt um fünf Kreise, eng ineinander verschlungen.

»Das sieht aus, als ob es vor noch nicht allzu langer Zeit erbaut oder gelegt wurde«, meinte Inge nach einiger Zeit.

»Ja. Die Frage ist nur hier wieder: Von wem? War jemand vor uns hier? Und woher sind die Steine? Von der Größe her könnten sie aus dem Fluss stammen, in den Ralf gestürzt war«, überlegte Marcel laut.

»Oder von dem Weg, den wir heute Morgen gegangen sind. Der, der um den See führt«, ergänzte Gudrun.

»Nein!«

Marcel war da anderer Ansicht.

»Das waren ja nur kleine Kieselsteine.«

»Ist doch auch egal«, schaltete Inge sich ein.

»Selbst, wenn wir jetzt darüber diskutieren, werden wir keine Antwort finden.«

Sie traten den Rückweg an. Er führte wieder durch das Gebüsch. Plötzlich sah Marcel etwas tief im Grün aufblitzen.

»Wartet mal bitte.«

Ohne eine Antwort abzuwarten, stieg er ins Buschwerk. Die Stöcke knackten unter seinen Füßen und es dauerte etwas länger, bis er wieder auf seine Entdeckung stieß. Es handelte sich um einen kleinen, beschriebenen Zettel. Marcel zog ihn heraus und zeigte ihn Inge und Gudrun. Laut las er vor, was darauf in roter Tinte geschrieben stand:

»Nehmt euch in Acht! Vor ihm…«

Das Rot war keineswegs normales Rot, es sah aus wie Blut. Marcel ließ sich die abschreckende Botschaft durch den Kopf gehen und bemerkte, dass sie ihn zumindest vorerst völlig kalt ließ. Doch als er den Sinn der Worte erfasste, lief ihm ein Schauer über den Rücken.

»Lasst uns zu Alexander und Matthias gehen. Wir sollten jetzt möglichst zusammenbleiben«, meinte Marcel.

»Ja. Nach der Botschaft auf jeden Fall!«

Nun traten sie wieder den Rückweg an. Es dauerte nicht lange, bis sie die Quelle wieder erreicht hatten. Als Inge jedoch sah, was für ein Anblick sie erwartete, hatte sie das Bedürfnis, laut aufzuschreien.

18 *Samstag, 16. Juli 2005*

»Hilfe!«

Eugene verlangsamte seinen Rolls Royce. Hatte da tatsächlich jemand um Hilfe geschrien?

»Hilfe!«

Erneut. Er hatte sich also nicht getäuscht. Und da sah er auch schon, wie eine Frau aus dem Wald gerannt kam. Sie war etwa sechzig Jahre alt und wirkte auf den ersten Blick verwirrt. Er fuhr in die nächste Parkbucht und stellte den Motor ab. Die Frau lief direkt auf sein Auto zu, nach kurzem Zögern öffnete er die Fahrertür und stieg aus. Eine Hitzewelle schlug ihm entgegen, diese war zwar nicht so schlimm wie die, die er auf dem Parkplatz des *Desert Valley* erlebt hatte, trieb ihm aber dennoch Schweißperlen auf die Stirn. Nun hatte die Frau sein Auto erreicht. Sie sah aus, als ob sie die ganze Zeit über gerannt wäre.

»Kann ich Ihnen helfen?«, fragte Eugene sie.

»Ja. Er ist tot! Helfen Sie mir. Bitte!«, sagte sie und keuchte.

Sie klang hysterisch und rang noch immer um ihren Atem. Eugene erkannte sofort, dass die Frau es absolut ernst meinte. Er öffnete die Hintertür, ließ sie einsteigen, und nahm selbst wieder vorne Platz. Als er den Motor startete und den Wagen auf die Straße steuerte, ergriff er das Wort.

»Erzählen Sie mir doch bitte, was passiert ist. Natürlich nur, wenn Sie dazu bereit sind.«

»Also, wir wurden entführt. Das heißt mein Mann und ich. Mein Name ist übrigens Olivia.«

»Ich bin Eugene«, entgegnete er.

Daraufhin erzählte sie ihm alles bis ins kleinste Detail. Sie schaffte etwas, was Eugene kurz zuvor noch für unmöglich gehalten hätte: sie blieb absolut ruhig und klar. Eugene ließ sich die Worte durch den Kopf gehen. Wenn das stimmte, was die Frau ihm da gerade erzählt hatte, dann war sie nur knapp mit dem Leben davongekommen. Er versuchte, die Puzzleteile der Situation in seinem Inneren zusammenzufügen, scheiterte jedoch daran.

»Wollen Sie zur Polizei? Soll ich Sie dort hinbringen? Oder sonst irgendwo hin?«, fragte er, da ihm keine anderen Worte einfielen.

»Erstmal will ich einfach nur weg von hier. Und Polizei... ich glaube ehrlich gesagt nicht, dass die mir weiterhelfen können.«

»Die Polizei wird Ihnen sicherlich weiterhelfen.«

»Nein. Bitte. Ich möchte nicht, dass noch mehr unschuldige Menschen sterben!«

Eugene zweifelte. Konnte er ihr noch glauben? Ihre Worte überzeugten ihn nicht mehr so, wie es anfangs der Fall gewesen war. Er musste es wohl selbst herausfinden. Also wendete er den Rolls Royce und fuhr zurück in die Richtung, aus der sie gerade gekommen waren.

»Passen Sie auf, Olivia. Ich wende jetzt den Wagen und halte ihn dort, wo ich Sie aufgelesen habe. Danach steige ich aus und mache mir ein Bild von der Situation.«

»Was?!«

Olivia fuhr erschrocken hoch.

»Das können Sie nicht machen!«

»Natürlich. Was soll ich es denn sonst machen, wenn Sie nicht zur Polizei wollen? Ich muss mich überzeugen, ob das, was Sie sagten, auch stimmt.«

Olivia packte sein Handgelenk. Das geschah so ruckartig, dass Eugene keine Chance hatte, zu reagieren und sich aus ihrem Griff zu winden.

»Seien Sie vernünftig. Meinetwegen können Sie mich zur Polizei bringen, auch wenn das sicher ein großer Fehler wäre. Aber gehen sie auf keinen Fall alleine dort hinein.«

Eugene hörte geduldig zu. Was, wenn sie einfach nur traumatisiert war und sich das alles eingebildet hatte? Auszuschließen war das definitiv nicht, aber ihre Geschichte klang keineswegs frei erfunden. Dennoch, je mehr sie ihm davon erzählt hatte, desto unglaubwürdiger war das Ganze für ihn letztlich erschienen.

»Ich möchte mir nur ein Bild von der Sache machen. Es wirkt definitiv glaubwürdiger, wenn ich Sie in Ihrer Aussage stützen kann.«

Eugene hatte die Parkbucht wenige Sekunden später wieder erreicht.

»Warten Sie hier. Wenn ich nach fünf Minuten nicht zurück sein sollte, dann rufen Sie sofort die Polizei. Okay?«

Eugene zeigte auf sein Handy, welches sich im Handschuhfach des Autos befand. Olivia seufzte.

»Na schön. Aber seien Sie bitte vorsichtig!«

»Natürlich. Bis gleich.«

Er öffnete die Autotür und stieg wieder aus dem Wagen. Im Vorbeigehen warf er noch einen Blick auf die Uhr. Es sieben nach eins.

»Hören Sie. Spätestens um viertel nach rufen Sie die Polizei, falls ich nicht wiederkomme.«

Olivia nickte wortlos. Ihr Kopf war immer noch hochrot, und der Schweiß lief ihr über die Stirn. Die Anstrengungen der letzten Minuten waren ihr noch gut anzusehen – einerseits ein Indiz dafür, dass das, was sie erlebt hatte, der Wahrheit entsprechen musste. Eugene näherte sich dem Haus. Unter seinen Schuhen brachen Stöcke, was in diesem Moment jedoch nicht wie ein normales Geräusch im Wald, sondern irgendwie unheimlich klang. Er schauderte. Je näher er der unheimlichen Hütte kam, desto nervöser wurde er, aber er wusste, dass er sich nicht von diesem Gefühl ablenken lassen durfte. Er musste sich überwinden und all das ignorieren. Wenig später hatte er die Eingangstür erreicht. Mit zittrigen Händen drückte er die Türklinke hinunter. Abgeschlossen. Fieberhaft überlegte er. Hatte Olivia ihm nicht etwas von einem kleinen, überdachten Raum erzählt? Er bewegte sich auf die Rückseite zu. Und tatsächlich - dort, wo umgefallene Baumstämme lagen, konnte er die offene Luke erkennen. Eugene kletterte auf einen der Baumstämme und erreichte so die Dachluke. Bis zum Boden war es von hier aus circa ein Meter. Er warf einen Blick über den Rand der Luke und sah, dass Olivia recht gehabt hatte. Glassplitter säumten den gesamten Boden und der Raum war überfüllt mit Knochen. Erst auf dem zweiten Blick erkannte er, dass das, was er für den Boden hielt, die wacklige Konstruktion aus Kommode und Tisch war. Er hätte nun einfach wieder zum Auto gehen und die Polizei rufen können, was vermutlich auch vernünftig gewesen wäre, doch seine Neugier überwog noch immer der Angst. Er wollte unbedingt erfahren, ob wirklich alles stimmte, was sie ihm erzählt hatte. Schlussendlich konnte er es sich einfach nicht vorstellen. Aber die Knochen waren wiederum eindeutig der Beweis dafür, dass hier ein kranker Mörder hauste. Er war hier gewesen, wenn Eugene Olivias Worten trauen konnte. Eugene wagte einen Schritt durch die offene Dachluke, und stellte seinen Fuß auf die Kommode. Nach dem zweiten Schritt befand er sich schließlich auf dem Tisch, und der dritte half ihm dann bis zum Boden. Er tastete seine linke Hosentasche ab, in der Hoffnung, dort seine Kamera vorzufinden. Sie befand sich an Ort und Stelle. Er trug sie immer bei sich, und jetzt würde sie ihm eventuell behilflich sein können. Er schoss aus jedem Winkel des Raumes Fotos, versuchte, die Einrichtung möglichst genau festzuhalten. Er war genauso eingerichtet, wie Olivia es ihm erzählt hatte. Dann bewegte er sich auf die Jalousie, die das eingeschlagene Fenster vom Inneren trennte, zu und warf einen Blick in den Raum. Es war stockdunkel, kein einziger Lichtstreifen schaffte es, durch die Rollläden hervorzudringen. Eugene bahnte sich einen Weg hindurch und sprang durch die Öffnung. Das war allerdings ein Fehler: er landete auf einer der zahlreichen Glasscherben, verletzte sich am Fuß und konnte einen Schrei nicht mehr unterdrücken. Er spürte, wie sich das Blut in seiner Socke sammelte und humpelte, bis er in der Dunkelheit etwas fand, an dem er sich festhalten konnte. Es handelte sich dabei um einen Metallkasten. Nach einer halben Minute entschied er sich dazu, seinen Rundgang fortzusetzen. Er ertastete einen Türgriff und drückte diesen herunter. Vor ihm erstreckte sich ein Korridor, direkt gegenüber befand sich eine Tür. Es musste die Tür sein, hinter der schreckliche Dinge geschehen waren, sollte er den Worten von Olivia Glauben schenken. Und das tat er mittlerweile, die Hütte strahlte einfach etwas aus, was er zuvor noch nie erlebt hatte. Trotzdem verspürte er das Bedürfnis, zu erfahren, was zur Hölle sich dort befand. Nervös umklammerte seine rechte Hand den Türgriff. Das Metall fühlte sich kalt an, und er drückte die Klinke herunter. Als er sah, was ihn erwartete, war er nicht mehr fähig, zu schreien. Es war be-

102

reits zu spät!

Olivia hörte einen Schrei. Sie wusste, dass es besser gewesen wäre, die Polizei zu rufen, aber sie wollte es einfach nicht. Der Eintritt in das Haus war Eugenes sicheres Todesurteil gewesen, sie hatte in dem Moment einfach nicht rechtzeitig reagieren können. *Warum habe ich ihn nicht davon abgehalten?*, fragte sie sich. *Weil er sich nicht davon abhalten lassen hat. Ich habe alles versucht.* Auf keinen Fall wollte sie zurück in das Haus, dessen war sie sich sicher. Nach einer weiteren Minute, die ihr vorkam wie eine Stunde, öffnete sie das Handschuhfach und zog das Handy heraus. Sie hatte keine Ahnung von diesen modernen Dingern, da sie und Howard nie eines besessen hatten. Hester hatte ihr einmal eins andrehen wollen, doch sie hatte sich vehement dagegen gewehrt. *Das hast du jetzt davon.* Olivia untersuchte das Handy und fand den Knopf zum Einschalten. Auf dem Bildschirm stand nun folgendes: „SIM-Code eingeben". Unten rechts entdeckte sie ein Feld, auf dem „Notruf" geschrieben stand. Sie tippte die zugehörige Taste. Nun erschien auf dem kleinen Bildschirm ein Feld mit zwei Möglichkeiten. „Polizei" oder „Feuerwehr". Olivia drückte die Taste, auf der „Polizei" stand. Nach einer halben Minute, in der nichts geschah, bemerkte sie, dass sie keinen Empfang hatte. *Das darf doch nicht wahr sein!*, dachte sie. *Was nun?* Es blieb nur eine Möglichkeit, die ihr jedoch ganz und gar nicht gefiel. *Ich muss nochmal in das Haus gehen, um Eugene zu retten. Wenn es nicht schon zu spät ist!* Olivia zog mit einem mulmigen Gefühl den Autoschlüssel aus dem Schloss, steckte ihn in ihre Hosentasche und öffnete die Wagentür. Es war jetzt siebzehn nach eins, und somit waren bereits zehn Minuten vergangen. Sie rannte zu dem

Haus. Die Blätter knisterten unter ihren Füßen, und sie musste aufpassen, dass sie nicht ausrutschte. Es gelang ihr nicht, eine Baumwurzel, die aus dem Boden ragte, brachte sie zu Fall. Sie schlug hart auf dem Boden auf, woraufhin ihr die Luft aus den Lungen gepresst wurde. Einen Moment lang war sie nicht fähig zu atmen, doch nach einiger Zeit schaffte sie es und rappelte sich auf. Sie wollte den ersten Schritt setzen, doch ein stechender Schmerz aus der Rippengegend hielt sie zurück. Ihr Blick erfasste einen Baumstamm, sie nutzte die Gelegenheit und setzte sich hin. Ihr gesamter Körper schmerzte, sie brauchte einfach einen Moment Pause. Sie legte sich zurück, schloss die Augen - und fiel in einen tiefen Schlaf.

19 *Samstag, 16. Juli 2005*

Der Moosweg führte durch das dichte Buschwerk und mündete immer wieder mal in einen Steinweg, doch der Wald endete nie. Es war jetzt drei Stunden her, dass sie von der Quelle aufgebrochen waren. Ab und zu hatten sie eine Pause einlegen müssen, da Liz ihren Fuß nicht vollständig hatte belasten können. Wenig später hatten sie dann den See erreicht. Es war ein atemberaubender Anblick – das Wasser war glasklar, und das Sonnenlicht brach auf der Oberfläche.

»Sieht fast so aus wie der See, an dem wir unser Lager aufgeschlagen hatten«, bemerkte Liz.

Nun endete der Wald für kurze Zeit, nach dem Ufer wurde er aber wieder dichter.

»Wollen wir hier eine Pause einlegen?«, fragte Lewis.

»Wir könnten uns erfrischen oder uns in die Sonne legen. Was meint ihr?«

»Also ich bin dafür«, sagte Liz freudig.

»Ja, ich auch«, schloss sich Janet an.

»Meinetwegen«, stimmte Jeff ihnen zu, auch, wenn er die Begeisterung der beiden Frauen nicht so ganz teilen konnte.

Sie legten ihre Rucksäcke ab. Lewis zog sich seine Badehose über, Jeff tat es ihm gleich, während Janet und Liz sich ihre Bikinis anzogen. Weil die beiden etwas länger brauchten, gingen Lewis und Jeff vor und setzten einen Fuß in das Wasser. Es war extrem kalt. Er schauderte. *Viel kälter als heute Morgen*, dachte er. Die Bezeichnung „Eiswasser" wäre vielleicht etwas übertrieben gewesen, aber es war dennoch zu kalt. Trotzdem wagte Lewis den Kopfsprung. Das kalte Wasser umschloss seinen Körper und er ließ sich treiben. Nach zwanzig Sekunden tauchte er wieder auf und holte tief Luft. Jeff stand an einer Stelle, an der das Wasser nur knietief war, und wartete, bis Janet und Liz den See betraten. Lewis schwamm zu ihm.

»Los. Rein mit dir!«, sagte er.

»Abwarten. Ich glaube, ich bin zu alt, um einfach so ins Wasser zu springen.«

Lewis grinste. Zu alt! Jeff war sechsundzwanzig, und damit zwar der älteste der Gruppe, denn Lewis war ein Jahr jünger und Janet und Liz beide vierundzwanzig, doch er war lange noch nicht alt. Lewis verkniff sich eine provokante Antwort und rief stattdessen Liz und Janet etwas zu.

»Bringt die Flaschen bitte mit! Ich denke, dass das Wasser trinkbar ist.«

»Denken oder wissen?«, fragte Janet.

Lewis schöpfte sich eine Handvoll Wasser in den Mund. Obwohl es einen leicht salzigen Nachgeschmack hatte, war es durchaus trinkbar.

»Wissen. Schmeckt zwar etwas salzig, aber dennoch gut.«

»Salzig?«

Janet runzelte die Stirn. Nun hatten sich beide umgezogen und waren auf dem Weg zum Wasser, in ihren Händen jeweils eine Feldflasche. In dem Punkt hatten sie Glück gehabt, alle wichtigen Dinge hatten sie vorerst in Jeffs Rucksack gepackt, in Liz' Rucksack befand sich außer einer Thermoskanne und einer Flasche Rum nichts. Im Grunde war somit nichts Wichtiges weggekommen, der Verlust von beiden Dingen war verschmerzbar gewesen. Lewis hatte sowieso nicht verstanden, weshalb Jeff eine Flasche Rum auf das Kassenband des Walmart gelegt hatte, da er der klaren Ansicht war, dass sie keinen Alkohol brauchen würden. Etwas flog neben ihm ins Wasser und spritze das kühle Nass in sein Gesicht. Es handelte sich um seine Feldfalsche. Janet schöpfte die ihrige schon voll, während Liz ihre und die von Jeff befüllte. Der Grund des Sees war steinig, von riesigen Brocken bis zu kleinen Kieselsteinen war alles dabei. Aber sie stellten kein Problem dar, denn man konnte sie durch die glasklare Oberfläche gut erkennen. An Liz' Gesichtsausdruck sah Lewis, dass sie offenbar wieder die Folgen ihres Sturzes spürte. Dennoch wagte sie sich ins Wasser, während Janet mit einer ähnlichen Eleganz, die Lewis an den Tag gelegt hatte, zu ihm geschwommen kam.

»Schon komisch, oder?«, fragte sie ihn.

»Was denn?«

»Na das Wasser. Warum schmeckt es salzig?«

»Wenn ich das mal wüsste! Aber es ist wenigstens trinkbar.«

»Das stimmt. Aber... schau mal!«

Janet zeigte auf eine dunkle Stelle im See. Sie hatte einen ungefähren Durchmesser von fünf Metern. Daneben zeigte die Oberfläche wieder den gewöhnlichen, glasklaren Farbton. Dieser Fleck war nur ein paar Meter entfernt.

»Jeff! Liz!«, rief Lewis den beiden zu.

Sie standen fünf Meter von Janet und Lewis entfernt.

»Was ist?«, fragte Jeff.

»Kommt mal her. Seht ihr das da?«

Lewis zeigte auf den Fleck.

»Wir schwimmen da mal hin. Das sieht ziemlich merkwürdig aus.«

Jeff und Liz wateten auf sie zu. An der Stelle, wo Lewis und Janet sich aktuell befanden, konnten sie gerade so noch stehen.

»Und da wollt ihr hin?«, fragte Liz, als sie Janet und Lewis erreicht hatten.

»Ja«, meinte Janet.

»Sieht fast aus wie eine Höhle. Auf jeden Fall eine tiefere Stelle im See.«

»Wir werden mal einen kurzen Tauchgang einlegen. Am besten sollten wir beide tauchen, Jeff. Und du bleibst bei Liz, Janet. Ist das okay?«

»Ja. Ich denke, das ist sowieso besser. Ihr beide könnt länger unter Wasser bleiben als wir«, mutmaßte Janet.

»Und habt ein Auge auf die Rucksäcke. Kann ja immer mal sein, dass wir beobachtet werden«, sagte Jeff und lachte.

Lewis fand das nicht witzig, aber er wollte nichts sagen. Sie waren beobachtet worden, das stand fest. Doch war das noch immer so? Wie sollte das Ganze überhaupt möglich sein? Liz' Rucksack, der riesige Holzstapel und die Knochen? Und was war mit den Deutschen passiert? Sie waren spurlos verschwunden, waren nicht zu ihrem Lager zurückgekehrt. Warum auch immer.

»Gut. Dann lass uns den Tauchgang starten. Folge mir einfach.«

Lewis hielt den Atem an und glitt unter die Wasseroberfläche. Mit schnellen, energischen Zügen schwamm er auf den schwarzen Fleck zu. Schon bald hatte er ihn erreicht. Je tiefer sie tauchten, desto salziger wurde das Wasser, was dafür sorgte, dass Lewis' Augen brannten. Noch bevor sie den Eingang der Höhle erreicht hatten, gab Lewis Jeff zu verstehen, dass sie auftauchen und noch ein letztes Mal Luft holen sollten. Er befolgte seine Anweisung. Mit brennender Lunge erreichte Lewis die Wasseroberfläche. Hier war der Salzgehalt wieder niedriger. Er holte tief Luft und tauchte erneut unter, Jeff folgte ihm nach wenigen Sekunden. Der Eingang war versperrt – schwarze, große Felsbrocken blockierten den Weg, und es schien keine Möglichkeit zu geben, ins Innere der vermeintlichen Höhle zu gelangen. Doch dann entdeckte Lewis eine Lücke. Sie war zwar nur faustgroß, aber man konnte sie gut erweitern. Er schnappte sich den überstehenden Stein, und als Jeff ihn erreicht hatte, zogen sie beide diesen gemeinsam vom Eingang weg. Nach zwanzig Sekunden glitt er zu Boden und die restlichen Steine fielen ebenfalls in sich zusammen. Nun war der Eingang frei! Ein letztes Mal schwamm Lewis in energischen Zügen zur Oberfläche, holte tief Luft und hatte dann wieder den unter Wasser liegenden Eingang erreicht. Jeff tat es ihm gleich. Im Inneren der Höhle herrschte Dunkelheit. Nicht mal die Sonnenstrahlen, die auf der Wasseroberfläche brachen, konnten diese durchdringen. Außerdem wurde das Wasser gefühlt mit jedem Meter kälter. Die Höhle war zwar nicht besonders groß, aber trotzdem wegen der schlechten Lichtverhältnisse nicht gut zu durchblicken. Plötzlich sah Lewis etwas schimmern. Trotz seiner brennenden Lunge schwamm er auf den Punkt zu. Es kam von einer Einkerbung im Sand, kurz über dem Boden. Kurz darauf sah er dann auch, um was es sich handelte – dort, auf dem Grund des Sees befand sich ein menschliches Skelett.

20 *Samstag, 10. Juli 1995*

Der Anblick war grauenhaft. Matthias lag mit durchgeschnittener Kehle auf dem Boden in einer Blutpfütze, und von Alexander fehlte jede Spur. Nur die Tasche, die er Inge abgenommen hatte, lag auf dem Boden vor ihnen.

»Matthias?«

Marcel wusste, dass es sinnlos war. Trotzdem versuchte er, das austretende Blut zu stoppen, was jedoch ohne Erfolg blieb. Nach ein paar Sekunden gab er es auf. Inge und Gudrun waren währenddessen schon in den Wald gelaufen und riefen laut nach Alexander, erhielten jedoch keine Antwort, es gab nicht einmal Fußspuren im weichen Moos, nichts, was darauf hindeutete, dass er verschwunden war. Es war schon nach kurzer Zeit zum Verzweifeln. Marcel ging zu Inge und Gudrun.

»Er ist tot.«

Er fühlte sich nicht in der Lage dazu, mehr zu sagen – die Worte blieben ihm einfach im Hals stecken. Gudrun vergrub ihren Kopf in ihrer Armbeuge und weinte leise.

»Was soll das? Warum?«, fragte sie mit tränenerstickter Stimme.

Marcel wollte ihr gerne eine passende Erklärung geben, hatte jedoch keine. Matthias war ermordet und Alexander entführt worden. Die Frage war nur von wem. Er versuchte, auf dem Boden nach Spuren zu suchen. Doch so sehr er sich auch bemühte, es war nichts zu erkennen, es sah aus, als wäre nichts geschehen, als wäre alles wie vorher. Doch das war es nicht! Schon Ralfs Tod hatte Marcel schwer getroffen, obwohl er ihn nicht sonderlich gemocht hatte. Mit Matthias war er besser klargekommen,

110

aber als Freund hatte er auch ihn nicht bezeichnen können. Dennoch fühlte sich sein Tod wie ein Faustschlag mitten ins Gesicht an. Fieberhaft versuchte er, die einzelnen Puzzleteile in seinem Kopf zusammenzufügen, doch es gelang ihm nicht, weil einfach viel zu viele Unklarheiten vorhanden waren: Wie war es dem Mörder von Matthias gelungen, Alexander zu entführen? *Vielleicht hat er ja... Nein, das war Unsinn. Alexander ist eigentlich ein guter Mensch. Auch, wenn wir oft streiten*, dachte Marcel. Dass sie mit ihren Lebenseinstellungen, die vollkommen verschieden waren, immer wieder mal aneinandergeraten waren, war für beide zur Gewohnheit, ja, man konnte fast sagen, alltäglich geworden. Marcel fuhr sich durch seine verschwitzten Haare. Eine Abkühlung war das Schönste, was er sich jetzt vorstellen konnte. *Und bloß weg von hier, bevor es zu spät ist!*, fügte er still hinzu. Aber wie sollte das gehen? Ihr einziger Weg zurück, die Hängebrücke, existierte nicht mehr. Und der Wald schien in absehbarer Ferne nicht zu enden.

»Lasst uns so schnell wie möglich von hier verschwinden!«, sagte er daher, als Gudrun sich etwas beruhigt hatte.

»Ja. Nur... Wie?«, war das Einzige, was Inge hervorbrachte.

»Ich weiß es ja auch nicht. Leider. Wir sollten aber schnellstmöglich einen Weg finden, bevor uns etwas passiert.«

»Ich bin deiner Meinung«, sagte Inge.

Auch Gudrun nickte zustimmend.

»Dann lasst uns einfach diesen Weg entlanggehen.«

Marcel zeigte auf ein Schild, auf dem „Wasserfall" und „Three Lake Bridge" geschrieben stand. Im Vorbeigehen warf er einen näheren Blick darauf. Vier und eine viertel Stunde bis zum Wasserfall. Missmutig übernahm Marcel die Führung. Ab und zu riefen sie laut Alexanders Namen in den Wald, doch wie erwartet erhielten sie dabei keine Antwort.

21 *Samstag, 16. Juli 2005*

Olivia schlug die Augen auf. Sie lag auf dem Boden im weichen Moos, zu ihrer rechten erstreckte sich eine Fichte hoch in den Himmel. Ein paar Meter weiter befand sich eine offene Stelle, die vom Sonnenlicht angestrahlt wurde. In der Ferne erkannte sie die Konturen der Hütte. Bei diesem Anblick wurde ihr übel. Langsam kamen die Erinnerungen wieder hoch, alles auf einmal, und die Bilder wurden immer schärfer. *Eugene. Das Haus.* Sie rappelte sich auf. Was war passiert? Sie war hingefallen. Ein stechender Schmerz meldete sich aus der Rippengegend, sie biss die Zähne zusammen, doch es brachte nichts. Für einen Moment wurde ihr schwarz vor Augen, doch sie wollte nicht wieder das Bewusstsein verlieren, und mit äußerster Willensanstrengung gewann sie den Kampf und hatte somit wieder die Kontrolle über ihren Körper. So schnell sie konnte ging sie in Richtung des Hauses. Entweder, Eugene hatte es geschafft zu fliehen, oder er war bereits tot. In beiden Fällen konnte sie nichts mehr ausrichten, trotzdem hatte sie das Gefühl, dass sie unbedingt nachsehen musste. Sie blickte in den Himmel. Vom Stand der Sonne her sollte es jetzt ungefähr vierzehn Uhr sein, sicher war sie sich da aber nicht. Wenig später hatte sie das Haus erreicht. Einen kurzen Moment überlegte sie, ob sie es vorne versuchen sollte, entschied sich dann aber doch für den hinteren Einstieg. Der Baumstamm, der ihr vorhin als Hilfe gedient hatte, reichte nicht aus, um auf das Dach zu steigen. Sie war einfach zu klein. Missmutig schlug sie den Weg zur Vordertür ein. Auf der Klingel klebte ein Schild, sie konnte jedoch nicht erkennen, was darauf geschrieben stand. Alles war verschwommen, die Buchstaben mischten sich zu einer einzigen, schwarzen Masse. *Meine Brille.* Olivia hatte bisher, vor lauter Aufregung, gar nicht bemerkt, dass sich das Gestell mit den runden Gläsern nicht mehr auf ihrer Nase befand. Sie wischte sich den Schweiß von der Stirn und schlug kurz darauf wieder den Weg zu der Stelle ein, an der sie bis eben gelegen hatte. Dort entdeckte sie ihre Brille sofort, sie lag mitten auf einem Blätterhaufen. Glücklich über diese positive Wendung bückte Olivia sich und setzte sich das Gestell wieder auf die Nase. Nun erschien das unheimliche Haus wieder in voller Schärfe vor ihr. Sie kehrte zurück und drehte den Türknauf. Abgeschlossen. Sie wusste, dass es nichts bringen würde, drückte aber trotzdem auf die Klingel. *Vielleicht macht Eugene ja auf. Oder irgendjemand anderes,* dachte sie. Ein Geist vielleicht? Die Situation war definitiv absurd, aber darüber wollte Olivia sich keine Gedanken machen. Irgendetwas lag hier in der Luft, das war deutlich zu merken. Erst einmal musste sie dafür sorgen, dass sie lebend nach Hause kam. Nur wie? Plötzlich fiel ihr Eugenes Auto wieder ein. In ihrer Hosentasche ertastete sie den Schlüssel, woraufhin sie eine Welle der Erleichterung überkam. *Soll ich jetzt wirklich nochmal da rein?*, fragte sie sich. Sie musste es! Es wäre unfair gegenüber Eugene gewesen, wenn sie mit seinem Auto einfach davonfahren würde. Andererseits… er hatte ihr ein Zeitlimit von wenigen Minuten gegeben, und die waren auch bereits vergangen, als sie das Bewusstsein verloren hatte. Sie wollte die Polizei rufen, hatte aber keinen Empfang gehabt. Auf einmal bemerkte sie eine Veränderung. Das Geräusch der Klingel verstummte, und die Tür glitt unter ihren Fingern auf. »EUGENE?«, schrie sie in die Dunkelheit hinein, doch es kam keine Antwort.

114

Stattdessen setzte erneut dieses schaurige Gekicher ein. Olivia war klar, dass sie so schnell wie möglich wieder hier raus musste, weshalb sie bis zum Ende des Flures rannte und die Tür aufriss, hinter der sie den leblosen Körper von Howard und die der zwei jungen Männer entdeckt hatte. Und das, was sie jetzt sah, verschlug ihr die Sprache. Es war schlimmer als alles, was sie sich ausgemalt hatte. Eugene war nackt an einem Pfahl festgebunden. Blut lief ihm aus einer klaffenden Wunde am Hals über den Körper und sein Gesicht war übersät mit Kratzwunden, aus denen ebenfalls in Massen dunkles Blut quoll. Außerdem war auf seinem Bauch etwas eingebrannt. Obwohl Olivia nicht wollte, musste sie einen näheren Blick auf das werfen, was auf seinem Bauch geschrieben stand. *The fourth.* Der vierte. Er sah mehr tot als lebendig aus, sein Mund stand offen und sein Atem ging nur recht langsam und behäbig.

»EUGENE!«

Keine Reaktion. Natürlich. Olivia schlug die Hände vor das Gesicht. Sie hätte es verhindern können. Müssen! Aber jetzt war es zu spät, jetzt musste sie hier raus. Selbstvorwürfe konnte sie sich später noch machen, wobei auch das sinnlos war – denn auch dadurch würde sich das alles nicht rückgängig machen lassen. Sie hatte ihn nicht mehr retten können. Das Handy hatte keinen Empfang gehabt, und sie hatte ihn auch nicht im Stich lassen wollen, denn eine Fahrt in die nächste zivilisierte Region würde einige Zeit dauern. Bis die Polizei dagewesen wäre, wären vermutlich einige Stunden vergangen, und sie war ungefähr eine Stunde bewusstlos gewesen, es wäre also sowieso zu spät gewesen. Plötzlich drehte Olivia sich wieder zu Eugene, weil sie glaubte, eine Bewegung gesehen zu haben. *Er lebt!*, schoss es ihr durch den Kopf. Und tatsächlich. Sie hörte ein leises Stöhnen. Es sah aus, als ob er noch am Leben war. Hoffnung keimte in ihr auf. Vorsichtig bewegte sie sich auf ihn zu.

»Eugene?«, flüsterte sie.

»Olivia.«

Seine Stimme klang ganz anders, als Olivia sie kennengelernt hatte. Sie hatte nicht nur einen brüchigen Ton angenommen, sondern war auch etwas tiefer.

»Komm her. Hilf mir!«

Er hörte sich kläglich an. Jegliches Leben schien aus seinem Körper gewichen zu sein, er wirkte nur noch wie eine leere, ausgebrannte Hülle.

»Sofort! Und dann müssen wir hier weg.«

Olivia ging zögerlich auf den Pfahl zu. Eugene roch stark nach Schweiß und Blut, doch sie ignorierte den Geruch und versuchte, ihn zu befreien. Da sie so intensiv mit den Fesseln beschäftigt war, bemerkte sie nicht, wie Eugenes freie Hand hinter seinem Rücken hervorschoss. Als er ihr dann mit voller Kraft ein Messer in den Hals gerammt hatte, war bereits alles zu spät.

22 *Samstag, 10. Juli 1995*

Von Alexander fehlte auch nach drei Stunden weiterhin jede Spur. Nichts gab einen Hinweis darauf, dass er sich noch vor kurzem in unmittelbarer Umgebung aufgehalten hatte. Marcel hob seinen Blick und sah eine Lichtung, hinter der sich ein See erstreckte. Er verspürte das Bedürfnis, ins Wasser zu springen, der Schweiß lief ihm immer noch in Bächen über den Körper, wozu größtenteils die knapp dreißig Grad beitrugen. Die Bäume warfen zwar ihren Schatten auf den Boden, aber es brachte nicht besonders viel.

»Ein See. Wollen wir eine Pause einlegen? Langsam tun mir meine Beine weh.«

Gudrun sah die anderen fragend an.

»Gute Idee«, antwortete Marcel knapp.

»Haben wir Handtücher eingepackt?«, fragte er Inge, die im Moment die Tasche trug. Sie öffnete diese und zog sechs Handtücher wortlos heraus.

»Gut. Dann... Können wir ja eine Pause einlegen und etwas schwimmen. Mir ist so heiß, ich glaube, ich explodiere gleich!« Inge lächelte, das erste Mal, seit sie losgegangen waren. War es ein verzweifeltes Lächeln? Marcel glaubte aber, einen Funken Fröhlichkeit darin entdeckt zu haben. Er entspannte sich etwas. Angesichts der Situation war es undenkbar, und bis eben hatte er es auch geglaubt. Nur Inges Lächeln zeigte ihm, dass noch nicht alles verloren war. Sie würden Alexander finden, dessen war er sich nun sicher. Sie bewegten sich auf den kleinen Strand zu, Inge und Gudrun legten die Taschen in den Sand, Marcel breitete die Handtücher in der Sonne aus. Danach zogen sie sich um und wagten den Sprung ins kühle Wasser. Für einen Moment setzte Marcels Herz aus, aber nachdem er auftauchte, beruhigte er sich wieder. Inge schwamm hinter ihm, während Gudrun im knietiefen Wasser stand und wartete. Plötzlich entdeckte Marcel etwas: ein dunkler Fleck unter der Wasseroberfläche. Er erstreckte sich im tieferen Teil des Sees, war aber nicht besonders groß.

»Was ist das denn?«, fragte er und deutete mit dem Finger auf den Fleck.

»An der Stelle scheint das Wasser tiefer zu sein, oder, da ist eine Höhle. Wartet hier, ich schwimme mal da hin«, sagte Inge.

»Ich komm mit«, meinte Marcel.

»Nein. Wir können Gudrun nicht allein lassen. Wer weiß, ob wir beobachtet werden. Und du weißt, dass ich Rettungsschwimmerin bin.«

Damit hatte sie Recht, sie konnte ausgezeichnet gut schwimmen und die Luft extrem lange anhalten. Marcel hatte sich schon oft gefragt, wie sie das hinbekam, und sie erzählte ihm immer, dass es am guten Training lag, womit sie sicherlich teilweise auch recht hatte. Marcel glaubte aber auch, dass diese Fähigkeit angeboren sein musste.

»Okay. Du hast recht. Aber beeile dich. Bitte bleib nicht lange weg.«

»Du kennst mich doch«, meinte sie.

Das stimmte. Er kannte sie gut. Zu gut!

»Ja. Trotzdem...«

Sie drückte ihm einen Kuss auf den Mund.

»Ich bin gleich wieder da.«

Sie holte ein letztes Mal Luft, bevor ihr Kopf die Wasseroberfläche durchbrach. Es war kalt. Je tiefer sie tauchte, desto kälter wurde es. Und das Wasser war salzig, so salzig, dass ihre Augen brannten. In schnellen Zügen schwamm sie zu der Höhle. Im Inneren war es dunkel, nicht einmal das Licht der Sonnenstrahlen, das auf der Wasseroberfläche brach, drang bis auf den Grund des Sees hervor. Dieser war gespickt mit Steinen, und als Inge näher an die Höhle schwamm, erkannte sie, dass auch der Boden im Inneren mit großen und kleinen Steinen übersät war. Das war allerdings auch das Einzige, was sie in der Dunkelheit erkennen konnte. Inges Herz begann zu rasen. Würde sie etwas finden, mit dem sie nicht rechnen konnte? Etwas Wertvolles? Sie glaubte fest daran! Aber um was sollte es sich dabei handeln? Nun hatte Inge den Eingang der Höhle erreicht, nur noch wenige Meter trennten sie vom Inneren. Je tiefer sie tauchte, desto kälter wurde das Wasser. Sie schwamm schnell ins Innere, als sie bemerkte, dass sie nicht mehr lange die Luft anhalten konnte. Während sie mit weiten Zügen vorankam, streifte ihr Fuß einen losen Stein. Er löste sich, fiel mitten in den Eingang und erzeugte eine Kettenreaktion: viele weitere Steine fielen herunter und versperrten ihr den Weg. Inges Lunge brannte. Mit aller Kraft, die sie aufbieten konnte, warf sie sich gegen die Steinmauer. Doch es half alles nicht. Sie bewegte sich keinen Zentimeter. Verzweifelt versuchte sie es erneut, doch auch dieses Mal passierte nichts. Mit letzter Kraft suchte sie einen anderen Ausgang. Ohne Erfolg. Ihre Züge erschlafften langsam. Sie wusste, dass es tödlich war, aber sie öffnete ihren Mund und atmete das Wasser ein. Danach legte sich ein schwarzer Schleier vor ihre Augen.

23 *Samstag, 16. Juli 2005*

Lewis wollte nur noch raus aus der Höhle. Beim Anblick des Skeletts zogen sich seine Eingeweide zusammen, außerdem brannten seine Augen und seine Lunge. Mit energischen Zügen schwamm er wieder auf die Öffnung zu, Jeff folgte ihm. Sie hatte sich verkleinert, sodass beide sie nur Mühe passieren konnten. So schnell es ging schwamm er auf die Oberfläche zu. Als er sich über Wasser befand, seufzte er vor Erleichterung auf und füllte seine Lungen mit Luft. Jeff folgte nur wenige Sekunden später. Lewis öffnete die Augen, die er kurzzeitig wegen des Salzgehaltes geschlossen hatte, und entdeckte Liz und Janet. Sie hielten sich weiterhin im knietiefen Wasser auf, und er war froh, sie zu sehen. Er schwamm zu ihnen.

»Und? Habt ihr was gefunden?«, fragte Janet aufgeregt.

»Ja. Allerdings nichts erfreuliches.«, sagte Lewis.

»Was denn?«

»Ein menschliches Skelett.«

Janet blickte ihn irritiert an.

»Es stimmt. Und ich weiß nicht, wie ich das sagen soll, aber es sah ziemlich frisch aus«, versuchte Lewis sich auszudrücken.

»Aber das kann doch nicht sein! Wie soll das denn passiert sein?«

»Der Eingang war durch Steine, die sich irgendwie gelöst haben mussten, versperrt. Es war unmöglich, sich vom Inneren der Höhle aus den Weg freizuräumen. Ich habe es nur unter enormer Anstrengung und mit Jeffs Hilfe geschafft.«

Ohne, dass Lewis es bemerkte, verließ Liz das Wasser und setzte sich auf eine Bank am Ufer. Sie streckte ihren Fuß aus, da sie scheinbar wieder unter Schmerzen litt. Sie hatte sich in ein Handtuch eingewickelt, und ihr schwarzes Haar hing ihr über der Stirn. Lewis fuhr derweil fort.

»Augenscheinlich einer von der Gruppe, von denen wir die Rucksäcke gefunden haben. Somit haben wir schon mal einen Anhaltspunkt.«

»Aber weiter bringt es uns nicht wirklich«, murmelte Janet.

»Wohl wahr. Dennoch sagt mir irgendwas, dass wir noch weitere Hinweise finden werden. Die Gruppe kann ja nicht vom Erdboden verschluckt worden sein.«

Jeff hatte nun auch das Wasser verlassen und saß bereits neben Liz auf der Bank. Sie unterhielten sich, aber in einer Lautstärke, die nicht zu Janet und Lewis hervordrang. Trotzdem konnte Lewis erkennen, dass er aufgeregt und verunsichert war.

»Also willst du weiter gehen?«, fragte sie Lewis und blickte ihn stirnrunzelnd an.

»Natürlich. Die Person ist ohne Fremdeinwirkung ertrunken, das kann jedem passieren. Und sonst haben wir ja noch nichts wirklich Bedrohliches gefunden. Die anderen Dinge können auch Zufall gewesen sein. Ich meine… die Hasen zum Beispiel. Das war bestimmt nur ein Wolf oder ein Fuchs. Und die Knochen und das Holz lassen sich auch leicht erklären. Irgendjemand hat hier im Wald gejagt, und hat dann die Überreste hier hingeworfen. Und das Holz war einfach nur Sperrmüll. Nichts, was unsere weitere Wanderung gefährden könnte. Es lässt sich alles rational erklären. Bis auf...«

»Das Diktiergerät«, nahm Janet ihm das Wort.

»Richtig. Aber irgendwie möchte ich Josh und Ed retten, sofern die Möglichkeit dazu noch besteht. Und ich möchte dem Typen, der ihnen das angetan hat, den Rest geben, selbst wenn ich sie weder gut kannte noch mochte. Doch was, wenn er noch mehr Personen in seiner Gewalt hat? Ich denke, es ist auf jeden Fall die richtige Entscheidung, weiterzugehen.«

»Wenn du meinst, dann lass uns weiter. Wir brauchen noch eine Stunde bis zum Wasserfall. Da können wir ja dann noch eine Pause einlegen.«

Lewis watete auf das Ufer zu, Janet folgte ihm. In der Zwischenzeit hatten sich Jeff und Liz schon angezogen, Jeff hatte sogar bereits seinen Rucksack geschultert. Liz blickte fast ein bisschen hilflos durch die Gegend. Lewis warf einen Blick auf seine Armbanduhr. Es war Punkt halb drei. Sie waren somit schon seit knapp fünfeinhalb Stunden unterwegs, am See hatten sie sich knapp eine Stunde aufgehalten. Fünf Minuten später waren sie startklar, Lewis übernahm wieder die Führung. Der Weg führte erneut in den Wald. Zu seiner rechten entdeckte Lewis nach zehn Minuten ein Schild. „Wasserfall 50 Min" Andere Richtung: „Himmel 7 Tage". *Himmel.* Lewis erinnerte sich an das Schild. *Himmel* oder *Hölle. Sieben Tage? Das kann nicht sein. Wenn es bis zu dem Haus am Ende der Hölle nur vier Tage waren...,* dachte er. *Egal.* Vermutlich war das dann doch alles nur Spinnerei, wobei er sich da natürlich nicht sicher sein konnte. Der Weg, der mit der Zeit immer unebener wurde, führte sie nach knapp fünfzig Minuten zu ihrem Ziel, dem Wasserfall.

24 *Samstag, 10. Juli 1995*

Marcel wartete und wartete. Es kam ihm wie eine Ewigkeit vor, doch es war erst eine Minute vergangen. Eigentlich schon viel zu lang... er wurde mit jeder weiteren Sekunde immer nervöser.

»Ich gehe mal gucken. Vielleicht hat sie ja irgendwas gefunden...«

Marcel wollte sich nicht eingestehen, dass er Angst hatte. Jedoch verhielt es sich genau so, er hatte Angst um Inge. Sein Magen zog sich zusammen. Er holte tief Luft, ohne auf eine Antwort von Gudrun zu warten, und tauchte unter. Wasser strömte in seine Nasenlöcher, und er hatte das dringende Bedürfnis, aufzutauchen und nach Luft zu schnappen, doch er riss sich zusammen. Mit kräftigen Zügen schwamm er auf den dunklen Höhleneingang zu. Dort angekommen sah er, dass dieser mit Steinen blockiert war. Mit voller Kraft versuchte er, die Steinmauer, die sich gebildet hatte, zum Einsturz zu bringen, doch er schaffte es nicht - auch mit seinem zweiten Versuch nicht. Seine Lunge und seine Augen brannten, was nicht nur daran lag, dass er sich schon etwas länger unter Wasser befand, es lag auch daran, dass das Wasser immer salziger wurde. Und plötzlich entdeckte Marcel die Ursache dafür. Sie befand sich auf dem Grund: ein riesiger Salzbrocken, von dem sich feine Kristallschichten lösten und im Wasser verteilten. Ein letztes Mal warf er sich gegen die Steine, doch auch jetzt bewegten sie sich keinen Zentimeter. Er sah ein, dass es keinen Sinn hatte. So schnell er konnte, schwamm er der Wasseroberfläche entgegen und durchbrach sie schließlich wieder. Hustend und Wasser spuckend gelang es ihm nur schwer, wieder eine regelmäßige

Atmung zu finden. Kurz darauf öffnete er seine Augen. Als er seinen Blick schweifen ließ und realisierte, dass Gudrun nicht mehr dort war, wo sie sich eben noch aufgehalten hatte, setzte sein Herz für einen Moment aus. Er konnte sie nirgends entdecken - sie stand nicht mehr im knietiefen Wasser und wartete auf ihn. Sie wartete auch nicht am Ufer, saß nicht auf einer Bank, die am Rand gebaut worden war. Sie war wie vom Erdboden verschluckt.

»GUDRUN!«, schrie er, so laut es seine Lunge zuließ.

Doch außer dem fernen Hall seiner Stimme war nichts zu hören. Keine Schreie. Nichts. Sie war genauso plötzlich verschwunden wie Alexander. Marcel verließ das Wasser so schnell er konnte, trocknete sich ab, zog sich an und nahm sich die beiden Reisetaschen vor. Er entleerte sie und warf die Sachen, die er nicht brauchte, ins Gebüsch. Auch eine leere Reisetasche schmiss er dorthin, sie war nur unnötiger Ballast. In der Tasche, die er bei sich behielt – es war die, die Inge zuvor die gesamte Zeit über getragen hatte, trug er jetzt nur noch zwei Zelte, drei Schlafsäcke, drei Flaschen, die Bananen, die sie sich eingepackt hatten und die halbvolle Tüte mit Salzbrezeln. *Inge...* Er verspürte eine Wehmut in sich aufsteigen, die in unfassbarer Trauer und auch Wut mündete. Doch worauf war er wütend? Er konnte sich darauf keine Antwort geben. Er schüttelte den Kopf, zog den Reißverschluss der Tasche zu und setzte seine Wanderung fort. Der Pfad schlängelte sich weiter durch den Wald, bis er nach einer Stunde bei dem Wasserfall endete. Genau wie bei dem See erstreckte er sich in Form einer Lichtung. Das Wasser war so glasklar wie in dem See und es prasselte von der Steinwand, über die der Wasserfall floss, hinab. Ein paar Mal rief Marcel einer Eingebung folgend Gudruns Namen, aber er er-

hielt keine Antwort. Bis zum Zeltplatz war es noch eine wie-
tere Stunde, weshalb er sich dazu entschied, den Weg sofort zu-
rückzulegen. Er wollte nicht noch weiter warten. Er musste
Gudrun und Alexander finden! Wenn sie noch lebten... Er
musste sich beeilen! Ihm war bewusst, dass jede Sekunde über
Leben und Tod entscheiden konnte, weshalb sich das Tempo
seiner Schritte schon fast automatisch erhöhte.

25 *Samstag, 16. Juli 2005*

Der Wasserfall war größer, als Lewis gedacht hatte. Es war der kleinere Wasserfall, das war ihm klar, aber dennoch hatte er eine beachtliche Größe.

»Schade um meine Kamera«, sagte Liz enttäuscht.

»Das wäre sicher ein schönes Foto geworden.«

»Sei froh, dass du nicht zu Schaden gekommen bist, das ist das Wichtigste! Wie geht es deinem Fuß? Ist es schon etwas besser geworden?«, fragte Jeff.

»Etwas besser als vorhin, aber nicht der Rede wert.«

»Lasst uns hier wieder einen Augenblick Pause einlegen und etwas essen. Ich habe Hunger«, meinte Janet.

»Wollen wir wirklich hier essen? Ich meine, wir kommen in einer Stunde bei unserem Lager an und nach dem Anblick in der Höhle ist mir nicht wirklich nach Essen zumute«, sagte Lewis.

»Mir auch nicht gerade. Ich bin froh, dass ich unten mein Frühstück im Magen behalten konnte«, murmelte Jeff.

»Ihr könnt trotzdem gerne etwas essen«, lenkte Lewis ein.

»Allerdings passen Jeff und ich erstmal.«

»Eine Stunde kann ich auch noch warten. Liz, wie sieht`s mit dir aus?«, fragte Janet.

»Ich kann auch noch warten. Aber... Dann lasst uns jetzt auch weitergehen.«

»Moment!«

Lewis kramte seine Feldflasche aus dem Rucksack, entleerte den Inhalt auf den moosigen Boden und hielt sie unter den Wasserfall. Das Wasser war noch kälter als in dem See, seine Hände waren schon nach wenigen Sekunden taub. Als er die

Flasche vollgefüllt hatte, setzte er sie an seine Lippen und nahm einen tiefen Schluck. Es schmeckte herrlich!

»Nehmt euch auch mal was davon mit«, sagte er.

»Das Wasser schmeckt wunderbar!«

Janet füllte ihre Flasche auf, während Jeff seine und die von Liz unter den Wasserfall hielt. Sie tranken, füllten die Flaschen erneut auf und packten sie wieder in die Rucksäcke. Damit waren sie wieder startklar. Jeff schulterte seinen Rucksack und übernahm dieses Mal die Führung. Lewis reichte ihm die Karte, was aber eigentlich nicht notwendig war, da es während der Stunde, welche sie noch zu laufen hatten, nur einen einzigen Weg gab. Er führte ohne Abzweigungen durch den Wald, wurde jedoch ab und zu von umgefallenen Baumstämmen gesäumt, die aber nur ein kleines Hindernis darstellten. Als Liz gerade mit Jeffs Hilfe den zweiten Baumstamm bewältigen wollte, rutschte sie auf der glitschigen Oberfläche weg, Jeff konnte sie gerade so im letzten Moment halten. Sie verzog wieder das Gesicht und fasste sich an den Knöchel. Die letzte halbe Stunde mussten Jeff und Lewis sie stützen, da sie nicht mehr alleine gehen konnte. Janet übernahm indes die Führung. Kurze Zeit später, in der sich ihnen zum Glück keine größeren Hindernisse mehr in den Weg stellten, kamen sie bei dem Zeltplatz an. Es handelte sich dabei um eine moosbewachsene Lichtung im Wald, durch die sich ein kleiner Fluss schlängelte. Lewis nahm seinen Rucksack ab und legte sich ins weiche Moos, um mal für einen kurzen Moment durchzuatmen. Wenig später bauten er und Jeff die Zelte auf, während Liz und Janet sich um das Essen kümmerten. Danach ging Jeff in den Wald und kam mit ein paar Ästen wieder. Lewis blickte auf seine Uhr. Es war viertel nach fünf, was bedeutete, dass der Nachmittag langsam in den Abend überging. Es war ein ereignisreicher Tag gewesen, und Lewis war aufgeregt auf das, was sie in den nächsten Tagen noch erwarten würde. Er verspürte irgendwie das Bedürfnis, sich die Nachricht vom Diktiergerät nochmal anzuhören - er kramte das Gerät, welches sich in den Tiefen seines Rucksackes befand, hervor und drückte auf „Play". Doch auch nach erneutem Abspielen gewann er keine neuen Erkenntnisse. Etwas enttäuscht legte er es zurück. In dem Moment kam Janet auf ihn zu und setzte sich neben ihm auf den weichen Boden.

»Das Essen ist fertig. Hast du wenigstens jetzt etwas Appetit?«

»Hm. Was gibt es denn?«

»Spaghetti mit Tomatensoße.«

»Haben wir denn auch...«

»Teller? Na klar! Alles dabei.«

Janet zeigte auf einen Platz neben der Kochstelle. Dort lagen jeweils vier Teller mitsamt Besteck.

»Na gut. Mal schauen, wie es schmeckt, mit Gas zu kochen.« Lewis grinste.

»Das Wasser in dem Fluss ist übrigens genau so kalt wie das von dem Wasserfall. Und auch so köstlich!«, sagte Janet.

Jeff hatte derweil ein Feuer entfacht. Als die Flamme in die Höhe züngelte, kramte er Pfeil und Bogen aus seinem Rucksack heraus.

»Soll ich mal schauen, ob ich noch eine kleine Fleischbeilage im Wald finde?«, fragte Jeff und grinste breit.

»Brauchst du zumindest heute nicht«, meinte Janet.

»Es ist genug da.«

Jeff wirkte daraufhin fast etwas enttäuscht, fand sich jedoch damit ab. Sie setzten sich etwas abseits des Feuers, da es immer noch warm genug war, und aßen. Es schmeckte köstlich! Nach dem Essen gingen Lewis und Janet abwaschen, wozu sie sich eine Stelle etwas abseits der Lichtung aussuchten.

»Was glaubst du, was wir in dem Haus finden werden? Ich meine, es sind ab morgen noch drei Tage, aber trotzdem wollte ich dich mal fragen.«

»Hm. Ich denke, dass das Haus im Besitz von jemandem ist. Die Frage ist nur, wer sich hier mitten in der Wildnis niederlässt. Und, ob wir Hinweise auf unsere deutsche Gruppe finden.«

»Und natürlich auch auf Josh und Ed«, meinte Janet.

»Ja. Wobei ich glaube, dass es schon zu spät sein wird. Ich meine... du hast ja auch die Schreie gehört.«

»Ja«, sagte sie leise.

Mehr konnte oder wollte sie nicht sagen, ihr standen Tränen in den Augen. Lewis legte einen Arm um sie.

»Ich habe keine Ahnung, was ihnen zugestoßen ist. Aber ich werde dafür sorgen, dass uns nichts passiert!«, sagte er beschwichtigend.

Sie hatten ihre Teller und das Besteck nun fertig abgewaschen und begaben sich wieder zu der Lichtung. Jeff und Liz saßen neben dem Feuer und unterhielten sich, Liz hatte ihren Kopf auf Jeffs Schulter gelegt und ihren Blick in die Flammen gerichtet. Lewis und Janet gesellten sich dazu. Um kurz nach halb neun ging die Sonne unter, und um viertel nach neun war es dunkel. Mit der Dunkelheit kam dann auch die Kälte, Jeff nahm die Decken aus seinem Rucksack und reichte sie herum. Um halb elf Uhr gingen sie in ihre Zelte und schliefen kurz darauf ein.

26 *Samstag, 16. Juli 2005*

Nervös blickte Tanya auf die Uhr, die an der Wand in der Küche hing. Es war 17:47 Uhr. Noch dreizehn Minuten, dann hatte sie endlich Feierabend. Ein schlechtes Gewissen machte sich in ihr breit. Auf Megans Rat hin hatte sie versucht, Eugene anzurufen, um ein klärendes Gespräch zu führen, doch er war einfach nicht an sein Handy gegangen. Sie hatte es mehrmals versucht, auch auf ihre SMS hatte er nicht geantwortet. Das war für ihn definitiv ungewöhnlich gewesen. Tanya nahm sich einen Putzlappen und wischte die Theke ab. Weil sie so sehr in ihre Arbeit vertieft war, bemerkte sie den Gast, der wortlos an der Theke stand, erst spät.

»Entschuldigen Sie. Was möchten Sie bestellen?«

Der Mann, der einen Zylinder, einen Stock und eine Sonnenbrille trug, blickte durch die Gegend.

»Einen Kaffee. Und ein Stück Kuchen, Apfelkuchen am liebsten.«

»Den haben wir da. Bitte setzen Sie sich, ich bin gleich bei Ichnen.«

Tanya wies mit der Hand auf einen Tisch am Fenster. Der Mann befolgte ihre Anweisung und setzte sich, während sie in die Küche ging. Henry, der Koch, starrte gelangweilt die Wand an. Tanya mochte ihn nicht besonders, aber es gelang ihr, mit ihm klarzukommen.

»Henry. Bitte ein Stück Apfelkuchen und einen Kaffee.«

»Für dich?«

Henry runzelte die Stirn.

»Nein. Wir haben einen Gast.«

Er blickte Tanya entgeistert an.

»Oh. Hat sich mal einer hierhin verirrt?«

»Ja.«

Henry bereitete den Kuchen zu, Tanya ging zu der Kaffeemaschine, drückte den Knopf mit der Aufschrift „Kaffee" und wartete, bis die Tasse vollgelaufen war. Danach nahm sie sich eine Untertasse, stellte die Tasse darauf und legte einmal Milch und zwei Packungen Zucker darauf. Derweil sprühte Henry Sahne auf den Teller mit dem Stück Apfelkuchen und reichte ihn dann Tanya. Mit der Tasse und dem Teller beladen ging sie zu dem Gast, der bereits an dem Fensterplatz saß, und stellte es vor ihm ab. Gerade, als sie wieder in die Küche gehen wollte, hörte sie den Gast hinter sich. Sie drehte sich um.

»Fräulein. Bitte bringen Sie mir schon die Rechnung. Und… ich hätte noch eine Frage.«

»Nur zu. Fragen Sie.«

»Gibt es hier Überwachungskameras? Mich würde eine bestimmte Zeit interessieren, gestern, ca. dreizehn Uhr.«

»Da muss ich Sie leider enttäuschen. In diesem Laden sind keine Kameras angebracht.«

»Na toll«, sagte der Mann enttäuscht.

Er schob seinen Stuhl zurück, legte zehn Dollar auf den Tisch, schmiss den Teller durch das Restaurant und stürmte wutentbrannt zur Tür zurück. Diese ließ er mit einem lauten Knall ins Schloss fallen, stieg in seinen Wagen und verschwand mit quietschenden Reifen von dem Restaurantparkplatz. Einen Augenblick später kamen Henry und Megan aus der Küche angeeilt.

»Was ist denn hier los?«, fragte Megan aufgeregt.

Tanya war zu geschockt, um zu antworten, das sah auch Megan.

Sie legte einen Arm um ihre Schultern und fragte mit etwas ruhigerem Ton:

»Was ist passiert?«

»Der Typ ist ausgerastet. Er hat den Teller quer durch den Raum geworfen, als ich seine Frage, ob es hier Überwachungskameras gäbe, verneinte.«

»Wieso Überwachungskameras?«

»Ach keine Ahnung. Kann ich jetzt nach Hause?«

Es war fünf Minuten vor sechs.

»Geh ruhig«, sagte Henry.

»Na gut. Dann tschüss.«

Bis zu ihrer Wohnung war es vom Restaurant aus nicht sehr weit. Tanya verließ das Gebäude und trat über die Straße. Nach zweihundert Metern hatte sie ihre Wohnung erreicht. Sie kramte den Haustürschlüssel aus ihrer Hosentasche.

Währenddessen hing der Mann seinen Gedanken nach. Er hatte es satt. Hatte die lange Fahrt denn gar nichts gebracht? Er wollte es ihr heimzahlen. Er wollte sie. Wutentbrannt trat er das Gaspedal durch und bremste nach ein paar Metern wieder ab. Er stellte seinen Wagen hinter dem Plattenbau ab, hier musste sie wohnen – hatte er sie doch vorher genau in diese Richtung gehen sehen. Er öffnete die Tür seines Mustangs und stieg aus. Trotz des fortgeschrittenen Tages brannte die Sonne noch immer, er kam bereits nach wenigen Sekunden ins Schwitzen.

Tanya steckte den Schlüssel in das Schloss. Sie drehte ihn herum, doch bevor sie die Tür öffnen konnte, bemerkte sie eine Bewegung im Augenwinkel. Hinter ihr. Ruckartig drehte sie sich um. Das Letzte, was sie spürte, war ein harter Schlag gegen die Stirn. Blitze zuckten vor ihrem inneren Auge, danach verlor sie das Bewusstsein.

Er fesselte und knebelte sie. Eine lange Fahrt stand bevor, da musste alles gut abgesichert sein. Er öffnete den Kofferraum und wuchtete ihren Körper hinein, sie verströmte einen angenehm süßlichen Geruch. Danach knallte er die Klappe zu, nahm auf dem Fahrersitz Platz, steckte den Schlüssel in das Schloss und fuhr erneut mit quietschenden Reifen davon.

27 *Samstag, 16. Juli 2005*

Tanya wachte auf. Ihr Kopf drohte zu explodieren, und um sie herum war nichts außer Dunkelheit. Einem Reflex folgend wollte sie ihre Hände bewegen, doch es ging nicht. Stricke schnitten tief in ihre Handgelenke, sie wollte schreien, doch auch das gelang ihr nicht. Nur gedämpfte Laute, die kaum hörbar waren, drangen durch ihren Mund. *Was ist passiert?*, fragte sie sich. Langsam kehrten die Erinnerungen zurück. *Der wütende Kunde. Und dann...* Der Schlag gegen den Kopf. Unter ihr polterte der Boden, und sie wusste plötzlich, wo sie war: in einem Kofferraum. Sie versuchte, sich aufzurichten, doch das sorgte nur dafür, dass ihr Kopf gegen die Klappe schlug. Ein stechender Schmerz schoss ihr durch den Kopf, und etwas Warmes lief ihre Stirn hinunter. Es konnte sich nur um Blut handeln. Tanya stöhnte auf. Kurz darauf fuhr der Wagen eine Kurve. Da sie sich nirgends festhalten konnte, rutschte sie durch den Kofferraum und schlug erneut gegen die Klappe. Doch sie brachte wieder nichts als ein leises, kaum hörbares Stöhnen zustande. Tanya schwitzte, was daran lag, dass es im Kofferraum unglaublich warm und stickig war. *Was kann ich jetzt tun?*, fragte sie sich verzweifelt. Sie konnte nur warten. Warten, wo sie hingebracht werden würde und warum. Plötzlich merkte sie, wie das Auto langsamer wurde, bis es schließlich komplett zum Stehen kam. Die Fahrertür wurde geöffnet und wenig später mit einem lauten Knall wieder zugeschlagen. Danach waren Schritte zu hören, die immer näher kamen, bis sie schließlich an einer Stelle verharrten. Dann wurde der Kofferraum geöffnet. Es war dunkel, nur einzelne Sterne und der Mond erhellten den Him-

134

mel. Tanya blickte sich um, und nahm plötzlich ein Geräusch war. Ein lautes Rauschen. Es hörte sich an wie... Ein Wasserfall! Jetzt hatte sie es. Scheinbar ein riesiger oder mehrere Wasserfälle, da das Geräusch ziemlich laut war. Tanya blickte in das Gesicht ihres Entführers, und sie erkannte ihn sofort wieder. Es war der merkwürdige Kunde, das wusste sie, obwohl er weder Sonnenbrille noch Zylinder trug. Sie murmelte einige unverständliche Laute, bevor der Mann zu ihr sprach.

»Wir sind nun hier. Bei mir.«

Er löste ihre Fesseln und entfernte den Knebel. Tanya wollte schreien, doch bevor sie das tun konnte, legte er sofort seine große Hand auf ihren Mund.

»Psssst! Hier wird dich eh keiner hören. Wir sind fernab jeglicher Zivilisation.«

Er nahm die Hand wieder von ihrem Mund und löste nun auch die Fesseln von den Füßen.

»Wenn du dich ordentlich verhältst, sollten wir gut miteinander auskommen«, sagte er.

Die Worte drangen nicht zu Tanya durch. Sie wollte sie nicht hören.

»Es kommt auf dich an. Wir können friedlich in dem Haus leben, aber wenn du dich nicht dementsprechend benimmst, sperre ich dich in den Keller.«

Tanya sagte nichts, und er setzte sich in Bewegung. Zögernd folgte sie ihm in Richtung des Holzhauses. Sie sah ein, dass es keine Möglichkeit zur Flucht gab. Der Mann öffnete die Tür und sie traten ein. Das Haus war von innen größer, als es von außen den Anschein gemacht hatte. Es bestand aus zwei Etagen, zu der oberen führte eine Treppe. Vor ihnen erstreckte sich ein Flur mit Türen zu beiden Seiten, und die Luft stand. Hier war schon seit längerem nicht mehr gelüftet worden. Ihr Entführer schaltete wenige Schritte später das Licht an. Es war eine schummrige Beleuchtung, reichte aber dazu aus, den Raum einigermaßen zu beleuchten.

»Ich wohne schon seit einiger Zeit hier. Den größten Teil der Möbel, die hier in dem Haus stehen, habe ich selbst gemacht.«

»Wow«, sagte Tanya.

»Selbst geschnitzt, aber es dauerte Jahre. Viele Jahre. Folge mir ins Wohnzimmer.«

Er ging vor und Tanya blieb ihm dicht auf den Fersen. Die Tür am Ende des Flures führte in das Wohnzimmer, auch hier brannte ein schwaches Licht. Tanya warf einen Blick auf die Holzmöbel. Zwei Stühle standen an einem Tisch, der mit einer Tischdecke gedeckt war, auf der eine Schale mit Nüssen und Obst platziert war.

»Setz dich.«

Tanya zog sich einen Stuhl zurück und setzte sich darauf. Anfangs war es unbequem, doch nach einer Zeit hatte sie sich daran gewöhnt. Er setzte sich ihr gegenüber. Einige Sekunden blickten sie sich gegenseitig in die Augen, bis er das Wort übernahm.

»Ich habe dich nicht ohne Grund entführt. Alles war geplant.«

»Wie geplant? Wie meinen Sie das?«, fragte Tanya ruhig.

»Ich brauche dich für die nächsten Tage. Danach kannst du wieder nach Hause.«

»Wofür brauchen Sie mich denn?«, fragte Tanya, dieses Mal einen Tick zu laut.

»Ich verstehe dich auch, wenn du leiser sprichst. Ich stecke etwas in der Klemme, aber das wirst du noch sehen.«

In der Klemme steckt er also. Aber wozu braucht er mich? Tanya wählte ihre nächsten Worte mit Bedacht und sprach wieder etwas ruhiger.

»Was wollten Sie vorhin? Was hatten Sie mit den Aufnahmen der nicht vorhandenen Kameras gewollt?«

»Kannst du dich noch an die Leute erinnern, die im Restaurant gegessen haben? Ein älteres Ehepaar und sechs jüngere, zur selben Zeit. Am Freitag?«

Tanya runzelte die Stirn.

»Natürlich. Wieso?«

»Vier davon sind tot. Sie sind in mein Gebiet eingedrungen. In meinen Wald. Die anderen vier will ich auch umbringen. Und du wirst mir dabei behilflich sein.«

»Bei was soll ich Ihnen helfen? Menschen zu töten?«, platzte es aus Tanya heraus.

»Ja«, sagte er, immer noch ruhig.

»Das mache ich nicht!«, erwiderte Tanya erzürnt.

»Wie bitte?«

»Sie haben mich schon richtig verstanden. Ich werde Ihnen nicht dabei helfen, Menschen umzubringen!«

»Wenn du das nicht tust, muss ich dich zuerst umbringen.«

Tanyas Gedanken rasten. Was wollte er von ihr? Sein Wald? Menschen umbringen? Was für einen Grund hatte das? Sie musste sich in den folgenden Tagen ihrem Schicksal fügen, sie hatte keine andere Möglichkeit, sie musste mehr über ihn herausfinden. Nur wie?

»Ist dir das klar?«, fragte er, nun lauter.

»Ja«, murmelte Tanya.

»Dann...«

Er schob den Stuhl zurück

»Fühl dich wie zu Hause.«

Tanya musste sich ein Lachen unterdrücken, so lächerlich war das Ganze. *Was will er von mir?,* fragte sie sich erneut. Sie musste es herausfinden, viel Zeit hatte sie dazu jedoch nicht. Ihr war bewusst, dass sie es mit einem geisteskranken Mörder zu tun hatte.

28 *Sonntag, 17. Juli 2005*

Im Zelt staute sich die Hitze. Lewis öffnete die Augen. Es war jetzt fünf nach halb acht, und schon so heiß, das es unmöglich war, weiterzuschlafen. Zeit, aufzustehen! Lewis schlich sich leise aus dem Zelt, um Janet nicht aufzuwecken, und trat an den Bach. Er schöpfte eine Handvoll Wasser und schüttete sie sich über das Gesicht. Es war erfrischend kühl. Er folgte dem Bach, bis er eine Stelle erreicht hatte, an der das Wasser etwas tiefer war. Dort zog er sein T-Shirt aus und schüttete sich das kalte Wasser über den Körper. Es war eine Wohltat. Nach fünf Minuten legte er sich auf eine sonnenbeschienene Stelle und ließ sich trocknen. Ein paar weitere Minuten später rappelte er sich auf und ging zurück zu der Lichtung. Janet, Jeff und Liz schliefen noch. Lewis setzte sich in das Moos und wartete. Nach fünfzehn Minuten war Jeff schließlich der erste, der aus dem Zelt kam.

»Morgen, Lewis.«

»Morgen Jeff. Ausgeschlafen?«

»Natürlich. Wollen wir mal in den Wald gehen? Ich kann ja mal gucken, ob ich etwas geschossen kriege.«

Er zeigte auf den Rucksack.

»Das wäre doch mal was! Lass uns losgehen, solange die beiden Damen noch nicht wach sind.«

Lewis stand auf und klopfte seine Hose ab. Danach folgte er Jeff in den Wald. Sie liefen den Bach entlang. Er bahnte sich seinen Weg zwischen den Bäumen hindurch, bis er nach ein paar Metern an einer Quelle endete. Dort schöpfte Lewis sich erneut Wasser in die Hand, trank, und fand heraus, dass es genauso schmeckte wie vorhin. Er ließ seinen Blick schweifen. Es war eine herrliche Stelle! Die Sonne wurde durch die Baumkronen abgeschirmt, nur vereinzelt drangen ihre Strahlen bis auf den Boden vor. Das Plätschern des Flusses war leise zu hören, die Stelle hatte durchaus etwas Romantisches an sich. Während Lewis durch die Gegend blickte, hockte sich Jeff schon hinter einen Baum. Er hatte den Pfeil bereits in die Sehne gespannt, und Lewis sah sein Ziel - ein Kaninchen. Das Geschoss flog kurz darauf zischend durch die Luft - und traf das Kaninchen mitten in den Bauch.

»Sieh mal einer an! Schön und gut, aber reichen wird das nicht«, sagte Lewis.

Jeff legte den Zeigefinger auf den Mund und zeigte mit der anderen Hand auf ein weiteres Kaninchen. Wieder spannte er den Bogen, aber dieses Mal verfehlte der Pfeil deutlich sein Ziel. Er blieb im Moos stecken und das Kaninchen suchte das Weite. Mit seinem letzten Pfeil zielte er auf ein weiteres der Tiere und traf dieses Mal wieder.

»Zwei Kaninchen. Für jeden ein halbes«, schlussfolgerte Jeff.

»Woher kannst du so gut schießen?«, fragte Lewis.

»Training. Man muss es einfach nur üben«, erwiderte Jeff knapp.

Beide schnappten sich ein Kaninchen und trugen es zurück zu ihrem Lager. Janet und Liz waren mittlerweile auch schon wach, sie bereiteten das Frühstück vor.

»Überraschung!«, sagte Jeff und zeigte auf die Kaninchen.

»Deswegen wart ihr also weg«, meinte Janet lachend.

»Wir haben uns schon Sorgen gemacht«, ergänzte Liz.

»Was soll uns denn passieren?«, fragte Jeff und lachte.

»Euch beiden starken Männern passiert natürlich nichts. Entschuldigt, dass wir uns Sorgen gemacht haben«, sagte Janet augenzwinkernd.

»Dann lasst uns mal essen«, lenkte Liz ein.

»Ich habe Hunger.«

Sie strich sich die schwarzen Haare aus der Stirn und blickte erwartungsvoll in die Gesichter der anderen. Kurz darauf bereiteten sie und Jeff die Kaninchen zu, während Lewis und Janet Feuerholz aus dem Wald holten.

»Das wird lecker«, meinte Janet.

»Oh ja. Ich habe zwar lange schon kein Kaninchen mehr gegessen, aber ich kann mich noch genau an den Geschmack erinnern. Das zarte, süße Fleisch... Der unverwechselbare Geschmack... Einfach nur lecker!«, sagte Lewis.

»Mir läuft das Wasser im Mund zusammen«, entgegnete Janet.

Etwas tiefer im Wald fanden sie eine Stelle, an der ein paar Stöcke verstreut waren. Sie nahmen so viel, wie sie tragen konnten, und gingen wieder aus dem Wald heraus zurück zu ihrem Zeltplatz. Jeff und Liz hatten die Kaninchen schon fast gehäutet, als sie die beiden erreichten. Zehn Minuten später saßen sie am Feuer und drehten ab und an den Spieß mit dem Fleisch herum. Nach einer weiteren halben Stunde war der Braten fertig. Sie ließen das Fleisch einen Augenblick abkühlen und teilten es dann so auf, dass jeder eine ausreichende Portion erhielt. Danach war Lewis' Magen gefüllt. Dieses Mal gingen Jeff und Liz abwaschen, Lewis und Janet schlugen den Weg zum Bach ein und füllten die Feldflaschen neu auf. Das Wasser ließ Lewis' Finger schon nach wenigen Sekunden taub werden, doch er füllte sie trotzdem voll, setzte sich die Flasche zum Schluss an die Lippen und trank. Janet tat es ihm gleich. Dann machten sie sich wieder auf den Rückweg zu ihren Freunden, packten ihre Rucksäcke und bauten die Zelte ab. Es dauerte nicht lange, bis Jeff und Liz mit dem abgewaschenen Geschirr wiederkamen. Nach zwanzig weiteren Minuten waren sie schließlich startbereit. Lewis und Janet übernahmen die Führung und gingen auf dem nun immer breiter werdenden Weg vor Jeff und Liz. Der Moosweg mündete nach fünf Minuten in einen schlammigen Weg. An einigen Stellen sanken sie bis zu den Knöcheln im weichen Untergrund ein, und es war jedes Mal ein Kraftakt, den Fuß wieder herauszubekommen. Liz konnte ihren Fuß wieder einigermaßen belasten, was Lewis erleichterte. Obwohl es sich gestern nur um eine halbe Stunde gehandelt hatte, als er und Jeff sie tragen mussten, war es enorm anstrengend gewesen. Zudem brannte jetzt wieder die Sonne, und es gab auf dem Weg nur wenige schattige Stellen. Die Route war größtenteils langweilig, sie führte geradeaus, und es gab nur wenige Kurven. Das Ganze dauerte eine Stunde. Danach setzte sich der Weg im Wald fort, woraufhin ein Anstieg folgte. Lewis war schweißgebadet. Je weiter sie nach oben gelangten, desto angenehmer wurde die Luft. Zudem wurde es von Minute zu Minute immer steiler.

»Wie lang soll das denn noch gehen?«, keuchte Liz.

»Keine Ahnung. Aber die Luft wird schon mal angenehmer«, meinte Lewis.

»Lasst uns mal einen Augenblick Pause machen. Ich... kann nicht mehr«, japste Liz.

»Gute Idee!«, keuchte Janet.

Sie setzten sich auf eine grasbewachsene Stelle, direkt neben dem asphaltierten Weg. Lewis nutzte die Zeit, um sich anhand der Wanderkarte zu orientieren.

»Scheinbar haben wir den Anstieg bald überwunden. Wir sind dann insgesamt fünfhundert Meter hochgestiegen. Also sind wir mit der kleinen Steigung von gestern bei siebenhundert Metern angelangt. Aber das ist noch nicht alles! Wenn wir die Hütte und den Wasserfall erreicht haben, sollten wir uns auf ungefähr siebenhundertsiebzig Metern Höhe befinden.«

»Das sind dann ja zum Glück nur noch siebzig Meter. Innerhalb von drei Tagen...«, murmelte Liz.

»Das ist nicht viel. Und von unserem nächsten Lager sind wir auch nur noch sechs Stunden entfernt.«

Lewis blickte auf die Uhr.

»Wir sollten so gegen achtzehn Uhr dreißig dort ankommen. Vielleicht ja auch schon früher, wenn wir uns beeilen.«

»Warum sollten wir uns denn beeilen? Wir haben Zeit, bis es dunkel wird«, warf Jeff ein.

»Aber wir müssen auch noch die Zelte aufbauen und das Essen zubereiten«, erwiderte Lewis.

»Das sollten wir aber trotzdem locker schaffen. Ich meine, der Zeitraum zwischen Ankunft und völliger Dunkelheit liegt bei mindestens drei Stunden! Und wir waren gestern auch schon früher da.«

»Stimmt auch wieder«, lenkte Lewis ein.

Er lehnte sich zurück, schloss die Augen und nutzte seinen Rucksack als Kissen. Es war zwar nicht bequem, aber es reichte aus, um sich zumindest etwas zu entspannen. Im Schatten war es noch kühler, was dafür sorgte, dass der Schweiß auf seiner Stirn trocknete. Das Letzte, an das er dachte, bevor er einnickte, war ein erfrischendes Bad im See.

29 *Sonntag, 17. Juli 2005*

Megan warf einen Blick auf die Wanduhr in der Küche. Es war halb elf und Tanya war immer noch nicht da. Sie machte sich Sorgen. Tanya war bisher immer zuverlässig gewesen, sie hatte immer angerufen, wenn sie mal einen Tag nicht im *Desert Valley* erscheinen konnte. Das war zwar nicht oft der Fall gewesen, aber die wenigen Male, an denen dies vorgekommen war, hatte sie Megan immer am vorigen Abend Bescheid gegeben. Sollte Megan die Polizei rufen? Nein, vorerst nicht. Es gab bestimmt eine ganz simple Erklärung. Sie wählte erneut Tanyas Nummer, doch wie erwartet ging sie nicht ran. Es war das zweiundzwanzigste Mal innerhalb der letzten vier Stunden. Was war passiert? War überhaupt etwas passiert? Megan konnte es sich nicht anders vorstellen.

»Henry?«, rief sie nach einiger Zeit in die Küche hinein.

»Ja?«

»Lass uns zur Polizei gehen. Tanya ist seit heute Morgen nicht erreichbar, weder über ihr Handy, noch über ihren Festnetzanschluss.«

»Findest du nicht, dass das ein bisschen übereilig ist? Vielleicht taucht sie ja noch auf«, meinte er.

»Das glaube ich nicht. Komm, schließ den Laden ab, häng das Schild vor und beeile dich. Bitte!«

»Na schön. Wenn du meinst, dass es das Richtige ist«, sagte Henry etwas genervt.

»Ja. Ich habe es im Gefühl. Sonst meldet sie sich immer bei mir. Eigentlich telefonieren wir fast jeden Abend. Das ist wie ein Ritual für uns geworden. Verstehst du?«

»Ja, klar.«

Megan trat aus dem Restaurant. Hinter ihr schloss Henry die Tür ab und hängte das „CLOSED"-Schild auf. Kurz darauf ging er zu seinem Ford Mustang, schloss ihn auf, wartete, bis Megan auf dem Beifahrersitz Platz genommen hatte und startete dann den Motor. Sie fuhren die siebenhundert Meter bis zum „Sheriff Office" und stiegen dort aus. Vor der Wache standen drei Polizeiautos, durch die Glastür konnte Megan zwei Beamte erkennen. Sie betraten das Gebäude. Im Inneren war es angenehm kühl.

»Guten Morgen«, begrüßte sie der Sheriff höchstpersönlich, der laut seines Namensschildes Garcia hieß.

»Morgen. Wir möchten eine Vermisstenanzeige aufgeben«, sagte Henry.

»Wen wollen Sie als vermisst melden?«, fragte Garcia.

»Tanya Jameson. Sie ist heute nicht bei uns erschienen, und reagiert auch auf mehrfache Anrufe nicht.«

»Waren Sie denn schon bei ihr? Ich meine, haben Sie schon versucht, an der Haustür zu klingeln?«

»Nein. Aber es hätte nichts gebracht. Wenn sie krank ist, ruft sie mich immer an«, warf Megan ein.

»Ich denke, es wird noch nicht notwendig sein, sie als vermisst zu melden. Wenn sie sich die nächsten vierundzwanzig Stunden nicht bei Ihnen meldet, werden wir eine Anzeige aufgeben.«

»Könnten Sie vielleicht...«

Megan machte eine kurze Pause.

»Ihr Handy orten?«, fragte sie.

»Ich meine, Sie haben doch die Mittel, oder?«, schob sie hastig hinterher.

»Tut mir leid, aber das kann ich nicht machen. Das verstößt gegen meine Dienstvorschriften.«

»Na gut.«

Genervt und enttäuscht drehte Megan sich um und ging zur Tür.

»Schönen Tag noch«, rief sie, kurz bevor sie den Raum verließ.

»Ebenfalls, danke«, sagte Garcia.

Megan öffnete die Tür und ließ Henry den Vortritt.

»Was wollen wir jetzt machen?«, fragte er.

»Ach keine Ahnung. Wir können ja mal bei ihr klingeln. Obwohl das eigentlich auch nur vergeudete Zeit ist.«

Genervt startete Henry den Motor.

»Das bringt doch eh nichts«, murmelte er.

»Aber wir müssen es wenigstens versuchen«, meinte Megan. Sie strich sich die verschwitzten Haare aus der Stirn. Im Auto hatte sich die Hitze gestaut. Henry fuhr rückwärts aus der Ausfahrt und steuerte den Wagen in die Richtung von Tanyas Wohnung. Dort angekommen stieg Megan aus dem Ford. Henry wartete. Missmutig schlenderte sie zu der Haustür, legte ihren Finger auf die Klingel und betätigte diese. Es geschah nichts, niemand betätigte die Gegensprechanlage oder öffnete die Tür. Megan ging wieder zurück und setzte sich in den Wagen. Henry fuhr die letzten Meter zum Restaurant und schloss die Glastür auf. Er drehte das „CLOSED"-Schild um, sodass nun wieder „OPEN" dort stand. Aus dem Augenwinkel nahm Megan Geräusche wahr. Es handelte sich um zwei Motorräder, sie parkten auf dem Parkplatz des *Desert Valley. Kunden?* Megan verschwand hinter Henry in der Küche. Wenige Sekunden später standen die zwei Motorradfahrer bereits in voller Montur am Tresen.

»Guten Tag. Wie kann ich Ihnen helfen?«, fragte Megan.

»Morgen. Für mich bitte einen Kaffee. Und...«

146

Der Mann nahm sich eine der Speisekarten, die auf dem Tresen verstreut lagen. Er blätterte etwas herum, bis er etwas passendes gefunden hatte.

»...ein Schinken Sandwich.«

»Ich nehme ebenfalls einen Kaffee, dazu aber bitte ein Stück Kirschkuchen.«

»Alles klar. Setzen Sie sich schon einmal, ich bin gleich bei Ichnen«, sagte Megan.

»Bring dir dann auch einen Kaffee und ein Stück Kuchen mit. Setz dich zu uns, ich bezahle selbstverständlich«, meinte der erste Biker.

»Mein Name ist übrigens Frank. Und das ist Andrew«, ergänzte er.

Er zeigte auf seine Begleitung.

»Wir sind auf der Durchreise. Haben eine lange Tour hinter uns.«

Megan fand die Biker auf Anhieb sympathisch. Sie entschied, dass es keine schlechte Idee war, das Angebot anzunehmen, da sich zurzeit sonst keine Kundschaft im Laden aufhielt.

»Gut. Dann wartet eben, ich bin gleich wieder da.«

Megan ging in die Küche und gab Henry die Bestellung auf. Sie orderte sich ein Stück Apfelkuchen mit und ging nach wenigen Minuten mit drei Tassen Kaffee und drei Tellern wieder zurück. Frank zog ihr den Stuhl zurück, und sie stellte die Teller und Tassen ab.

»Guten Appetit!«, wünschte Frank.

Andrew nickte, dann sprach Frank weiter.

»Freut uns, dass du dich zu uns setzt.«

»Gerne. Hier ist sowieso nicht viel los, und da kann ich so ein Angebot natürlich nicht ausschlagen. Wo wollt ihr denn noch hin? Und wie lange seid ihr schon unterwegs?«

»Wir sind schon seit zwei Tagen unterwegs«, antwortete Andrew.

»Und wir erreichen unser Ziel voraussichtlich in weiteren zwei Tagen. Also haben wir knapp die Hälfte geschafft«, ergänzte er.

Megans Gabel glitt in den Kuchen, und sie schob sich ein Stück in den Mund. Er schmeckte fruchtig, saftig und einfach gut.

»Dann steht euch ja noch eine weite Reise bevor.«

»Wohl wahr. Aber wir müssen auch mal eine Pause zwischendurch machen. Die letzten zwei Tage sind wir bis auf die Nächte nahezu durchgefahren«, sagte Frank.

»Habt ihr denn nichts gegessen?«, fragte Megan.

»Wenig. Ein Mal pro Tag haben wir angehalten und unsere Mägen gefüllt. Das war immer so gegen Mittag.«

»Und jetzt habt ihr nicht so viel Hunger?«

»Das ist dieses Mal nur eine Zwischenmahlzeit.«

»Zwischenmahlzeit?«

Megan runzelte die Stirn.

»Ihr habt doch vor, Richtung Norden zu fahren, oder?«

»Ja. In Richtung der Berge«, sagte Andrew.

»Hier ist der letzte zivilisierte Ort. Ist euer Tank voll?«

»Ja. Wir haben vorhin getankt. Durchkommen sollten wir«, murmelte Frank.

»Die nächste Siedlung kommt in über dreihundert Meilen.«

»Das schaffen wir in fünfeinhalb Stunden.«

»Na gut. Also seid ihr sicher, dass ihr nichts mehr essen wollt?«

Megan steckte die Gabel erneut in den Kuchen und schob sich ein Stück in den Mund. Die Apfelfüllung schmeckte leicht säuerlich, aber dafür umso fruchtiger.

»Ja.«

Frank hatte seinen Kuchen mittlerweile aufgegessen, auch seine Kaffeetasse war fast leer. Andrew aß den letzten Bissen und trank seinen letzten Schluck, während Frank Megan seine Visitenkarte reichte. Sie bezahlten, verabschiedeten sich von Megan, zogen ihre Motorradkleidung wieder über, starteten die Motorräder und verschwanden im Wald.

30 *Sonntag, 17. Juli 2005*

Lewis erwachte nach wenigen Minuten. Janet lag direkt neben ihm, die Augen geschlossen, während Jeff und Liz sich leise unterhielten. Er stand auf, klopfte sich seine Hose ab und ging zu ihnen.

»Wann wollen wir weiter?«, fragte er.

»Meinetwegen jetzt«, erwiderte Liz.

»Mir ist es auch egal«, sagte Jeff.

»Dann wecke ich mal Janet auf.«

Er ging zu Janet und weckte sie sanft aus ihrem Dämmerzustand.

»Wir wollen weiter. Du auch?«, fragte er.

»Ja.«

Sie rappelte sich auf, schulterte ihren Rucksack und übernahm wieder gemeinsam mit Lewis die Führung.

»Sechs Stunden bis zum Lager also«, sagte Lewis, als er die Wanderkarte wenige Minuten später wieder in der Hand hatte.

Der Weg führte wieder in den Wald hinein. Er verengte sich, sodass man nicht mehr nebeneinander gehen konnte, außerdem wurde er wieder unebener. Nach circa zehn Minuten hatten sie eine Lichtung erreicht. Von hier aus war ein weiterer Weg einzusehen. Plötzlich sah Lewis etwas Blaues in der Ferne – wie er wenig später herausfand, handelte es sich dabei um ein Schild.

„*Death Lake 10 Min*", stand dort geschrieben.

»In zehn Minuten kommt ein See. Dort können wir eine erneute Pause einlegen«, sagte er.

»Klingt gut. Wollen wir dort auch unser Lager aufschlagen?«, fragte Jeff.

»Ist mir egal. Dann hätten wir heute aber nicht viel geschafft«, entgegnete Lewis.

»Stimmt auch wieder.«

»Ich denke, wir sollten den Weg bis zum nächsten Lager einschlagen. Sonst verlieren wir zu viel Zeit«, warf Janet ein.

»Da gebe ich dir recht«, stimmte Liz zu.

»Na gut. Liz, was ist mit deinem Fuß?«, fragte Lewis.

»Ist schon besser geworden.«

Nach einigen Minuten erreichten sie den angesprochenen See. Er war viel größer als alle anderen Seen, auf die sie bereits gestoßen waren. Hier war die Route dann auch beendet. Lewis ließ seinen Blick schweifen. Er entdeckte drei Boote, die an einem Steg vertäut waren – die einzige Möglichkeit, hier weiterzukommen, da es keinen Weg gab, der um den See herumführte.

»Schaut, die Boote! Mit denen müssen wir weiter.«

Jeff zeigte auf ein Schild, direkt über Lewis' Kopf. Er hatte es im Vorbeigehen nicht bemerkt und warf nun einen näheren Blick darauf. Auf dem Schild, das auf den See verwies, stand in Großbuchstaben „Riverbank 1h." geschrieben. Das Ufer sah jedoch gar nicht so weit entfernt aus. Das Wasser lag unheimlich ruhig vor ihnen, es wurde nur an wenigen Stellen von Luftblasen oder kleinen Wellen gesäumt.

»Na dann. Ihr seid ja nicht seekrank, oder?«, fragte Lewis.

»Zum Glück nicht«, murmelte Liz.

»Gut. Wir brauchen ja nur zwei Boote. Ich und Janet nehmen das eine, und ihr beide das andere.«

Ohne eine Antwort abzuwarten, ging er über dem Steg, bis er den Holzpfahl, an dem die Boote vertäut waren, erreicht hatte. Janet, Liz und Jeff folgten ihm. Er löste den komplizierten Knoten und wies Janet an, sich hinter ihn zu setzen. Als schließlich auch Jeff und Liz in ihrem Boot Platz genommen hatten, ging es los. Lewis und Jeff griffen sich die Ruder, die auf dem Boden lagen, und versuchten, das Boot auf Kurs zu halten. Das Wasser war glasklar und der Boden von Kieselsteinen gesäumt. Nach zwanzig Minuten hatten sie eine Stelle erreicht, an der der Boden nicht mehr einsehbar war. Lewis legte eine Pause ein, da seine Arme vom Rudern schmerzten.

»Soll ich das einen Augenblick übernehmen?«, fragte Janet.

»Ja, bitte. Ich brauche nur eine kleine Pause. Fünf Minuten, höchstens.«

»Ist doch nicht schlimm. Ich kann ruhig übernehmen.«

Lewis reichte Janet das Ruder und warf einen Blick auf das Boot von Jeff und Liz. Sie trieben etwa dreißig Meter hinter ihnen. Liz hatte ihre Schuhe und Socken ausgezogen und ließ ihre Füße im Wasser baumeln. Lewis tat es ihr nun gleich und steckte seinerseits eine Hand in das Wasser. Es war erwartungsgemäß kalt, weshalb er sie schnell wieder herauszog.

»Werden deine Füße gar nicht kalt?«, rief er Liz zu.

»Wieso? Das Wasser ist warm.«

»Warm?«

Lewis zog eine Augenbraue hoch.

»Ja. Warm. Kommt her und lasst euch überzeugen.«

Janet ruderte wieder zurück. Nach einer Minute hatten sie Jeff und Liz erreicht. Lewis steckte erneut seine Hand ins Wasser, um herauszufinden, ob Liz recht hatte. Es war tatsächlich warm, fast schon heiß.

»Das ist ja merkwürdig«, murmelte er.

»Lass uns doch mal nachschauen, was dort unten ist«, schlug Jeff vor.

»Keine schlechte Idee«, gab Lewis zurück.

Sie zogen sich um. Janet steckte ihre Füße nun auch in das Wasser. Nachdem sie sich Badekleidung angezogen hatten, sprang Lewis als erster ins Wasser und tauchte dann gemeinsam mit Jeff unter. Es war tiefer, als er gedacht hatte. Und es wurde immer wärmer! Nach zehn Metern hatten sie den Grund erreicht, und entdeckten dort auch die Quelle der Wärme: Einen Unterwasservulkan. Er maß ungefähr einen halben Meter, und aus ihm strömte ununterbrochen Dampf heraus. Es war nicht viel, aber es reichte, um das Wasser an dieser Stelle zu erwärmen. Sie traten wieder den Rückweg an und schwammen in kräftigen Zügen an die Wasseroberfläche zurück. Danach stiegen sie wieder in die Boote.

»Und? Was habt ihr gefunden?«, fragte Liz.

»Einen Unterwasservulkan. Zwar nicht groß, aber dennoch aktiv«, antwortete Lewis.

»Na dann haben wir das Rätsel ja gelöst. Wollen wir weiter?«, fragte Janet.

»Von mir aus gerne«, sagte Lewis.

»Gute Idee«, meinte auch Liz.

Die Stimmung wurde wieder etwas besser, und auch Lewis' Laune hob sich dadurch. Er übernahm erneut das Ruder, woraufhin sie den Weg zum anderen Ufer fortsetzten. Während der Fahrt passierte nichts, gelegentlich wechselten sich Lewis und Janet ab. Vierzig Minuten später hatten sie ihr Ziel auch bereits erreicht.

31 *Sonntag, 17. Juli 2005*

Frank merkte nicht, wie sich der Auspuff immer mehr vom Motorrad löste. Erst, als dieser mit einem lauten Scheppern auf der Straße landete, verlangsamte er sein Tempo. Er gab Andrew per Handzeichen zu verstehen, dass er anhalten solle, was dieser daraufhin auch tat. Frank steuerte auf eine Parkbucht auf der linken Seite zu und schaltete den Motor ab, als sie standen. Da weit und breit kein Auto in Sicht war, lief er auf die Straße und schnappte sich vorsichtig den heißen Auspuff. Es dauerte etwas, bis er eine Stelle fand, an der das Metall etwas kälter war, und lief wieder zu Andrew zurück. Es war simpel, es hatte sich bloß eine Schraube gelöst. Diese fand er nach längerer Suche etwas abseits der Stelle, an der der Auspuff gelegen hatte, im Gras am Straßenrand.

»Es hat sich bloß eine Schraube gelöst. Hast du Werkzeug mitgenommen?«, fragte er Andrew.

»Nein. Das habe ich total vergessen. Aber vielleicht hat ja der Besitzer des Hauses ja den nötigen Schraubenschlüssel.«

Andrew zeigte auf ein Haus mitten im Wald. Frank hatte es bisher gar nicht wahrgenommen.

»Steht aber kein Auto vor. Scheint niemand zu Hause zu sein«, schlussfolgerte er.

»Lass uns doch einfach mal gucken gehen. Zudem besitzt ja nicht jeder Mensch auf der Welt ein Auto.«

Andrew ging, Frank folgte ihm. Vor dem Haus war ein deutlicher Weg auszumachen. Er führte zu einer hölzernen Eingangstür. Andrew drückte die Klingel, und lehnte sich gegen die Tür, die überraschenderweise wenige Sekunden später einfach so nachgab und sich problemlos aufschieben ließ. Im Inneren war es stickig. Das Haus schien tatsächlich, wie angenommen, verlassen zu sein, denn hinter der Tür erwartete sie niemand.

»Hallo?«, rief Frank.

»Niemand zu Hause.«

Er wollte sich gerade abwenden, als Andrew ihm dazwischenfuhr.

»Lass uns doch mal nachschauen. Eine andere Möglichkeit bleibt uns nicht, da wir sonst nicht weiterfahren können.«

»Du hast ja recht.«

Trotz Unbehagen wagte Frank einen Schritt in das unheimlich anmutende Haus. Vor ihm erstreckten sich eine Wendeltreppe und ein Korridor, an dessen Ende sich zwei Türen befanden.

»Geh du nach oben«, sagte Frank.

»Ich schaue mal hier.«

»Alles klar.«

Die Holzstufen ächzten unter Andrews Gewicht. Frank ging auf die Türen zu und öffnete zuerst die rechte. Vollkommene Dunkelheit empfing ihn im Inneren des Raumes. Bei dem Versuch, einen Lichtschalter zu ertasten, fühlte er kaltes Metall. Da der Raum offensichtlich sehr klein war, glaubte Frank nicht, dass er hier das Werkzeug finden würde. Er verließ den Raum, streckte seine Hand nach der Klinke der gegenüberliegenden Tür aus und drückte sie hinunter. Unter einem leisen Quietschen glitt sie auf. Das Licht war an, doch das war dieses Mal keinesfalls als gutes Zeichen zu werten. Denn das, was dort zu sehen war, war viel mehr als ein Szenario des Schreckens zu bezeichnen.

Andrew erreichte die obere Etage. Sie bestand aus einem Flur mit einer Tür am Ende. Auf einer antiken Kommode, die davor stand, brannte eine Glaslampe. Er schritt durch den engen Flur, bis er die Tür erreicht hatte. Sie wurde von einem goldenen Knauf geziert. Bei näherem Betrachten entdeckte Andrew kleine Einkerbungen, die wie Totenköpfe aussahen. Er drehte den Knauf. Die Tür war offen, aber im Inneren war es dunkel, kein einziger Lichtstreifen drang in den Raum hinein. Dennoch waren Konturen auszumachen. Andrew streckte seine Hände aus. Er ertastete Holz… doch irgendwie fühlte sich das alles nicht richtig an, er wollte er den Raum verlassen, denn dieser strahlte eine gespenstische Aura aus. Kurz darauf fiel die Tür hinter ihm ins Schloss. Andrew drückte sie wieder auf, sie ließ sich jedoch nur sehr schwer unter enormer Anstrengung aufschieben. Als er erneut den Flur betrat, brannte die antike Lampe nicht mehr. Er beäugte sie näher. In der Dunkelheit war es schwer, den Lichtschalter zu finden, er drückte ihn herunter, doch es passierte nichts. Auch von nirgendwo sonst schien ein Licht herzukommen. *Bestimmt nur eine Birne durchgebrannt. Kein Grund zur Panik*, dachte er. Plötzlich hörte er einen Schrei. So schnell er konnte, eilte er in der Dunkelheit in Richtung der Treppenstufen. Der Schrei war eindeutig von unten gekommen, und er konnte auch hören, dass es Frank war, der ihn ausgestoßen hatte. Er hastete die Stufen hinunter, stolperte zwei Mal fast, konnte sich aber auf den Beinen halten. Er rannte zu den beiden gegenüberliegenden Türen am Ende des Flurs und öffnete instinktiv die linke. Was er sah, verschlug ihm die Sprache.

32 *Sonntag 17. Juli 2005*

Auch hier befand sich ein Steg. An ihm war ein Jetski vertäut, der ganz gut gepflegt aussah. Lewis band das Boot am Steg fest und half Janet, hinauszusteigen. Danach beäugte er den Jetski näher. Der hellgrüne Lack hatte an einigen Stellen ein paar Kratzer. Mittlerweile waren auch Jeff und Liz am Steg angekommen, sie banden gerade ihr Boot fest. Nach einer Minute standen auch sie um den Jetski herum.

»Hier scheint also jemand zu wohnen«, bemerkte Liz.

»Aber wie? Wo? Bis zu der Hütte ist es doch noch eine zweieinhalbtägige Wanderung«, sagte Lewis.

»Wenn die Karte stimmt!«

»Wieso sollte sie nicht stimmen?«

»Na ja, stand da irgendetwas von dem See drauf? Nur als Beispiel.«

»Das ist doch irrelevant.«

»Ist doch egal«, schritt Janet ein.

»Wir werden es ja sehen.«

Lewis bemerkte, dass sein Rucksack noch im Boot lag. Er trottete zurück, schulterte ihn und entdeckte ein Schild.

»Wir sind auf dem richtigen Weg. Viereinhalb Stunden bis zum Zeltlager.«

Er warf einen Blick auf einen markierten Punkt auf der Wanderkarte.

»Das stimmt mit dem Standort des Lagers überein. Kommt!«

Ohne eine Antwort abzuwarten, ging er vor. Janet holte ihn nach ein paar Sekunden ein, gemeinsam übernahmen sie vor Jeff und Liz die Führung in Richtung des Waldes. Der Weg war eben, er wurde nur an einigen Stellen von Stöckern oder ähnlichem gesäumt. Die Bäume ragten teilweise so weit in den Himmel, dass Lewis schon beim hochgucken schwindelig wurde. Auf den Ästen waren außerdem einige Vogelnester auszumachen, mitunter in schwindelerregenden Höhen. Aber die Vögel verhielten sich leise, es war allgemein sehr ruhig im Wald. Nach zehn Minuten hatten sie einen umgestürzten Baumstamm, der den Weg blockierte, erreicht. Sie konnten ihn nur durch Klettern überwinden, Liz hatte mit ihrem Fuß einige Schwierigkeiten, doch mit Jeffs Hilfe schaffte sie es. Danach war der Weg wieder angenehmer, er wurde nur noch selten von schwerwiegenden Hindernissen gesäumt. Bald hatten sie eine Biegung erreicht, die natürlich ausgeschildert war.

»Wir haben noch vier Stunden bis zum Flussufer. Gegen achtzehn Uhr sind wir also da und werden unser Lager aufschlagen. Dann kommen nur noch zwei Tage. Wir haben dann also so gut wie die Hälfte erreicht.«

Lewis drehte sich um. Janet, Liz und Jeff hatten es sich auf einem Baumstamm bequem gemacht und packten gerade ihr Essen aus. Beim Anblick der Brote lief ihm das Wasser im Mund zusammen. Er trottete hinüber, griff sich ein mit Schinken belegtes Brot und biss kräftig hinein. Der Schinken war etwas zu salzig, aber er schmeckte dennoch köstlich. Lewis ließ seinen Blick schweifen. Hier war es zum Glück nicht so heiß, die Temperatur betrug angenehme zweiundzwanzig Grad Celsius, wie ihm das Thermometer seiner Armbanduhr verriet. Die Sonne wurde zudem durch das dichte Blätterdach über ihren Köpfen abgeschirmt, nur wenige Strahlen erreichten den Boden. Die Baumstämme, auf denen sie saßen, lagen abseits des Weges im Schatten. Lewis' Arme schmerzten noch leicht vom Rudern,

aber es störte ihn nicht. Mittlerweile hatte er sein Brot aufgegessen, weshalb er sich noch eins nahm, da sie sich insgesamt genug geschmiert hatten. Danach fühlte er sich satt und erschöpft.
Die letzten zwei Tage hatte er sich nie ansatzweise erschöpft
gefühlt - es war das erste Mal. Er lehnte sich zurück und
entspannte sich. Ab und an waren Geräusche aus dem Wald zu
hören, die Lewis nicht einordnen konnte. *Vielleicht Kaninchen.*
Das Buschwerk neben den Baumstämmen war dicht, es erlaubte
keinen Blick in den tiefen Wald, zumindest nicht von der Position aus, an der sich Lewis gerade befand. Janet und Liz aßen
noch immer, während Jeff aufmerksam mit seinem Blick die
Gegend erkundete. Er schien irgendetwas zu entdeckt zu haben,
sein Blick verweilte hoch oben in dem Baum, der sich neben
ihm erstreckte.

»Siehst du irgendetwas?«, fragte Lewis ihn.

»Was?«

Jeff sah ihn irritiert an.

»Du siehst konzentriert aus.«

»Ach so.«

Er schüttelte den Kopf.

»Nein, ich finde die Landschaft einfach nur atemberaubend.«

»Ja, da hast du recht. Wirklich einzigartig!«

Lewis lehnte sich wieder zurück und schloss seine Augen. Es
war herrlich, der Schatten verschaffte eine angenehme Kühle.
Nach ein paar Minuten, während derer er nachdachte, öffnete er
die Augen wieder und erhob sich.

»Lasst uns jetzt mal weitergehen«, sagte er.

Er schulterte seinen Rucksack, den er als Kissen benutzt hatte,
und übernahm die Führung. Da er seine Wanderkarte vorerst
nicht brauchte, steckte er sie in den Rucksack.

»Vier Stunden sind ja eigentlich nicht viel, oder?«, fragte Janet, als sie ihn erreicht hatte.

»Nein. Ich meine, wir haben schon sehr viel mehr geschafft. Vier Stunden sind im Gegensatz dazu nichts.«

»Dann haben wir die Hälfte geschafft«, meinte sie.

»Richtig! Dann fehlen nur noch zwei Tage, bis wir die Hütte erreichen werden.«

»Ich bin richtig gespannt! Es gibt bisher sehr viele Dinge, die nicht zusammenpassen.«

»Da hast du recht«, sagte Lewis.

Nach ein paar Minuten endete der Waldweg, sie hatten wieder eine offene Stelle mit einem kleinen Anstieg erreicht. Links schossen Bäume in die Höhe, doch zu ihrer Rechten befand sich eine freie Fläche. Lewis wagte sich einen Schritt näher an die Stelle heran, an der der Weg endete. Es ging steil abwärts. Unter ihnen waren die Seen und der Wald auszumachen: meilenweit erstreckte er sich und verschwand in nicht einschätzbarer Ferne. Lewis wandte seinen Blick ab und ging weiter. Nach ein paar Metern hatte er eine Biegung erreicht, der Weg führte hier erneut in den Wald hinein. Bis zum Flussufer waren es noch dreieinhalb Stunden, wie ein Schild, was am Wegesrand stand, verkündete.

33 *Samstag, 10. Juli 1995*

Gudrun wartete. Marcel war nun schon ziemlich lange unter Wasser, für ihren Geschmack etwas zu lange. Irgendetwas musste passiert sein. Aber was? Augenscheinlich war Inge auf eine Höhle zu geschwommen, bei dem dunklen Fleck im Wasser konnte es sich um nichts anderes gehandelt haben. Plötzlich hörte sie jedoch Geräusche, direkt hinter sich. Ruckartig drehte sie sich um, doch es war bereits zu spät. Ein harter Gegenstand traf sie an der Schläfe. Ihr wurde schwarz vor Augen, und das Letzte, was sie sah, war ein Gesicht, was ihr sehr bekannt vorkam.

Ein Plätschern. Wasser. Unter ihrem Rücken spürte sie Holz, es war furchtbar unbequem. Gudrun schlug die Augen auf. Sie befand sich auf einem See, in einem Boot. Vor ihr saß *er* und steuerte das Boot gen Ufer. Sie schienen bald da zu sein. Vorsichtig richtete Gudrun sich auf. Ein stechender Schmerz zuckte durch ihre Schläfe, und die Erinnerungen kamen bruchstückhaft zurück. Der harte Gegenstand. Fast wie... ein Brecheisen! Gudrun tastete sich mit ihrer Hand die Stirn ab. Verkrustetes Blut klebte auf der Stelle, an der sie getroffen worden war. Plötzlich schoss wieder ein Schmerz durch ihren Kopf, und sie glaubte, erneut das Bewusstsein verlieren zu müssen, konnte dies jedoch mit äußerster Willensanstrengung verhindern. Das Boot befand sich etwa mittig auf dem See. Gudrun suchte mit ihrem Blick das Gefährt ab, doch sie fand keine Gegenstände, mit denen sie sich zur Wehr setzten konnte. Was sollte sie tun? Sie hatte nicht den geringsten Plan. Er hatte sie überrascht, das war ihr klar. Sie hätte ihn früher hören müssen. Es war nur ein kurzer Moment, in dem sie unaufmerksam gewesen war, doch jetzt war sie ihm vollends ausgeliefert. Die Sonne wurde allmählich von dunklen Wolken verdrängt. Es sah stark nach Regen aus, es würde aber noch dauern, bis dieser einsetzen würde. Gudrun seufzte leise. Mittlerweile hatte der Wind zugenommen, der See wurde immer unruhiger und das Boot wackelte unaufhörlich. Sie hielt am Ufer Ausschau, doch es gab keine Anzeichen von Rettung. Sie musste selber handeln. Nur wie? Der Schmerz in ihrer Stirn nahm wieder zu. Er schien fast unerträglich zu werden. Gudrun legte sich wieder hin und stöhnte auf. Etwas zu laut, denn er drehte sich um.

»Wach? Na endlich!«, sagte er.

»Was willst du von mir? Wohin bringst du mich? Was soll das Ganze?«, fragte sie hektisch.

»Ich habe alles geplant. Aber anscheinend war ich gut. Zu gut für euch! Schade.«

Er lachte. Ein dreckiges Lachen. Gudrun lief ein Schauer über den Rücken.

»Was willst du von mir?«, fragte sie nun lauter.

»Hey hey. Nicht so stürmisch.«

Er legte besonders viel Kraft in den letzten Ruderschlag, danach ließ er das Boot treiben. Sie befanden sich nun nicht mehr weit vom Ufer entfernt.

»Es war alles geplant«, wiederholte er.

»Das habe ich mittlerweile verstanden«, antwortete sie genervt.

»Schön, dass du mir zugehört hast. Also... hast du dich nicht gewundert, als gerade ich es vorgeschlagen habe, einen Wanderurlaub zu veranstalten? Nein? Das ist natürlich bitter.«

Er lachte schon wieder. Gudrun fühlte Wut in sich aufsteigen.

162

Sie verdrängte die Verzweiflung, doch sie musste sich zurückhalten.

»Ihr seid alle die größten Idioten, die ich je kennengelernt habe. Aber der größte Idiot ist Marcel. Er war schon immer beschissen.«

»Er ist dein Bruder!«

Gudrun starrte ihren Gegenüber an.

»Mein Bruder? Dass ich nicht lache! Er ist ein Arschloch, mehr nicht.«

»Warum verachtest du ihn so?«, fragte Gudrun.

»Ist das nicht offensichtlich? Er behandelt mich wie das letzte Stück Dreck.«

»Nun übertreib mal nicht. Er macht oft seine Späße.«

»Ab einem gewissen Punkt waren das für mich keine Späße mehr. Es wurde unerträglich.«

»Aber es blieb doch immer im Rahmen. Oder hat er dich jemals beleidigt?«

»Seine beschissenen Sprüche beleidigten mich einfach immer wieder. Der Einzige, der von euch halbwegs in Ordnung war, war Ralf. Ihn wollte ich auch verschonen. Aber dann stürzte ja *zufälligerweise* die Brücke ein.«

Gudrun merkte an seinem Tonfall, dass das keineswegs zufällig passiert war. Auch das war geplant gewesen – zumindest schien es so. Trotzdem fragte sie nach.

»Was hast du mit der Brücke gemacht? Hast du sie sabotiert?«

»Na klar. Sie war der einzige Weg, der zurückführt. Ich konnte ja nicht zulassen, dass ihr es euch plötzlich anders überlegt und doch umkehren wollt.«

»Und die Schilder? Warst du das auch?«

»Himmel oder Hölle? Na klar. Wer soll das sonst gewesen

sein?«

»Keine Ahnung. Deshalb frage ich ja.«

»Weiter im Text. Als Marcel mich dann noch auslachte, als ich mich geschnitten habe, hat es mir den Rest gegeben. Das war für mich der sogenannte *Point of no return*. Dieser Tropfen hat das Fass zum Überlaufen gebracht.«

Gudrun wählte die nächsten Worte mit Bedacht. Sie fielen ihr sehr schwer.

»Und... was hast du getan, als du mit Matthias alleine warst?«

Bei dem Namen ihres Ehemannes zog sich ihre Kehle zusammen. Tränen stiegen ihr in die Augen.

»Matthias.«

Er verdrehte die Augen.

»Genauso dumm wie Marcel. Ich habe ihn umgebracht.«

»Wie hast du das geschafft...«

Gudrun brach ab.

»Ohne dass er einen Ton von sich gibt? Ganz einfach. Messer von hinten in den Hals. Er hatte nicht einmal mehr die Chance, sich umzudrehen.«

Gudrun wollte nicht weiterreden. Deshalb übernahm Alexander wieder das Wort.

»Danach habe ich mich bedeckt gehalten - und anscheinend hat es funktioniert. Ich war euch allerdings immer dicht auf den Fersen.«

»Wir hätten dich bemerken müssen«, murmelte sie.

»Natürlich. Aber ich war clever. Und als Marcel dann in den See tauchte... habe ich die Chance genutzt, die sich mir bot.«

»Mit was hast du mich bewusstlos geschlagen?«

»Mit einem Brecheisen«, erwiderte er knapp.

»Das hast du die ganze Zeit mitgeschleppt?«

164

»Natürlich nicht«

Alexander lachte höhnisch auf.

»Auch das war Teil der Vorbereitung. Und bisher ist mein Plan aufgegangen. Marcel wird zu einhundert Prozent nach dir suchen. Er wird nicht umkehren, dazu kenne ich ihn zu gut.«

»Und... was hast du mit ihm und mir vor?«

»Ich werde euch umbringen«, sagte er.

Gudrun wusste, dass er das sagen würde. Trotzdem zog sich ihr Magen zusammen. Ihre Knie begannen zu zittern.

»Aber warum tust du das?«, fragte sie und erkannte, dass die Frage keinen Sinn hatte.

»Weil ich euch hasse. Weil ihr es allesamt verdient habt!«, schrie er in den Wald hinaus.

Seine Stimme hallte noch eine Weile in der Umgebung wider - Gudrun zuckte zusammen. Alexander übernahm nun wieder das Ruder, es war nicht mehr weit bis zum Ufer. Von weitem konnte Gudrun einen Jetski ausmachen, der am Steg vertäut war.

»Gehört der auch dir?«, fragte sie und zeigte darauf.

»Wem soll er sonst gehören?«, antwortete er bissig.

Gudrun sagte nichts mehr.

Nach wenigen Minuten hatten sie das Ufer erreicht. Mittlerweile bedeckten dunkle Wolken den Himmel, und es sah zunehmend stärker nach Regen aus. Es schien also nicht mehr lange zu dauern. Alexander band das Boot am Steg fest. Das Seil war zum Zerreißen gespannt, aber es hielt der Belastung stand. Er verließ das Boot als erstes und blickte dann auf Gudrun herab.

»Wir haben noch einen weiten Weg vor uns. Komm.«

Gudrun wollte ihm nicht folgen. Aber sie wusste, dass sie es musste, wenn sie eine Chance haben wollte, lebend aus der ganzen Sache herauszukommen. Mit zitternden Knien betrat sie den Steg. Alexander war ihr schon einen Schritt voraus. Er war schwer bewaffnet, an seinem Hosenbund klemmte eine Messertasche samt Inhalt, und in der rechten Hand trug er ein Brecheisen. Gudrun sah das Blut. Ihr Blut. Die Stelle an der Stirn begann wieder zu pochen. Sie hielt sich knapp zwei Schritte hinter Alexander. Er führte sie auf einen Weg, der bald an einer offenen Stelle mündete und dann in den Wald überging. Gudrun schätzte ihre Chancen ab, irgendwie an das Messer oder das Brecheisen zu gelangen. Sie waren gleich null. Er würde es merken, und wer weiß, was er ihr dann antun würde. Sie wollte nicht darüber nachdenken. Am Wegesrand lagen vereinzelte Äste, sie waren aber entweder zu groß oder zu klein. Es bot sich ihr keine Möglichkeit, ihn zu überwältigen. Sie musste abwarten und auf eine günstige Gelegenheit hoffen.

34 *Sonntag, 17. Juli 2005*

Je weiter die Zeit voranschritt, desto unruhiger wurde Megan.
Sekunden kamen ihr wie Stunden vor, und es gab noch immer
kein Lebenszeichen von Tanya. Auch Eugene hatte sie bisher
nicht erreichen können, was ihr Unwohlsein noch verstärkte.
Was ist bloß passiert? Die Uhr zeigte zwar gerade erst zwanzig
nach drei an, aber Megan kam es schon viel später vor. Seit die
beiden Biker, Frank und Andrew, das Restaurant verlassen hatten, hatten sich keine weiteren Kunden mehr in das Restaurant
verirrt. Und das Ganze war jetzt drei Stunden her.
»Wollen wir den Laden schließen?«, fragte Megan Henry durch
die Küchenzeile.
Er hob den Blick von dem Buch, welches er gerade las.
»Meinetwegen. Kommt eh keiner mehr.«
»Hättest du eine Idee, was wir noch tun könnten?«
»Hm, ich könnte einen alten Freund fragen. Alan ist Experte,
wenn es um Handys geht. Und ich glaube, er hat sogar die Mög-
lichkeiten, sie zu orten.«
»Warum erwähnst du das jetzt erst?«
»Bin jetzt erst darauf gekommen.«
Er zuckte mit den Schultern.
»Na gut. Wo wohnt er?«
»Außerhalb. Eine Stunde von hier.«
Megan seufzte.
»Dann lass uns los. Du fährst.«
Wortlos verließ Megan das Restaurant, Henry folgte ihr. Nach-
dem er das Desert Valley abgeschlossen hatte, setzte er sich in
seinen Mustang und startete den Motor. Megan nahm auf dem

Beifahrersitz Platz. Henry setzte zurück und fuhr in die andere Richtung, weg vom Wald. Da sich im Inneren des Autos die Hitze staute, schaltete er die Klimaanlage an. Nach wenigen Minuten hatte das Auto eine angenehme Temperatur erreicht. Megan blickte aus dem Fenster. Den Pflanzen, die vereinzelt am Straßenrand wuchsen, schien die wochenlange Hitze ziemlich zuzusetzen, viele hingen nur noch schlaff und ausgetrocknet da. Ein trauriger Anblick. Megan wandte sich ab und beobachtete stattdessen Henry. Er starrte konzentriert auf die vor ihnen liegende Straße. Seit sie vor etwa einer Viertelstunde losgefahren waren, war ihnen kein einziges Auto entgegengekommen.

»Komisch, dass hier niemand ist, oder?«, fragte Megan.

»Was?«, fragte Henry.

»Na, dass uns kein Auto entgegenkommt. Ziemlich seltsam. Es ist zwar nie besonders viel los, aber zumindest verirrt sich doch das ein oder andere Auto in dieses Kaff.«

»Da hast du recht. Schon seltsam. Aber es ist Sonntag. Da ist nie was los.«

Damit hatte Henry Recht, sonntags war selten etwas los. Nach weiteren vierzig Minuten steuerte er die Einfahrt eines Hauses an.

»Wir sind da«, murmelte er. Sie stiegen aus. Henry klingelte, während Megan sich den Namen auf dem Klingelschild ansah. *Alan Russell.* Nach einer Minute öffnete Alan die Tür. Er sah aus, als wäre er gerade erst aufgestanden. Seine Haare standen ihm vom Kopf ab, und er strahlte einen alkoholischen Geruch aus.

»Hallo, Alan.«

»Henry?«

Er runzelte die Stirn.

168

»Ja, ich bin es. Und das ist Megan.«

Henry zeigte auf sie. Alan streckte seine Hand aus, widerwillig ergriff Megan sie.

»Alan, freut mich.«

Er wandte sich wieder an Henry.

»Und? Was ist der Grund deines plötzlichen Besuches?«

»Wir brauchen deine Hilfe. Eine unserer Angestellten, Tanya Jameson, ist spurlos verschwunden. Gestern Abend haben wir sie das letzte Mal gesehen. Auf Anrufe reagiert sie nicht und zu Hause ist sie auch nicht. Das passt einfach nicht zu ihr. Wir waren auch schon beim Sheriff, aber die wollten uns nicht weiterhelfen. Und da bist du mir in den Sinn gekommen. Du kannst doch Handys orten, oder?«

Alan lachte auf.

»Klar. Da bin ich Profi drin. Kommt rein.«

Henry und Megan traten ein. Entgegen Megans Erwartungen war die Wohnung recht ordentlich gehalten, sie war klein und sauber. Alan führte sie in sein Arbeitszimmer. Er bot ihnen das Sofa an, welches sich in dem Raum befand, und setzte sich auf den Schreibtischstuhl vor seinem Computer. Es dauerte etwas, bis er hochgefahren war, weshalb Alan aufstand und fragte:

»Wollt ihr etwas trinken?«

»Ein Wasser, bitte«, sagte Henry.

»Für mich auch«, murmelte Megan.

Nach zwei Minuten kam Alan mit einem Tablett, auf dem drei Gläser Wasser mit Eiswürfeln standen, wieder zurück. Megan nahm einen Schluck. Das Wasser füllte ihre ausgetrocknete Kehle aus, sie hatte heute noch nicht viel getrunken. Mittlerweile war der Computer hochgefahren. Alan öffnete ein Programm und fragte Megan nach Tanyas Handynummer. Sie holte ihr

Handy heraus und teilte ihm die Nummer mit. Sie mussten ein paar Minuten warten, bis etwas geschah.

»Hier. Schaut euch das an!«, sagte Alan.

Megan und Henry betrachteten den Bildschirm, auf dem eine Karte abgebildet war, näher. Plötzlich erschien dort ein roter Punkt, der sich mitten im Wald befand.

»Wie weit ist es entfernt?«, fragte Megan aufgeregt.

Alan hob seine Brille und warf einen Blick auf den Bildschirm.

»Fünfundachtzig Meilen von hier. Ungefähr«, murmelte er.

»Das ergibt keinen Sinn!«, meinte Henry.

»Da ist meilenweit nur Wald. Was will sie da?«, erwiderte Megan.

»Ich denke mal, dass sie sich nicht freiwillig dort aufhält«, schlussfolgerte Alan.

»Das habe ich auch schon vermutet«, bestätigte Henry.

»Lasst uns los. Jede Sekunde kann entscheidend sein!«, fuhr er fort.

»Wenn es noch nicht zu spät ist!«, sagte Megan.

»Ich komme mit«, schaltete Alan sich ein und stand auf.

»Danke für deine Hilfe«, bedankte sich Megan.

Ihr war klar, dass sie nun eine heiße Spur hatten, die sie zwingend verfolgen mussten.

35 *Sonntag, 17. Juli 2005*

Nach dreieinhalb Stunden hatten sie das Flussufer erreicht. Es war die größte Lichtung, die sie bisher gesehen hatten. Auch der Fluss war im Vergleich zu dem kleinen Rinnsal, an dem sie die letzte Nacht verbracht hatten, riesig. Lewis legte seinen Rucksack ab und holte die Feldflasche heraus. Er tauchte das Gefäß in das eiskalte Wasser, bis es voll war, setzte seine Lippen an den Flaschenhals und trank. Das Wasser tat an seinen Zähnen weh, aber trotzdem war es eine Wohltat. Seit sie den kleinen Fluss am Morgen verlassen hatten, waren sie auf keinen einzigen Tropfen Wasser mehr gestoßen. Lewis' Kehle war nahezu ausgetrocknet. Janet, Jeff und Liz taten dasselbe. Sie schöpften Wasser in ihre Handflächen, holten aber später doch die Flaschen heraus, um etwas hineinzufüllen. Lewis betrachtete die Lichtung. Sie lag im Schatten und wurde nur ab und zu von den Sonnenstrahlen, die durch offene Stellen im Blätterdach fielen, gesäumt. Zwar bestand der Platz nicht aus Moos, sondern aus festem Sand, sah aber trotzdem gemütlich aus. Lewis öffnete seinen Rucksack und kramte das Zelt heraus.

»Ich baue schon mal die Zelte auf«, rief er den anderen zu, die sich immer noch am Fluss aufhielten. Janet stand auf und ging in seine Richtung. Lewis war gerade damit beschäftigt, die Heringe in den Boden zu schlagen, als sie ihn erreicht hatte.

»Brauchst du Hilfe?«, fragte sie.

»Eigentlich nicht. Geh' mal bitte zu Jeff und Liz, und sag Jeff, dass er in der Zeit, in der ich die Zelte aufbaue, jagen gehen kann. Dann könnt ihr später das Abendessen vorbereiten.«

»Gute Idee! Sag Bescheid, wenn du meine Hilfe brauchst.«

Janet ging in die Hocke und drückte Lewis einen flüchtigen Kuss auf den Mund. Danach stand sie auf und begab sich wieder zum Fluss. Ihr blondes Haar glänzte im Sonnenlicht, und Lewis kam nicht drum herum, ihr noch eine Weile hinterherzuschauen, ehe er seinen Blick wieder den Heringen zuwandte. Der Boden war an einigen Stellen zu fest, erst nach mehreren Versuchen hatte er es geschafft, die Heringe mit Hilfe des Hammers in den Untergrund zu schlagen. Janet war nun wieder an der Flussstelle angekommen. Jeff wandte sich mit einem Kopfnicken seinem Rucksack zu, holte seine Jagdausrüstung heraus und verschwand im tiefen Wald. Liz und Janet kamen in seine Richtung, steuerten dann aber auch den Wald an, um fünf Minuten später mit ein paar Ästen und trockenem Gras wiederzukommen. Sie zündeten das Gras, welches sie oben drauf legten, an, und warteten, bis die Flamme größer wurde. Danach setzten sie sich an den Fluss und schöpften Wasser ab. Lewis zog die Plane über das Zelt, prüfte, ob es wetterfest war und wandte sich dann dem zweiten Zelt zu. Da er die Taktik, die er sich beim ersten Zelt überlegt hatte, übernahm, ging es relativ schnell. Kurz darauf räumte er die Zelte ein. Währenddessen kam Jeff aus dem Wald. Schon von weitem konnte Lewis sehen, dass er Erfolg gehabt hatte. Sein Magen knurrte. Mit großen Schritten ging er zur Feuerstelle, an der Janet und Liz warteten. Jeff legte seine Beute ab, und Lewis warf einen Blick darauf. Ein Fuchs und vier Kaninchen, es würde ein wahres Festmahl geben!

»Wow!«, staunte Liz.

»Da war noch viel mehr. Aber ich dachte, das reicht«, gab Jeff nicht ohne Stolz von sich.

»Es wimmelte nur so vor Tieren!«

»Dann haben wir morgen früh ja noch etwas«, sagte Lewis.

»Es war irgendwie seltsam. Sonst hatte ich noch nie die Möglichkeit, eine so gute Beute mitzubringen.«

»Du wirst ja auch immer besser, je öfter du jagst«, meinte Janet.

»Stimmt wohl. Aber es lag nicht nur daran, es war fast schon zu einfach. Na ja, lasst uns das Essen jetzt zubereiten, ich habe Hunger«, sagte Jeff.

Jeff wirkte auf Lewis irgendwie merkwürdig. Er konnte es sich nicht erklären, er fühlte es einfach. Sein Instinkt konnte ihn natürlich auch trügen, aber er war sich ziemlich sicher, dass sein Freund irgendetwas zu erzählen hatte. Jeff wandte sich derweil den Tieren zu. Er häutete die Kaninchen und bereitete auch den Spieß vor. Danach hieß es warten. Nach vierzig Minuten war das Fleisch fertig – und sie begannen zu essen. Die letzten Sonnenstrahlen trafen den Wald, mit denen der Tag langsam in die Dämmerung überging. Das Fleisch schmeckte Lewis noch besser als gestern. Aber trotzdem wurde er das Gefühl nicht los, dass mit Jeff irgendetwas nicht stimmte. Als Janet und Liz abwaschen gingen, nutzte er die Gelegenheit, ein Gespräch zu beginnen.

»Jeff?«

»Ja?«

Jeff war gerade dabei, Knoten in sein Seil zu knüpfen. Lewis hatte ihn das schon öfter machen sehen – nun jedoch das erste Mal, seit sie zu ihrem Wanderurlaub aufgebrochen waren.

»Was ist los?«

»Alles in Ordnung, wieso?«

»Du verhältst dich zu ruhig. Irgendetwas stimmt mit dir nicht, das weiß ich!«

»Okay. Vorhin im Wald habe ich jemanden gesehen. Und das habe ich mir nicht bloß eingebildet. Aber als ich mich ein paar

Sekunden später wieder umdrehte, war er verschwunden. Es war... ein Mann, glaube ich.«

»Oh. Bist du dir denn wirklich sicher, dass...«

»Ja, verdammt!«

Jeff wurde lauter.

»Entschuldigung. Ich bin nur etwas aufgewühlt.«

Plötzlich passierte etwas in Lewis' Kopf. Seine Knie begannen zu zittern und er wurde blass.

»Meinst du... Liz und Janet sind sicher?«

Jeff warf ihm einen kurzen Blick zu. Er schien seine Gedanken lesen zu können. Ruckartig stand er auf. Janet und Liz waren nicht tief in den Wald gegangen, vielleicht zehn bis zwanzig Meter. Aber der Wald in ihrer näheren Umgebung war leer. Sie schienen wie vom Erdboden verschluckt worden zu sein.

»JANET? LIZ?«, schrie Lewis in den Wald hinein.

Doch er erhielt keine Antwort. Etwas tiefer hatten sie die Stelle erreicht, an der sie sich bis vor kurzem noch aufgehalten haben mussten. Das Geschirr lag dort, es war bereits abgespült. Doch von Janet und Liz war nichts zu sehen. Der Untergrund um die Stelle herum war aufgewühlt, es schien ein Kampf stattgefunden zu haben. Bei dem Gedanken wurde Lewis übel. Was war ihnen passiert? Sie liefen unaufhörlich weiter in den Wald und suchten alles ab. Nach einer halben Stunde, während derer sie sich ohne Erfolg durch das dichte Buschwerk gekämpft hatten, wurde es dunkel.

»Jetzt werden wir sie nicht mehr finden. In der Dunkelheit haben wir nicht die geringste Chance«, meinte Lewis.

Jeff antwortete nicht. Er starrte weiterhin geradeaus und bahnte sich wie von Sinnen seinen Weg durch das immer dichter werdende Unterholz. Zweige schlugen ihm ins Gesicht, Dornen

174

stachen in seine nackten Beine, doch er ließ sich durch nichts aufhalten.

»LIZ!«, schrie er, so laut er konnte.

Doch bis auf ein paar Geräusche, die von den verscheuchten Tieren verursacht wurden, gab es nichts zu hören. Mittlerweile war es stockdunkel. Lewis hatte nicht die geringste Ahnung, wie sie ihr Lager wiederfinden sollten. Irgendwann hatte er seinen Orientierungssinn verloren, was überwiegend daran gelegen hatte, dass sie kreuz und quer durch den Wald gelaufen waren.

»Jeff.«

Er legte seinem Freund eine Hand auf die Schulter.

»Was?«, fragte dieser, ohne sich umzudrehen.

»Es hat keinen Sinn mehr. Es ist stockdunkel. Wir werden nichts mehr tun können. Zumindest nicht heute.«

Jeff blieb stehen und drehte langsam seinen Kopf.

»Du hast ja recht«, sagte er.

In seiner Stimme schwang Traurigkeit mit und im fahlen Mondschein sah Lewis einen schuldbewussten Ausdruck im Gesicht seines Freundes.

»Komm. Wir gehen zurück und setzen unsere Suche bei Tageslicht fort.«

»Wenn es dann noch Sinn macht«, murmelte er.

»Wird es schon«, sagte Lewis.

»Na klar. Denkst du, er hat sie umsonst entführt? Einfach nur aus Lust? Er wird sie töten wollen, Lewis. Warum auch immer. Wer er auch ist... wir müssen ihn finden! Ich habe keinen blassen Schimmer.«

Wieder wurde er lauter. Jeff hatte natürlich recht, das wusste Lewis. Er wollte es nur nicht einsehen, denn Einsicht brachte ihn in die brutale Realität zurück. Sie würden Janet und Liz morgen nicht finden. Es musste einfach jetzt geschehen! Aber es brachte nichts mehr. In so einer Stresssituation hatte er Jeff noch nie erlebt. Und sich selber, genauer genommen, auch nicht. Es war eine neue, negative Erfahrung.

»Dann lass uns zurückgehen. Aber... morgen müssen wir sie einfach finden. Sonst haben wir keine Chance mehr.«

Erstaunlicherweise fand Jeff den Weg ohne größere Probleme zurück. Nach einer halben Stunde hatten sie den Fluss, der durch den mittlerweile verstärkten Wind auch schneller floss, erreicht. Das Feuer war in der Zwischenzeit ausgegangen. Lewis versuchte, es erneut anzuzünden, doch vorerst brachte es nichts. Jeff holte aus der näheren Umgebung etwas trockenes Gras und Lewis entzündete dieses. Es dauerte etwas, aber schließlich hatte der Holzstapel dieselbe Größe wie der des vorigen Feuers erreicht. Wortlos saßen sie sich gegenüber und starrten in die Glut. Lewis versuchte, das Chaos in seinem Kopf zu ordnen, doch es gelang ihm nicht, er versagte kläglich. Er wollte auch nicht reden - beide waren sie zu angespannt. Die Stille verleitete ihn dazu, an ein Zitat zu denken. Er hatte es irgendwo gelesen und den Verfasser schon längst wieder vergessen, doch trotzdem geisterte es ihm genau jetzt im Kopf herum.

„Kein Sehnen bleibt unerfüllt."

Er sehnte sich nach Janet und Liz. Und er hoffte, dass er sie retten konnte. Koste, was es wolle!

36 *Sonntag, 17. Juli 2005*

Die Autofahrt verlief ereignislos. Nach zwei Stunden hatten sie die Stelle erreicht, an der sich das Handy laut Alans Programm befinden sollte. Megan war nervös. Als Alan, der mit seinem Toyota vor ihnen fuhr, den Blinker setzte und rechts ranfuhr, zog sich ihr Magen zusammen. Wenig später entdeckte sie etwas in ihrem Augenwinkel. Es sah aus wie ein Haus, das war klar aus der Ferne erkennbar.

»Guck mal!«, sagte sie zu Henry.

Er murmelte irgendetwas Unverständliches vor sich hin, stellte den Wagen ab und schaltete den Motor aus. Sie stiegen aus. Hier war es etwas kühler und somit auch deutlich angenehmer. Sie befanden sich im tiefen Wald, die Sonnenstrahlen wurden durch das dichte Blätterdach weit über ihren Köpfen abgeschirmt. Alan öffnete die Tür seines Toyotas, stieg ebenfalls aus und ging zu Megan und Henry. Gemeinsam betrachteten sie das Haus.

»Sieht ziemlich alt aus«, murmelte Alan.

»Lasst uns nachschauen, ob Tanya dort ist«, brachte Megan nur hervor.

Alan zog ein gefaltetes Blatt Papier aus seiner Hosentasche. Megan erkannte es sofort wieder, es war der Lageplan, den er zuvor ausgedruckt hatte.

»Tatsächlich scheint sie sich in dem Haus aufzuhalten. Zumindest ihr Handy befindet sich dort.«

Megan hörte Alan gar nicht mehr wirklich zu, sie war schon dabei, sich ihren Weg durch den Wald zu bahnen. Henry folgte ihr, Alan bildete den Schluss. Nach wenigen Minuten hatten sie die Hütte erreicht. Sie lag im Schatten und wirkte auf eine gewisse Art und Weise unheimlich. Megan musste schlucken. Sie schritt auf den Absatz der Haustür zu und sah ein Klingelschild, schenkte diesem jedoch keine weitere Beachtung. Zu ihrem Erstaunen war die Tür offen. Sie bedeutete Henry und Alan, ihr zu folgen. Alan hatte noch immer die genaue Ortsbeschreibung in der Hand, um sich zu vergewissern, ob sie sich auch wirklich auf die richtige Stelle zu bewegten. Megan wusste, dass es keinen Sinn haben würde, rief jedoch trotzdem laut Tanyas Namen. Ohne Erfolg. Sie hob den Blick und sah sich um. Sie befand sich direkt vor einer Wendeltreppe. Im Haus war es dunkel, nur das Tageslicht, welches durch die geöffnete Haustür drang, erhellte es einigermaßen. Es reichte nicht aus, um alles zu erkennen, aber Megan konnte Konturen zumindest ausmachen. Da war also diese Treppe. Geradeaus, am Ende eines Korridors, befanden sich zwei Türen.

»Wir sollten uns aufteilen. Alan, kannst du gucken, ob du hier unten was findest, und Henry, kommst du mit nach oben?«

Ohne eine Antwort abzuwarten, stieg sie die Stufen hinauf. Sie war einfach zu angespannt, als dass sie den anderen ihr Gehör schenken konnte. Die Holzstufen ächzten unter ihrem Gewicht, und wenige Sekunden später war sie nicht mehr die Einzige, die den Weg nach oben antrat. Henry befand sich direkt hinter ihr, während Alan den unteren Flur durchsuchte. Je weiter sie nach oben kamen, desto dunkler wurde es.

»TANYA?«, schrie Megan.

Keine Antwort. Hektisch lief sie die letzten drei Stufen hinauf. Adrenalin schoss durch ihren Körper, schon wenige Sekunden später war ihr Sichtfeld so verschwommen, dass sie nichts mehr erkennen konnte. Doch plötzlich... Was war das? Eine Lampe am Ende des Flurs erhellte die Umgebung plötzlich, und das, ohne dass jemand sie angeschaltet hatte. Megan rutschte das Herz in die Hose. Hinter sich hörte sie Henry zischend die Luft ausstoßen. Doch was war passiert? Sowohl neben als auch vor der Lampe befand sich niemand. Dahinter konnten sie bloß eine Tür ausmachen.

»Was war das?«, fragte sie, mehr an sich selbst als an Henry gerichtet.

»Ich habe nicht den geringsten Plan«, murmelte er.

»Lass uns den Raum durchsuchen. Vielleicht finden wir da ja etwas.«

Alan hatte derweil das Ende des Flurs erreicht. Zwei Türen lagen nun zu beiden Seiten vor ihm. Einem Instinkt folgend öffnete er zuerst die rechte. Es war dunkel, wie auch schon zuvor in dem Korridor. Es überraschte ihn nicht, allerdings konnte er so auch nicht seine Ortsbeschreibung untersuchen, weshalb er sich entschied, vorerst umzukehren. Sicherheit ging vor. Allerdings konnte er außer den Geräuschen seines Herzschlages nichts ausmachen, weshalb er den Weg zur Haustür zurück antrat. Sie hatte sich mittlerweile geschlossen, weshalb Alan sie wieder öffnete. Das Tageslicht schlug ihm regelrecht ins Gesicht, er musste die Augen zusammenkneifen, um sich so wieder an die Helligkeit zu gewöhnen. Er öffnete das Papier, welches er immer noch in der Hand hielt, und warf einen näheren Blick darauf. Das gesamte Blatt war mit einer Fläche von zweihundert Quadratmetern ausgefüllt, daher ziemlich genau. Links unten konnte er den Anfang des Waldes wahrnehmen, dahinter lag irgendwo die Parkbucht in der die Autos standen, sie war auf dem Druck nicht zu sehen. Weiter oben... das Signal. Das

Handy. *Es muss einfach aus diesem Haus gekommen sein.* Alan konnte zunächst nicht erkennen, ob das Signal seinen Ursprung im Erdgeschoss oder in der oberen Etage hatte. Doch als er sich das Blatt noch genauer ansah, erkannte er, dass das Signal nur von unten kommen konnte. *Links...* Die Wendeltreppe führte nach rechts. Wenn es also oben keine weiteren Abzweigungen gab, wovon auszugehen war, musste das Signal von unten kommen. Er musste es herausfinden. Also schlich er zurück zum Haus.

»Megan? Henry?«

Megan hörte Alans Stimme, gerade, als sie dabei war, die hintere Tür zu öffnen. Ihre Hand lag bereits auf dem mit Totenköpfen verzierten goldenen Knauf, als die Stimme sie erreicht hatte. Sie drehte sich um und folgte Henry, der schon fast wieder die Treppe erreicht hatte.

»Was ist? Hast du irgendwas gefunden?«, rief Henry die Treppe hinunter.

»Nein. Aber ich habe eine wichtige Frage. Gibt es oben bei euch Türen, die nach links führen?«

Megan durchsuchte den Flur. Die einzige Tür war die am Ende des Ganges.

»Nein«, antwortete sie.

»Warum?«

»Alles klar«, rief Alan.

Auf ihre Frage antwortete er nicht.

Henry runzelte die Stirn.

»Was war das denn für eine Frage?«

Er blickte sie irritiert an.

»Keine Ahnung. Ist aber ja auch nicht so wichtig.«

»Gut. Dann... lass uns mal schauen, was sich hinter der Tür verbirgt.«

Seine Frage war beantwortet, besser fühlte er sich dadurch allerdings nicht. Er hatte einen Hinweis, aber was würde er hinter der Tür finden? Missmutig wagte er sich mit jedem Schritt wieter dorthin, bis er sie schließlich erreicht hatte. Er zitterte am gesamten Körper, seine Hände waren schweißnass. Dennoch berührte er die Türklinke und öffnete die Tür. Das Licht war an. Er hielt inne. Eine Zeit lang wagte er es nicht, sich zu bewegen, er konnte nicht einmal den Raum erkunden. Nach einer Minute hob er den Kopf und blickte in ein Gesicht. Entsetzen spiegelte sich in seinen Augen wider. Dieses Gesicht, welches von oben auf ihn herabblickte, war ganz und gar nicht menschlich!

Die Tür glitt unter ihren Fingern auf. Megan konnte Henrys Atem im Nacken spüren. Es fühlte sich gut an, nicht alleine zu sein, sie war ihm sehr dankbar dafür, dass er einfach in ihrer Nähe war. Im Raum war es nicht stockdunkel, da durch die Jalousie einige Lichtstreifen hereinfielen. Er war voll mit Holzpfählen - von klein bis groß, überzogen mit Schnitzereien verschiedener Art. Als Megan diese näher in Augenschein nahm, musste sie schlucken. Verschiedene blutige Szenen, und Wesen, die alles andere als menschlich waren, waren darauf abgebildet. Sie schienen miteinander zu kämpfen. *Dämonen!*, dachte Megan. Auch Tiere waren zu sehen. In dem Dämmerlicht konnte sie nicht viel erkennen, aber sie schienen entstellt zu sein. Sie wandte ihren Blick ab. Die Szenerie war einfach zu grausam, als dass sie diese länger ertragen konnte. Das Wichtigste war aber, dass Tanya sich hier nicht aufhielt. Sie musste sich also im unteren Teil der Hütte befinden.

»Lass uns zu Alan gehen«, flüsterte sie.

Henry nickte. Er ging vor und führte sie wieder zur Treppe zurück. Megan zitterte. *Was für ein kranker Mensch wohnt hier?*, fragte sie sich. Augenscheinlich war derjenige nicht zuhause und das war auch gut so! Sie drängte sich an Henry vorbei und spurtete die Treppe hinunter. Ihre Beine trugen sie bis zum Ende des Flures, an dem sich zwei Türen befanden. Unter der einen waren deutlich Lichtstreifen zu erkennen, ein Zeichen dafür, dass Alan sich dort aufhalten musste.

»Alan?«, rief sie.

Nichts. Ihr Atem setzte für einen kurzen Moment aus.

»Wo ist er?«, fragte sie Henry mit zitternder Stimme, obwohl sie wusste, dass er die Antwort genau so wenig kannte wie sie.

»Weiß ich nicht. Aber...«

Er brach ab. Seine Hand glitt zu der Klinke der linken Tür, da unter ihr eben das Licht brannte. Megan wollte ihn daran hindern, warum, wusste sie selbst nicht. Aber sie schaffte es nicht, sie wusste einfach nicht, was sie denn sagen sollte. Die Tür öffnete sich, wenn auch nur einen Spaltbreit. Was dann geschah, sah Megan viel zu spät. Aus der Dunkelheit sprang eine bewaffnete Gestalt auf sie zu. Megan erkannte sofort, wer das war und hechtete zur Seite.

»Alan!«, schrie sie.

Er stürzte sich auf Henry und drückte ihm das Messer bedrohlich an den Hals. Henry wollte sich wehren, doch es war vergeblich. Megan warf sich auf Alan, und es gelang ihr nach ein paar Sekunden, ihn von Henry runterzustoßen.

»Alan!«, schrie sie ihm erneut ins Gesicht, als sich ihr Körper auf seinen drückte.

Sein Gesicht war blutverschmiert und seine Augen leer. Plötzlich schoss seine Hand hinter seinem Rücken hervor. Das Messer, welches er noch immer fest umklammert hielt, verfehlte Megan nur um wenige Zentimeter. Hinter ihr lag Henry weiter benommen auf dem Boden, er stöhnte auf. Megan versuchte, Alan das Messer aus der Hand zu reißen, doch es war ein sinnloses Unterfangen, wie sie wenige Sekunden später schmerzhaft zur Kenntnis nehmen musste. Die scharfe Klinge bohrte sich in ihre Handfläche und ließ ihre Haut aufplatzen, was ihr einen tiefen Schrei entlockte. Blut lief über ihr Handgelenk und tropfte auf den Boden. Sie war kurz davor, das Bewusstsein zu verlieren, wusste jedoch, dass sie jetzt nicht aufgeben durfte – denn das würde ihr sicheres Todesurteil bedeuten. Was auch immer mit Alan geschehen war, er war eine Gefahr. Hinter ihr hörte sie Henry erneut aufstöhnen. Er schien große Schmerzen zu haben, war aber bei Bewusstsein. Alan verstärkte den Druck, und mit ihrer Verletzung im Hinterkopf wusste sie, dass sie ihm nicht lange standhalten können würde.

»Henry!«, rief sie.

Keine Antwort. Er schien nun doch das Bewusstsein verloren zu haben. Megan fluchte innerlich auf, besann sich dann jedoch wieder auf die aktuelle Situation. Das Messer lag neben ihr auf dem Boden, Alan hatte es bei dem Angriff fallen gelassen. Sie griff danach, doch ihre verletzte Hand hielt sie zurück. Ein Schmerz, der ihr fast das Bewusstsein raubte, schoss durch ichren Körper. Es war sinnlos, sie würde es nicht erreichen können, es war ein paar Zentimeter zu weit entfernt. Alan mobilisierte erneut all seine Kräfte und versuchte, Megan auf den Rücken zu werfen. Doch es gelang ihm nicht, sie konnte dagegenhalten. Sie rutschten weiter zu dem Messer hin, was Megan sehr entgegenkam. Doch es reichte noch nicht aus, ihr fehlten noch wenige Zentimeter, vielleicht eine Fingerlänge. Aus ihrer offenen Wunde floss weiterhin unaufhörlich Blut, auf dem Boden um sie herum hatte sich bereits eine kleine Pfütze gebildet. Alans Druck nahm noch einmal zu. Sie wehrte sich mit vereinten Kräften, doch ab einem gewissen Punkt konnte sie ihn nicht mehr halten. Er warf sie zu Boden und griff nach dem Messer. Doch er wurde aufgehalten. Henry war ihm zuvorgekommen, er hielt das Messer fest in seiner Hand umklammert und stieß es ihm bis zum Heft in den Rücken. Alan schrie auf. Seine Stimme klang ganz anders, Megan erkannte sie nicht mehr wieder. Das Messer blieb tief in seinem Rücken stecken, immer wieder schrie er auf und versuchte, es herauszuziehen, doch er schaffte es nicht. Megan ergriff die Chance, mobilisierte all ihre Kräfte und warf Alan von sich. Das Messer bohrte sich noch tiefer in seinen Rücken, als er auf dem Boden landete. Megan wandte ihren Blick ab. Henry stand über ihr und hielt ihr seine Hand entgegen, welche sie dankend ergriff. Er zog sie auf die Beine.

»Was machen wir jetzt?«, fragte sie mit zitternder Stimme.

»So schnell wie möglich weg von hier! Tanya ist nicht hier. Was für ein Signal Alan auch immer empfangen hatte, es war falsch.«

»Und was machen wir mit ihm?«

Sie zeigte auf Alan, dessen Züge langsam erschlafften.

»Wir sollten ihn erlösen«, meinte Henry.

Ohne eine Antwort abzuwarten ging er auf Alan zu. Er kniete sich hin und zog ihm das Messer aus dem Rücken. Alan stöhnte auf, doch er wehrte sich nicht dagegen. Er konnte es wohl einfach nicht mehr. Henry beugte sich über ihn und schnitt ihm seine Kehle durch. Megan wandte sich ab. Ein letzter erstickter

184

Schrei löste sich aus Alans Hals, danach folgte Stille.

»Lass uns hier raus. Schnell!«

Henry legte ihr eine Hand auf die Schulter und sie gingen zur Tür. Megan drückte die Klinke hinunter, öffnete sie und trat ins Freie.

»Meinst du wirklich, dass Tanya sich nicht in dem Haus aufhält?«, fragte sie.

»Definitiv. Sonst hätte sie sich ja bemerkbar gemacht.«

»Und was, wenn sie es nicht konnte?«, fragte Megan.

»Wir sollten so schnell wie möglich zum Sheriff und denen die Sache übergeben. Vielleicht glauben die ja dann endlich mal, dass es sinnvoll wäre, eine Vermisstenmeldung aufzugeben«

Henry sah zu Boden, hob jedoch seinen Blick direkt wieder. Als er ihre verletzte Hand bemerkte, weiteten sich seine Augen.

»Er hat mir ein Messer in die Hand gestoßen. Aber... es geht schon.«

»Es geht schon? Guck dir deine Hand an. Du musst sofort ins Krankenhaus!«

»Mach dir um mich keine Sorgen. Es ist wirklich nicht so schlimm«, wiederholte Megan, obwohl sie wusste, dass er eigentlich recht hatte.

Sie betrachtete die Wunde nun das erste Mal bei Tageslicht, und musste sich zugestehen, dass die Verletzung noch schlimmer aussah, als sie gedacht hatte. Nach ein paar Minuten hatten sie die Parkbucht erreicht. Da der Wagen in der prallen Sonne stand, glühte das Armaturenbrett, und auch das Lenkrad fühlte sich kochend heiß an. Henry schaltete den Motor und die Klimaanlage an. Sie mussten einen Augenblick warten, bis sich das Auto etwas abgekühlt hatte. In der Zwischenzeit versuchte Megan, ihre Gedanken zu ordnen. Was war in diesem mysteriösen

Raum geschehen? Sie musste es einfach herausfinden. Außerdem musste der Fall, wie Henry schon sagte, an den Sheriff übergeben werden. Nach wenigen Minuten hatte der Wagen eine angenehme Temperatur erreicht, auch das Lenkrad hatte sich abgekühlt. Henry fuhr rückwärts auf die Straße, trat auf das Gaspedal, und Megan schloss die Augen, als sie über den Asphalt, der sie weg von diesem mysteriösen Haus führte, rauschten.

37 *Sonntag, 17. Juli 2005*

Janet spülte den letzten Teller ab. Das Wasser im Fluss war fast unerträglich kalt, aber es verdrängte die Reste von den Tellern, und erfüllte somit seinen Zweck. Liz war mit ihrem Teil der Arbeit schon fertig, sie hatte auf einem Stein Platz genommen und wartete. Plötzlich nahm Janet etwas aus ihrem Augenwinkel wahr, es war eine kleine, fast schon unbedeutende Veränderung. Sie drehte sich um. Nichts. Doch dann war da wieder etwas! Ein Schrei von Liz und ein harter Schlag waren das Letzte, was sie spürte. Danach folgte tiefschwarze Dunkelheit.

Janet öffnete die Augen. Es war dunkel und stickig. Sie versuchte, sich zu orientieren, doch die Dunkelheit war allgegenwärtig. Ihre Erinnerungen kamen langsam zurück. Ein harter Schlag. Ein Schrei von Liz…

»Liz?«, flüsterte sie.

»Ja?«, kam es aus der Dunkelheit.

»Gott sei Dank. Du lebst!«

»Ja. Aber... wo sind wir?«

Plötzlich hörte Janet eine andere Stimme aus der Dunkelheit. Sie kam ihr bekannt vor, doch einordnen konnte sie diese vorerst nicht.

»Wir sind eingesperrt in einem Kellerverließ.«

»In einem Verließ? Aber... Warum? Und... Wer bist du?«, fragte Janet zögerlich.

»Ich bin Tanya. Könnt ihr euch noch an mich erinnern? Ich arbeite im *Desert Valley*, dem Restaurant, in dem ihr am Freitag gegessen habt.«

»Und... Was machst du hier?«, fragte Liz.

»Ich wurde von demselben Typen entführt, wie ihr auch. Von demselben, kranken Arschloch!«

»Und weißt du auch, warum er dich entführt hat?«

»Um euch umzubringen. Er hat euch beobachtet.«

Janet ließ sich die Worte durch den Kopf gehen. Doch sie ergaben für sie keinen Sinn. Es war alles zu chaotisch. Sie wollte, nein, sie musste einfach mehr erfahren.

»Was hat er für einen Grund?«

»Ich habe keine Ahnung! Er wollte mich ursprünglich als Waffe gegen euch einsetzen.«

»Als Waffe?«, fragte Liz.

»Wie meinst du das?«

»Als Geisel. Um ein leichteres Spiel zu haben.«

»Was für ein Spiel? Was geht hier überhaupt vor sich, wo sind wir?«, fragte Janet.

»Ich habe keine Ahnung, wie ich bereits sagte. Aber: nebenan ist ein riesiger Wasserfall. Und wir sind hier ziemlich weit entfernt von jeglicher Zivilisation.«

Ein Wasserfall. Das Haus, zu dem wir hinwandern wollten. In Janet keimte Hoffnung auf. Lewis und Jeff würden sie retten, sie würden auf alle Fälle den Weg hierher einschlagen. Während Janet weiter nachdachte, fuhr Tanya fort.

»Er ist auf alle Fälle ziemlich krank im Hirn. Ich bin zwar erst einen Tag hier, aber er hat mir schon einiges erzählt.«

»Was denn?«, fragte Liz.

»Ich kann nicht alles wiedergeben, das Meiste habe ich schon vergessen. Auf jeden Fall habe ich mir gemerkt, dass er seit zehn Jahren hier wohnt. Sonst... entschuldigt mich. Mein Gedächtnis ist wie ein Sieb.«

Ein halbherziges Lächeln zeichnete sich auf ihren Lippen ab.

»Okay. Und... wie lange sind wir schon hier?«, fragte Janet.

»Seit wenigen Minuten«, murmelte Liz.

»Und wie lange bist du schon im Keller?«

Janet wandte sich an Tanya.

»Nicht viel länger. Vielleicht vier Stunden.«

»Und wo warst du vorher? Oben? Bei ihm?«

»Ja. Aber dann habe ich mich wohl seines Erachtens nach danebenbenommen. Er hat mich eingesperrt.«

»Und was hast du gemacht?«

»Ich war nicht bereit, zu kooperieren, das ist alles.«

Tanya winkte ab.

»Aber es ist ja nicht wichtig. Wir sollten uns erst mal überlegen, wie wir hier herauskommen.«

»Ich glaube, wir sollten warten. Jeff und Lewis werden kommen. Sie werden nach uns suchen. So lange sollten wir uns kooperativ zeigen, wenn wir hier lebend rauskommen wollen«, meinte Liz.

»Ich glaube auch, dass das die beste Idee ist. Wer weiß, was er sonst machen wird.«

»Na gut«, murmelte Tanya.

Eine lange Zeit starrten sie in die Dunkelheit. Janet versuchte sich vorzustellen, was Lewis und Jeff gerade taten. Entweder, sie waren bereits auf der Suche nach ihnen, oder sie schliefen. Der Kellerraum war nicht besonders groß, und er hatte keine Fenster. Sie konnte also nicht sagen, um welche Tageszeit es sich handelte, vermutete aber, dass es früh am Morgen war. Nach einiger Zeit waren Schritte zu hören. Kurz darauf folgte das Klimpern eines Schlüsselbundes und ein Ächzen, bevor ein Lichtstrahl in den Keller fiel. Es war die Klappe des Verlieses, die sich geöffnet hatte. Janet musste die Augen zusammenkneifen. Danach sah sie ihn, er stand über der Klappe. Sie erkannte das Gesicht sofort wieder.

»Guten Morgen. Es ist sieben Uhr«, sagte er.

Janet warf einen Blick auf Liz und Tanya. Sie saßen beide zusammengekauert in einer Ecke und schienen ihn nicht wahrzunehmen. Er reichte drei Teller herunter. Widerwillig nahm Janet sie entgegen. Danach schloss er die Klappe wieder. Janet hielt sich die Teller unter die Nase. Es roch nach frisch getoastetem Brot und Rührei. Ihr Magen knurrte. Sie ging zu der Ecke, in der sich Liz und Tanya aufhielten.

»Hier. Etwas zu essen.«

Sie nahmen ihr die Teller ab. Janet gesellte sich zu ihnen und biss von dem Toast ab. Es schmeckte ihr nicht, sie legte den Teller bereits nach zwei Bissen wieder beiseite. Auch Liz und Tanya aßen nichts von dem, was der Mann ihnen gebracht hatte.

»Das kann er sich auch schenken«, murmelte Tanya.

»Hunger habe ich zwar, aber auf so was? Nein, danke«, sagte Liz.

Plötzlich hörte Janet etwas. Das Geräusch war schon die ganze Zeit präsent gewesen, dennoch nahm sie es erst jetzt, als sie sich mehr auf die Umgebung konzentrierte, wahr. Rauschen. Das konnte nur der Wasserfall sein.

»Hast du den Wasserfall auch gesehen?«, fragte sie Tanya.

»Ja. Ich saß, bis er mich hier eingesperrt hatte, auf der Veranda draußen. Ich hatte einen perfekten Blick auf den Wasserfall. Er war riesig! So groß hätte ich ihn mir nie im Leben vorgestellt.«

Zeit verging. Es konnten Stunden sein - oder Minuten - oder nur wenige Sekunden. Janet hatte ihr Zeitgefühl hier unten nahezu komplett verloren, sie konnte die einzelnen Abstände nicht mehr einschätzen. Sie starrte in die Dunkelheit, doch so sehr sie sich auch anstrengte, sie konnte nichts erkennen. Das Einzige, was sie tun konnte, war hoffen! Hoffen, dass Lewis und Jeff sie finden und dieser Albtraum bald ein Ende haben würde.

38 *Samstag, 10. Juli 1995*

Ihr blieb nichts weiter übrig, als sich zu gedulden und darauf zu warten, dass Alexander einen Fehler beging. Er ging weiterhin vor ihr durch den Wald und wies ihr den Weg. Ihre Kopfschmerzen waren mittlerweile so gut wie verschwunden, und der Regen näher denn je, der Himmel hatte sich bedenklich verdunkelt. Außerdem war ein ordentlicher Wind aufgezogen. Es dauerte nicht lange, da schlug bereits ein Blitz in einen Baum in ihrer Nähe ein. Gudrun zuckte zusammen. Das war der Startschuss! Dicke Tropfen fielen vom Himmel, und der Wind wehte stetig stärker. Gudrun versuchte, mit Alexander Schritt zu halten, scheiterte jedoch.

»Beeil dich!«, rief Alexander.

Es regnete immer heftiger. Es war ein typischer Landregen - langanhaltend und gleichmäßig. Sie ließ ihren Blick schweifen. Es wurde schon wieder heller, doch ein Ende des Regens war dennoch nicht absehbar. Der Boden um sie herum war schon ziemlich aufgeweicht, an einigen Stellen versank sie bis zu den Knöcheln im Schlamm. Es war jedes Mal ein Kraftakt, sich zu befreien, und Alexander wurde immer ungeduldiger. Er wollte nicht riskieren, dass Marcel sie einholen würde, und ihm war immer mehr anzusehen, dass die Nervosität die Oberhand nahm. *Marcel. Beeil dich*, dachte Gudrun. Wenig später führte Alexander sie an eine Lichtung. Es war ein harter Weg, gesäumt von einigen Hindernissen, unter anderem umgefallene Baumstämme. Dennoch war er trotz des Regens relativ gut zu bewältigen. Gudrun fröstelte. Vorhin, als sie an der blutroten Quelle angekommen waren, hatte sie noch geschwitzt. Als das Unheil seinen Lauf genommen hatte. War es überhaupt vorhin gewesen? Wie lange war es her? Gudrun wusste es nicht. Die Lichtung war überschwemmt. Der Fluss trat über seine Ufer, und das Schild, was dort stand, befand sich schon bis zur Hälfte im Wasser. Gudrun versuchte, durch den dichten Regen zu erkennen, was dort geschrieben stand. *Flussufer*. Mittlerweile stand sie bis zu den Knöcheln im Wasser und kam dadurch nur schwerlich voran. Alexander war ihr weit voraus. Es war ihre Möglichkeit zu flüchten, doch wo sollte sie hin? Sie musste auf Marcel hoffen, nur er konnte sie retten. Und generell konnte er nicht weit entfernt sein. Sie musste also irgendwie Zeit schinden.

»Alexander?«, rief sie in den Regen hinein.

»Was ist?«, brüllte er zurück.

»Komm mal her. Hilf mir mal bitte. Ich bin im Schlamm eingesunken.«

Entnervt trat Alexander den Weg zurück zu ihr an, den Blick auf den Boden gehalten, da er sich vor den Regentropfen schützen wollte. Schnell steckte sie ihren Fuß in den naheliegenden Schlamm, um die Notlüge zu verbergen. Alexander half ihr heraus und zog sie hinter sich her. Mehrmals stolperte sie fast, doch sie schaffte es, auf den Beinen zu bleiben. Er schien es eilig zu haben. Plötzlich klatschte etwas ins Wasser. Gudrun senkte reflexartig ihren Blick. Das Brecheisen! Sie versuchte, es zu erreichen, doch Alexander kam ihr zuvor. Er schlug nach ihrer Hand und sie schrie auf. Ein Schmerz, der intensiver nicht sein konnte, durchzuckte sie wie ein Blitz.

»Das hast du davon!«, sagte er.

Sie wollte ihm ins Gesicht schlagen, doch ihre Vernunft und ihre zunehmend schwächere Verfassung hielten sie davon ab.

Er würde erneut mit dem Brecheisen zuschlagen. Sie wollte sich gar nicht ausmalen, wie heftig der Schmerz dann sein würde, weshalb sie kleinbeigab. Sie überwanden den Platz und gingen weiter. Sie waren jetzt seit mehr als zwanzig Stunden unterwegs, und an Pause dachte Alexander nicht, genauso wenig wie an Schlaf. Gudrun fühlte sich mehr als ausgelaugt. Dann fiel ihr etwas ein, was sie zutiefst betrübte. Marcel würde nicht in ihrer Nähe sein, sie hatten mindestens acht Stunden Vorsprung. Das war höchstwahrscheinlich Alexanders Plan. Ihn in einen Hinterhalt zu locken, um ihn dann zu töten. Früher oder später würde er dasselbe mit ihr tun. Er hatte ihr von dem Haus an dem Wasserfall erzählt, es gehörte ihm. Es war ein Teil seines Planes, der laut ihm bisher perfekt aufgegangen war. Ihr blieb nichts anderes übrig, als auf eine Chance zu lauern. Ihre Chance. Sie glaubte nicht, dass sie eine bekommen würde, aber sie hoffte es, und die Hoffnung starb bekanntlich zuletzt. Ganz schwach, wie ein Licht am Ende des Tunnels… Was dann passierte, bemerkte sie erst, als es zu spät war. Alexander holte mit dem Brecheisen aus und schlug es ihr erneut auf die Stirn. Das letzte, was sie wahrnahm, waren Sterne und Lichtblitze, die wie wild vor ihren Augen umherzuckten.

39 *Montag, 18. Juli 2005*

Lewis erwachte immer wieder aus einem von Albträumen gesäumten Schlaf. Irgendwann entschied er sich dazu, aufzustehen, es musste ungefähr halb sechs gewesen sein, denn die Nacht ging langsam in den Tag über. Er öffnete den Reißverschluss von seinem Zelt und sah Jeff. Dieser saß am Feuer und starrte auf den Fluss. Er schien so konzentriert zu sein, dass er Lewis nicht bemerkte. Das Feuer verteilte seine Glut in der Luft, es sah aus, als ob kleine Glühwürmchen dort herumfliegen würden. Leise schlich Lewis zu ihm.

»Guten Morgen, Jeff«, sagte er und legte ihm eine Hand auf die Schulter.

Jeff schien ihn jedoch nicht wahrzunehmen. Er war auf einen Punkt irgendwo in der Natur derart fixiert, dass er äußere Einflüsse nicht realisierte. Lewis setzte sich neben ihn an das Feuer und versuchte zu sehen, was er sah. Doch er konnte nichts Besonderes erkennen. Nach einigen Minuten übernahm Jeff das Wort.

»Schöner Anblick, oder?«, fragte er leise.

»Ja. Da hast du recht.«

Die Sonne stieg langsam den Himmel empor. Die Glut des Feuers tanzte in der Luft, es war ein atemberaubender Anblick.

»Liz hätte ein Foto geschossen«, sagte Jeff.

»Aber nun ist sie weg. Genau wie ihre Kamera.«

Lewis wollte die Situation nicht noch weiter verschlimmern.

»Wollen wir losgehen? Jetzt ist es hell, und die Gelegenheit ist günstig.«

Jeff murmelte etwas Unverständliches, Lewis deutete dies als

Zustimmung. Er stand auf, klopfte sich seine Hose ab und starrte ebenfalls in die Glut. Jeff machte keine Anstalten, ihm zu folgen, weshalb Lewis sich abwandte und sein Zelt abbaute. Das nun herrschende Dämmerlicht reichte dazu vollends aus. Es war schwer, die Heringe aus dem Boden zu ziehen, doch am Ende schaffte er es ohne größere Probleme. Nach fünf Minuten erhob Jeff sich, und murmelte wieder etwas vor sich hin, was Lewis nicht verstehen konnte. Er kramte seine Jagdausrüstung aus dem Rucksack hervor und verschwand im Wald, ohne ein Wort zu sagen. Lewis blickte ihm nach, bis das Dickicht ihn vollständig verschlang. Dann widmete er sich wieder den Zelten. Vieles passte nicht in seinen Rucksack, weshalb er sich entschied, statt Janets Rucksack mit sich herumzuschleppen, unnötigen Ballast zurückzulassen. Die Thermoskanne, die Blöcke… doch es war noch zu wenig, es passte nach wie vor nicht alles in seinen Rucksack. Lewis überlegte. Das Essen. Sie würden es nicht mehr brauchen, in Anbetracht dessen, dass Jeff den Wald zum Jagen nutzen konnte. Mit Glück konnten sie heute schon Janet und Liz retten. Nun passte alles hinein - es blieb aber ja auch nicht viel übrig: Das Zelt, die Feldflasche, der Schlafsack, die Taschenlampen und der restliche Kleinkram. Jeffs Jagdausrüstung, die ja noch hinzukam, nahm einiges an Platz weg, aber da Liz ihren Rucksack verloren hatte, gab es da keine weiteren Sachen mehr. Lewis warf einen Blick auf seine Armbanduhr. Es waren fünfzehn Minuten vergangen, seit Jeff den Weg in den Wald eingeschlagen hatte. Lewis nahm die drei übergebliebenen Feldflaschen und befüllte sie mit dem eiskalten und glasklaren Wasser des Flusses. Seine Hände wurden nach wenigen Sekunden taub, doch er genoss es trotzdem. Er benetzte sein Gesicht, seinen Nacken und seinen Oberkörper. Es war ein herrliches Gefühl! Er legte sich an eine Stelle, die von der stetig höher steigenden Sonne bestrahlt wurde und schloss die Augen.

Jeff war fokussiert. Direkt vor ihm, dort in unmittelbarer Nähe. Ein Bergpuma. Leise, als sei es auf der Jagd, streifte es vor ihm durch das Buschwerk. Es schien ihn nicht wahrzunehmen. Jeff legte einen Pfeil in seinen Bogen und spannte die Sehne nahezu zum Zerreißen. Sein Herz schlug ihm bis zum Hals. Dann ließ er den Pfeil los. Er traf nicht, ziemlich deutlich, es mochten gut und gerne zwei Meter sein, die der Pfeil an dem Puma vorbeirauschte. Er blieb an einer moosbewachsenen Stelle im Schatten einer Kiefer stecken. Trotzdem war seine Chance noch nicht verstrichen, das Tier bewegte sich nicht von der Stelle. Vorerst. Er legte einen weiteren Pfeil in die Sehne und zielte. Dieses Mal traf er. Der Pfeil bohrte sich in das Fleisch des Tieres, doch Jeff wusste, dass das nicht reichen würde. Er spannte erneut die Sehne und versenkte einen zweiten Pfeil im Bauch des Pumas. Danach regte es sich nicht mehr, was Jeff zufrieden zur Kenntnis nahm. Es würde ein Festmahl geben. Wenn Liz und Janet nur mit dabei wären... Er schüttelte den Kopf. Sie würden die beiden retten. Außer sie waren schon tot, aber das schloss er nahezu aus. Selbst wenn es nur die Hoffnung war, die da noch existierte, das wichtige war eben, dass sie existierte. Jeff versuchte, das Bergpuma hinter sich herzuziehen, doch er schaffte es nicht. Es war einfach zu schwer. Lewis musste ihm helfen. »LEWIS!«

Lewis hörte eine Stimme. Jeff, er schrie seinen Namen. Er stand auf und bewegte sich in Richtung der Stimme seines Freundes. »Was ist? Alles in Ordnung?«, rief er in den Wald.

»Ja«, schallte es zurück.

»Ich brauche nur einmal deine Hilfe. Ich habe ein Puma geschossen.«

Lewis beschleunigte seinen Schritt. Nach wenigen Minuten hatte er Jeff erreicht.

»Wow«, murmelte er, als er den großen Kadaver sah.

»Das ging viel zu einfach. Es hat mich gar nicht wahrgenommen. Selbst, als ich einen Pfeil weit danebengesetzt habe.«

»Hast du noch mehr gesehen?«

Jeff runzelte die Stirn.

»Nein, warum?«

»Ach egal, nur so. Bereite du das Fleisch zu, ich hole noch etwas Holz aus dem Wald.«

Zielstrebig schritt er in den Wald. Der moosbewachsene Boden war gesäumt von Ästen, doch sie waren zu dünn, man konnte sie nicht gebrauchen. Es dauerte ein bisschen, bis Lewis einen umgestürzten Baumstamm erreicht hatte. An ihm hingen Zweige, die genau die richtige Größe hatten. Man konnte sie wunderbar als Spieß für Fleisch nutzen. Als Lewis, vollbepackt mit Ästen, das Flussufer wieder erreicht hatte, hatte Jeff das Tier fast vollständig ausgeweidet. Lewis bereitete die Spieße vor und wandte seinen Blick von dem Tierkadaver ab. Das Fleisch brutzelte lange über dem Feuer. Jeff hatte nicht alles von dem Puma zubereitet, sondern nur einen kleinen Teil. Sie unterhielten sich kaum - beide waren vermutlich nicht in der Lage dazu oder schlichtweg zu angespannt. Das Fleisch schmeckte köstlich, obwohl Lewis es kaum genießen konnte. Danach spülte er flüchtig das Geschirr ab. Ein Blick auf die Uhr verriet ihm, dass es zwanzig vor acht war. Er schulterte seinen Rucksack und war erstaunt, wie schwer dieser war. Lange konnte er ihn gewiss nicht tragen. Er seufzte. *Was kann ich noch hier lassen?*, fragte er sich. Als er die Sachen einzeln ausbreitete, erkannte er, dass er alles brauchte, er musste sich also wohl oder übel mit dem Gewicht abfinden. Jeff saß am Fluss und schöpfte etwas Wasser in seine Hände. Danach wusch er sich sein Gesicht. Lewis wartete. Nach fünf Minuten ging es los: eine Wanderung, die mitten ins Ungewisse führte.

40 *Sonntag, 17. Juli 2005*

Henry lenkte den Ford Mustang auf den Parkplatz des „Sheriff Office". Während der gesamten Fahrt hatte Megan sich Gedanken über diesen Moment gemacht. *Was sollen wir sagen?* Die Wahrheit war zu unglaubwürdig, aber lügen kam ebenfalls nicht in Frage. Sie mussten sich etwas einfallen lassen, was zumindest etwas realitätsnah klang. Megan öffnete die Tür, Henry folgte ihr. Die beiden Polizisten, die sie letztens schon gesehen hatten, saßen erneut an ihren Schreibtischen.

»Guten Tag«, sagte Henry.

»Wir möchten einen Vorfall melden.«

»Moment.«

Sheriff Garcia war gerade dabei, etwas in seinen Computer einzutippen.

»Dann erzählen Sie mal. Hat sich alles geklärt? Wegen gestern?«, fragte er.

Henry begann, das Geschehene in Worte zu fassen. Garcia tippte ab und zu ein paar Stichworte in den Computer und hörte währenddessen aufmerksam zu. Sein Kollege, der laut seines Namensschildes *Russell* mit Nachnamen hieß, schrieb ab und zu etwas auf einen Notizblock. *Russell.* Megan überlegte. Alan hieß ebenfalls *Russell* mit Nachnamen. Konnte Zufall sein - doch war es das wirklich? Während sie überlegte, erzählte Henry weiter.

»Wie heißt Ihr Freund?«, fuhr Garcia ihm dazwischen, als er gerade über Alan sprach.

»Alan. Alan Russell.«

Russell blickte Garcia an.

200

»Und Sie? Wie heißen Sie?«

»Megan Cunningham und Henry Nolan.«

Garcia notierte sich die Namen.

»Sind sie sicher, dass... ihr Freund Alan Russell heißt?«, fragte Garcia.

»Natürlich. Ich kenne ihn schon ziemlich lange«, meinte Henry verwirrt.

»Alan Russell ist ein Straftäter. Ein Mörder. Er hat mindestens fünf Menschenleben auf dem Gewissen!«

Verwirrt blickte Megan Henry an.

»Wissen Sie, wo er sich aufhält?«, fragte Garcia.

»Er ist tot. Ich habe ihn umgebracht, weil er Megan umbringen wollte«, sagte Henry.

»Erzählen Sie bitte weiter«, meinte Garcia.

Er starrte auf den Bildschirm, die Finger auf der Tastatur. Nachdem Henry alles erzählt hatte, blickte er Megan an. Er signalisierte ihr, dass sie fortfahren sollte, was sie dann auch tat.

»Waren Sie in dem Raum?«, fragte Garcia, als Megan eine Pause machte.

»Nein. Wir sind direkt zurückgefahren. Aber... ich konnte es spüren. Er strahlte eine unheimliche Aura aus«, antwortete Megan ausweichend.

»Ruf Sawyer und Maloney. Sag ihnen, dass sie das Haus überprüfen sollen!«, wies Garcia seinen Kollegen Russell an.

»Müssen wir... Meinen Sie, wir haben richtig gehandelt?«, fragte Henry.

»Also wenn das alles stimmt, dann haben Sie nichts zu befürchten. Sie haben gegen einen Straftäter in Notwehr gehandelt - das würde keine Konsequenzen nach sich ziehen.«

Megan fiel ein Stein von Herzen. Sie hatte mit dem Schlimmsten gerechnet und war dementsprechend zutiefst erleichtert.

»Können Sie uns denn eine genaue Ortsbeschreibung geben?«, fragte Garcia.

»Ich kann es versuchen. Also... circa fünfzig Meilen von hier. Ein Holzhaus im Wald, von einer Parkbucht in der Nähe gut einsehbar«, versuchte Henry zu beschreiben.

»Gut. Das reicht. Unsere Kollegen werden sich darum kümmern.«

»Brauchen Sie sonst noch Informationen?«, fragte Henry.

»Nur eine Telefonnummer, unter der wir Sie jederzeit erreichen können.«

Henry wechselte einen kurzen Blick mit Megan und schrieb dann seine Handynummer in das dafür vorgesehene Feld.

»Danke. Wir informieren Sie, sobald wir weitere Informationen haben. Sie können nun eine Vermisstenanzeige für Ihre Kollegin aufgeben.«

Megan ließ sich ein Formular geben. Sorgfältig trug sie die benötigten Informationen ein und reichte es danach wieder Garcia.

»Gut. Damit sind Sie vorerst entlassen. Wie gesagt, wenn wir noch Fragen haben oder Informationen benötigen, rufen wir Sie einfach an. Halten Sie sich bitte zu unserer Verfügung.«

Henry und Megan verließen die Wache. Henry öffnete seinen Ford, sie stiegen ein und steuerten das *Desert Valley* an. Die Fahrt verlief größtenteils schweigend. Beide waren zutiefst erschüttert über die Nachrichten, die sie soeben erfahren hatten. *Alan Russell. Straftäter.* Hatte er sie tatsächlich unter einem Vorwand in das Haus gelockt? Aber… das passte alles nicht zusammen. Dieser Blick, der sich in seinen Augen widergespiegelt hatte, diese Leere... In dem Haus hatten finstere Mächte geherrscht, dessen war sie sich sicher. Und sie hatte ein ungutes

202

Gefühl im Bauch, als sie gehört hatte, dass zwei Kollegen von Garcia und dem anderen Russell sich ein Bild der Lage vor Ort machen sollten. Das gesamte Haus sollte mitsamt seiner teuflischen Einrichtung sofort niedergebrannt werden!

»Lass uns den Laden für heute schließen«, meinte Henry.

»Ich bringe dich auch nach Hause.«

»Alles klar«, erwiderte Megan.

Es war die beste Idee des heutigen Tages. Nach ein paar Minuten hatten sie Megans Wohnung erreicht. Henry bremste den Wagen ab.

»Danke. Willst du noch auf einen Drink mitkommen?«, fragte sie.

»Gerne.«

Er parkte seinen Wagen gegenüber. Sie stiegen aus und gingen durch das Treppenhaus nach oben. Megan schloss die Wohnungstür auf. Im Inneren war es warm, die Sonne schien durch ein Fenster, hinter dem ein Balkon lag. Es war klein, aber geräumig.

»Setz dich schonmal auf den Balkon. Ich bereite die Drinks zu. Was möchtest du?«, fragte sie.

»Einen Martini, hast du den da?«

»Natürlich.«

Megan zwinkerte ihm zu und ging in die Küche. Sie öffnete das Gefrierfach, füllte Eiswürfel in den Cocktail-Shaker und schüttete Martini darüber. Sie stellte zwei Cocktailgläser bereit, füllte diese ebenfalls mit Eis und kippte den Martini, als er fertig war, hinein. Die Gläser trug sie auf den Balkon hinaus, Henry nahm sie ihr ab und stellte sie auf den Tisch. Er nahm einen Schluck. Der Martini fühlte sich in seinem Mund kühl an und durchbrannte seine Kehle, als er schluckte. Er fühlte sich an wie Feuer, schmeckte aber köstlich!

»Hast du Hunger?«, fragte Megan ihn.

»Ja. Was hast du da?«

»Ich kann mal gucken«, sagte sie.

»Warte, ich komme mit.«

Gemeinsam gingen sie in die Küche. Megan durchsuchte den Kühlschrank. Ihr Blick blieb an einer Stelle hängen, nämlich dort, wo die Einkäufe des vorgestrigen Abends lagen.

»Ich habe Steaks«

»Wunderbar. Setz du dich auf den Balkon, ich bereite sie zu. Ich bin schließlich der Koch«, sagte er und lachte.

»Okay. Danke.«

Sie lächelte ihn an. Er errötete, was sie jedoch nicht zur Kenntnis nahm. Henry wandte sich derweil den Steaks zu. Es handelte sich um zwei Rib-Eye-Steaks, ihm lief beim Anblick bereits das Wasser im Mund zusammen. Er schaltete den Herd an, stellte eine Pfanne mit einem Stück Butter darauf und ging in Richtung des Balkons.

»Wie magst du dein Steak am liebsten? Medium?«, fragte er.

»Ja. Und du?«

»Auch.«

Er ging wieder zurück in die Küche. Plötzlich hörte er Megan hinter sich.

»Wir könnten auch unten essen. Am Pool«, schlug sie vor.

»Ihr habt einen Pool?«, fragte er erstaunt.

»Ja. Dann können wir danach auch noch eine Runde schwimmen. Du hast es doch nicht eilig, oder?«

Sie zwinkerte ihm zu. Nein, eilig hatte er es heute ganz gewiss nicht.

41 *Sonntag, 17. Juli 2005*

Ben Sawyer saß am Steuer des Chevrolet Caprice Streifenwagens. Jacob Maloney wippte unruhig auf dem Beifahrersitz hin und her.

»Alles klar bei dir?«, fragte Sawyer.

»Es geht. Was ist, wenn es stimmt, was die beiden gesagt haben?«

»Was soll dann schon sein? Der Typ ist nach deren Aussage tot. Aber wir müssen uns auch um das Handy kümmern. Laut Aussage des Typens - wie hieß er nochmal?«

»Henry Nolan«, murmelte Maloney.

»Genau. Laut ihm war er tot. Er hat ihn selbst umgebracht. Alan Russell.«

Sawyer schüttelte den Kopf.

»Aber mit dem Raum... Irgendwas scheint damit nicht in Ordnung zu sein. Und das Handy... Es muss ja dort sein!«, sagte Maloney.

»Das müssen wir auf alle Fälle herausfinden. Denn wenn wir das Handy finden haben wir eventuell auch eine Spur, die zu der vermissten Person führt. Tanya Jameson«, fuhr er fort, nachdem er einen Blick auf die Akte geworfen hatte.

»Genau. Also...«

Sawyer lenkte den Chevrolet in die Parkbucht und schaltete den Motor aus.

»Wir sind da.«

Er öffnete die Tür und stieg aus. Der Tag war schon fortgeschritten, einem Blick auf die Uhr entnahm er, dass es bereits Viertel nach sechs war. Eigentlich hatte er seit einer Stunde Feierabend, doch er brauchte die Überstunden, um sich in ferner Zukunft mal ein längeres, freies Wochenende erlauben zu können. Maloney nahm seine Sig Sauer vom Armaturenbrett. *Sicher ist sicher*, dachte er. Sawyer's Waffe steckte in seinem Holster.

Maloney hielt seine Sig Sauer auf den Boden gerichtet. Er wirkte aufmerksam. Seit vier Jahren war er jetzt schon Polizist, doch selten waren es ernste Situationen wie diese gewesen.

»Schau mal, dort!«

Sawyer zeigte auf ein Holzhaus, auf das die Sonne seine Strahlen durch das dichte Buschwerk warf.

»Das wird es sein. Komm.«

Er ging vor. Je näher sie dem Haus kamen, desto nervöser wurden beide. Sawyer wusste selbst nicht, warum das so war, er hatte es einfach im Gefühl. Eigentlich sollte heute ein ruhiger Sonntag werden. Er und seine Familie hatten den Abend zu Hause ausklingen lassen wollen - aber nun mussten sie warten. Er bahnte sich seinen Weg durchs Unterholz, Maloney blieb ihm dicht auf den Fersen. Wenig später hatten sie das Haus erreicht. Die Eingangstür stand offen, und im Inneren war es dunkel; sie konnten nichts erkennen. Sawyer tastete nach einem Lichtschalter - vergeblich. Sie hatten keine Taschenlampen dabei, weshalb sie sich mit dem schwachen Lichtstreifen, der durch den Türspalt fiel, begnügen mussten. Es fiel ihnen schwer, etwas zu erkennen, doch die Konturen eines Körpers am Ende des Flurs bemerkten sie dennoch ohne Probleme.

»Komm«, flüsterte Maloney.

»Da vorne.«

Sawyer folgte ihm leise. Die Konturen wurden deutlicher. Direkt neben dem Körper - eine Tür. Die Tür! Maloney wurde immer nervöser. Sawyers Hand ging zur Klinke und drückte sie hinunter. Das Licht war an, was ihn zugleich verwunderte und beunruhigte. *Ist noch jemand hier?* Dann entdeckte er ein Wesen, genau in der Mitte des Raumes. Es hatte dämonische Züge. Und... Leichen. Viele Leichen. Neben dem Wesen, auf dem Boden, lag das Handy.

»Sieben Leichen. plus die von Alan Russell. Lass uns das Handy beschlagnahmen. Vielleicht können wir dadurch ja etwas herausfinden. Und dann... nichts wie weg!«, sagte Sawyer.

»Was... Was ist das?«, fragte Maloney und zeigte auf das Wesen.

»Keine Ahnung!«

Mehr brachte sein Kollege nicht hervor, er war zu fokussiert.

Sawyer griff nach dem Handy. Das war jedoch ein Fehler: das Wesen rammte ihm komplett unvermittelt ein Messer in den Hals. Blut spritzte aus der offenen Wunde, und Maloney schaute schockiert zu. Zu mehr war er nicht im Stande, er war wie gelähmt, konnte sich vor Schock nicht von der Stelle bewegen.

»Ben!«

»Mach, dass du wegkommst!«, war das Letzte, was er sagen konnte.

Danach hatte ihn der Tod bereits geholt.

42 *Sonntag, 17. Juli 2005*

Sie schlürften ihre Martinis und aßen die Steaks. Sie schmeckten köstlich, aber Henry konnte sie nicht richtig genießen. Es war einfach viel passiert in den letzten Stunden, zu viel, um das mal eben abschütteln zu können. Er nahm einen weiteren Bissen von seinem Rib-Eye Steak. *Genau richtig*, dachte er, und musste sich innerlich für diese Zubereitung loben. *Perfekt.*

»Das Steak schmeckt echt super!«, sagte Megan.

»Ja, ich finde auch, danke. Der Martini ist aber auch klasse«, gab Henry geschmeichelt zurück.

»Magst du noch einen? Deiner ist ja fast leer.«

»Gerne. Du auch? Ich bereite sie auch zu«, schlug Henry vor.

»Kommt nicht in Frage! Du hast schon die Steaks gebraten.«

»Na und? Mir macht das nichts aus.«

»Na gut«, willigte Megan schließlich ein.

Henry nahm die Teller mit und ging durch das Treppenhaus wieder zurück in Megans Wohnung. Dort bediente er den Cocktail-Shaker und goss danach die Martinis in die mit Eis gefüllten Gläser. Er durchsuchte die Schränke, fand ein Paket *Snyder's* Cracker, öffnete diese und breitete sie auf einem Teller aus. Danach ging er - mit den Martinis in der einen und den Crackers in der anderen Hand - die Treppe zum Pool hinunter. Er stellte den Teller auf den kleinen Tisch. Megan lag auf einer Liege in der Sonne. Henry verspürte derweil das plötzliche Bedürfnis, in den Pool zu springen. *Warum eigentlich nicht?*, fragte er sich.

Er zog sich bis auf die Unterhose aus und sprang ins Wasser. Es war herrlich erfrischend!

»Komm rein! Es ist wunderbar!«

Megan öffnete die Augen, setzte ihre Sonnenbrille auf, hob den Kopf und stand auf.

»Moment. Ich ziehe mich kurz um.«

Sie verschwand und kam nach fünf Minuten im Bikini wieder. Ihr blondes Haar glänzte in der Abendsonne. Sie setzte sich auf den Beckenrand und hielt die Füße ins Wasser. Henry beobachtete sie dabei. Selbst nach den Strapazen, die sie heute erlebt hatten, sah sie verdammt gut aus! Er ließ den Tag Revue passieren. *Alan*. Eine Weile hatte er das, was er heute gesehen hatte, verdrängen können – was sicherlich auch mit dem Alkohol zu tun gehabt hatte. Doch nun trafen ihn die Erinnerungen des Tages wieder mit voller Wucht.

»Wie sieht es eigentlich mit deiner Hand aus?«, fragte Henry.

Megan hielt sie ihm entgegen.

»Nicht so schlimm, wie ich dachte. Sah anfangs wirklich schlecht aus, aber es geht.«

»Denkst du, wir sollten morgen ins Krankenhaus fahren?«

»Ach quatsch.«

Sie lächelte.

»Es geht schon.«

Sie ließ sich ins Becken fallen, stieß sich vom Rand ab und schwamm zu ihm herüber.

»Erfrischend«, sagte sie, als sie ihn erreicht hatte.

»Ja. Herrlich!«

Megan sah ihn kurz, aber eindringlich an.

»Danke.«

»Wofür?«, fragte Henry überrascht.

»Dafür, dass du mir das Leben gerettet hast. Ohne dich wäre ich vermutlich jetzt tot.«

Ihre Körper befanden sich nun ganz nah beieinander. Megan

zog Henry zu sich heran und küsste ihn. Es erzeugte ein ange-
nehmes Kribbeln in seinem Bauch – ein Gefühl, was jedoch viel
zu schnell wieder verschwunden war. Danach lösten sie sich
voneinander, und Megan schwamm zum Beckenrand. Henry
folgte ihr. Sie verließen den Pool, legten sich auf die Liege-
stühle und genossen die letzten warmen Sonnenstrahlen des Tages.

»Ein ziemlich übler Tag«, murmelte Megan nach einiger Zeit.

»Der aber wunderbar zu Ende geht«, ergänzte Henry.

»Ja. Ein versöhnliches Ende.«

Sie lächelte ihn an, er strahlte zurück. Danach stand er auf, holte
die Martinis und den Teller mit den Crackers und stellte sie auf
den Beistelltisch neben den Liegen. Er setzte sich wieder auf
die Liege, lehnte sich zurück und schloss die Augen.

Es war dunkel, als er ein Geräusch hörte. Sein Handy klingelte.
Megan lag immer noch auf der Liege neben ihm und schien zu
schlafen. Er warf einen Blick auf das Display. Die Nummer
kam ihm zunächst unbekannt vor.

»Hallo?«

»Mr. Nolan, hier Garcia. Wir haben neue Informationen. Zwar
nicht über den Aufenthalt Ihrer Kollegin, aber trotzdem etwas
sehr Wichtiges!«

»Und das wäre?«

»Das lässt sich auf der Wache besser klären.«

»Okay. Ginge es morgen? Um zehn Uhr?«

»Besser wäre zwar jetzt, aber ich denke, das lässt sich einrich-
ten.«

»Alles klar. Dann bis morgen.«

Henry legte auf. Ein erneuter Blick auf das Display verriet ihm, dass es Viertel vor elf war. Megan schien von dem Gespräch nichts mitbekommen zu haben, sie lag noch immer still auf der Liege. Er schloss wieder seine Augen, da die Müdigkeit ihn mit einmal übermannt hatte. Wenig später war er auch schon wieder eingeschlafen.

43 *Montag, 18. Juli 2005*

Der Weg wurde deutlich unebener, er wechselte ständig zwischen bergauf und bergab. Es war ein Kraftakt, ihn zu überwinden. Seit sechs Stunden waren Lewis und Jeff nun schon ohne Pause unterwegs. An einigen Stellen hatten sie ihre Wasserflaschen nachgefüllt und sich mit dem kalten Wasser den Schweiß aus dem Gesicht gewaschen, hatten sich damit jedoch nie länger als zwei Minuten aufgehalten. Der Wald war noch immer präsent, obwohl er an einigen Stellen auch mal komplett endete. Außerdem wechselte der Weg ständig zwischen Moos und Kies. Nach einer weiteren halben Stunde hatten sie einen Hang erreicht. Etwas höher, hinter ein paar Bäumen gelegen, war ein Holzhäuschen zu sehen, es hatte in etwa die Größe eines Geräteschuppens.

»Jeff! Guck mal!«

Lewis zeigte auf die Stelle, an der sich das Häuschen befand.

»Eine Hütte. Lass uns die mal durchsuchen«, meinte er.

Der Anstieg erwies sich als schwierig. Nach sieben Minuten hatten sie ihn durchgeschwitzt und keuchend überwunden. Lewis suchte nach einer Tür, fand diese auf der Rückseite und öffnete sie. Im Inneren war es hell, da die Sonne sich ihren Weg durch die Dachluke gebahnt hatte. Außerdem war es extrem stickig.

»Oh Gott«, murmelte Jeff, als er sah, was sich im Inneren befand.

Der Raum war bis in die hinterste Ecke vollgestellt mit Werkzeugen. Außerdem hingen an der Hinterwand Messer in einer Reihe.

»Meinst du wir sollten welche mitnehmen?«, fragte Jeff.

»Wozu?«, entgegnete Lewis.

»Ich meine, vielleicht müssen wir uns ja gegen denjenigen verteidigen, der Liz und Janet entführt hat.«

Lewis überlegte. Jeff hatte in diesem Punkt durchaus recht. Was wäre, wenn man sie angreifen würde und sie sich dann nicht zur Wehr setzen konnten? Ein Szenario, welches er sich gar nicht erst ausmalen wollte.

»Du hast recht. Wir sollten jeder ein Messer mitnehmen.«

Jeff betrachtete die Wand und griff nach zwei Messern. Das eine hielt er Lewis entgegen, das andere steckte er sich in den Rucksack. Es waren die beiden Längsten und Schärfsten.

»Meinst du nicht, ein kleineres würde auch genügen?«, fragte Lewis.

»Lass uns die mitnehmen. Man weiß ja nie!«

»Okay. Dann lass uns aber jetzt keine Zeit mehr verlieren.«

Sie verließen die Hütte und betraten wieder den Wanderpfad, der zurück in den Wald führte. Lewis war angespannt und hielt das Messer fest in seiner Hand umklammert, wodurch sich seine Finger verkrampften. Jeff übernahm die Führung, die Wanderkarte in der einen und das Messer in der anderen Hand. Eigentlich brauchten sie die Karte nicht, denn es gab keine Abzweigungen mehr, der Weg führte stetig geradeaus. Doch sie wollten keine Zeit mehr verlieren. Lewis wischte sich einen Schweißfilm, der sich auf seiner Stirn gebildet hatte, ab. Es war heiß, aber gerade noch irgendwie erträglich. Er mochte sich gar nicht vorstellen, wie warm es im Tal war. Hier oben, auf knapp siebenhundertfünfzig Metern Höhe, hatten sie nicht viel weniger als dreißig Grad. *Mindestens siebenundzwanzig*, dachte er. Die Strahlen der Sonne brannten sich auf seine Haut, und Lewis war froh, dass er bislang noch keinen Sonnenbrand bekommen hatte. *Wobei das im Grunde mein geringstes Problem wäre...* Er blieb stehen, legte seinen Rucksack ins Gras, holte seine Sonnenbrille hervor und setzte sie sich auf. Viel besser! Jeff hatte nicht bemerkt, dass Lewis stehengeblieben war. Er war bereits zwanzig Meter entfernt, Ausschau haltend nach möglichen Hinweisen auf den Aufenthaltsort von Janet und Liz. Lewis musste sein Tempo etwas erhöhen, um ihn einholen zu können. Er warf einen Blick auf seine Armbanduhr. Es war fünf nach drei. Sie waren also mittlerweile seit mehr als sieben Stunden unterwegs, und sie hatten immer noch keinen Hinweis auf den Verbleib von Janet und Liz. Die Zeit wurde immer knapper. Lewis seufzte leise. *Ob sie noch am Leben sind?*, fragte er sich. Es musste einfach so sein. Denn was hätte es für einen Sinn, sie zu töten? Was hatte das Ganze überhaupt für einen Sinn? Sie mussten sich beeilen!

»Jeff, lass uns bitte schneller gehen. Ich glaube, dass wir nicht mehr viel Zeit haben.«

»Du hast recht«, antwortete er knapp.

Sie waren enorm angespannt, denn beide wussten: sie durften sich nun keinen Fehler mehr erlauben.

44 *Montag, 18. Juli 2005*

Die Sonne weckte Megan. Sie befand sich noch immer auf der Liege, streckte sich und warf einen Blick auf ihre Uhr. Zwanzig nach sieben. Neben ihr schnarchte Henry leise vor sich hin. Sie rappelte sich auf, schlich auf Zehenspitzen in Richtung des Treppenhauses und dann in ihre Wohnung. Dort stellte sie den Herd an und bereitete zwei Spiegeleier zu. Danach schnitt sie das Brot, was sie vorgestern gekauft hatte, auf und legte es auf einen Teller. Im Kühlschrank fand sie noch etwas Aufschnitt, sie drapierte alles auf einem Teller und ging wieder zum Pool zurück. Henry schlief noch immer. Sie entschied sich, ihn auszuschlafen zu lassen und stattdessen in den Pool zu springen. Schon früh morgens war es extrem warm! Die angekündigten dreißig Grad sollten sie bereits erreicht haben. Daher würde das Wasser im Pool bestimmt guttun. Megan hielt die Luft an, stieß sich sitzend vom Beckenrand ab und tauchte unter die Wasseroberfläche. Das Chlorwasser brannte in ihren Augen, doch trotzdem hielt sie sie offen. Das Wasser umspielte ihren Körper, sie genoss das Gefühl und ließ sich treiben. Danach tauchte sie wieder auf und schwamm ein paar Bahnen. Nach einiger Zeit erwachte schließlich auch Henry. Er erhob sich von der Liege und sprang ebenfalls ins Wasser.

»Guten Morgen«, sagte er, als er Megan erreicht hatte.

»Morgen.«

Sie küsste ihn.

»Ich habe das Frühstück schon vorbereitet.«

Sie zeigte auf den gedeckten Tisch.

»Sieht lecker aus! Ich bin auch schon ziemlich hungrig.«

»Das ist gut. Dann lass uns doch direkt frühstücken.«

Sie trockneten sich ab und setzten sich an den Tisch.

»Gestern Abend habe ich noch einen Anruf bekommen. Von Sheriff Garcia.«

»Und?«, fragte Megan.

»Warum hast du mir noch nichts davon erzählt?«

»Du hast geschlafen. Ich wollte dich nicht aufwecken.«

»Gab es Neuigkeiten?«, fragte sie.

»Nicht direkt. Aber... es war wegen des Hauses. Ich habe einen Termin gemacht. Heute um zehn Uhr.«

Henry biss in sein Brot.

»Okay. Dann lass uns eben schnell aufessen und dann losfahren. Ich muss auch noch ein bisschen was einkaufen.«

Nachdem sie gegessen hatten zogen sie sich an und stiegen in Henrys Mustang. Er startete den Motor und lenkte den Wagen auf die Straße. Da das *Desert Valley* montags geschlossen hatte, mussten sie sich über ihr Vorhaben in dem Sinne keine Gedanken machen. Henry war zufrieden über diese glückliche Fügung. Er steuerte wenige Minuten später bereits den örtlichen Supermarkt an und stellte den Motor auf dem Parkplatz ab. Der *Desert Market* war ein kleiner, familiärer Supermarkt, der keine modernen Kassen besaß, sondern alles per Hand festhielt. Man konnte hier auch nur in bar bezahlen, ein Kartenlesegerät gab es nicht. Direkt gegenüber lag das *Desert Valley*, daneben das *Desert Inn*. Die Temperaturanzeige, die sich direkt vor ihnen befand, zeigte genau zweiunddreißig Grad an. *Und das um diese Uhrzeit!*, dachte Megan. Alle Voraussetzungen für einen heißen Tag waren gegeben. Sie betraten den kleinen Supermarkt. Er hatte nur das Nötigste, und man konnte ihn nicht mit einem der modernen Discounter vergleichen, die an jeder Ecke wie Unkraut aus dem Boden schossen. Aber gerade das gefiel Megan: die kleinen Supermärkte, in denen die Menschen früher ständig ihre Sachen eingekauft hatten, wurden allmählich immer mehr von ebenjenen großen Discounterketten verdrängt. Ja, man konnte fast sagen, dass sie regelrecht ausstarben. Es dauerte nur wenige Minuten, bis Megen alles gefunden hatte, was sie brauchte. Sie kaufte Aufschnitt, Getränke und Snacks.

»Sieben Dollar, bitte«, sagte eine Verkäuferin, die laut ihres Namensschildes mit Nachnamen „Miller" hieß. Megan schätzte sie auf an die sechzig Jahre. Das graue Haar hing ihr in Strähnen von der Stirn, außerdem mache sie einen leicht verwirrten Eindruck. Megan bezahlte und verließ dann gemeinsam mit Henry den Supermarkt. Als nächstes steuerten sie das *Sheriff Office* an.

»Guten Morgen. Kommen Sie bitte mit«, sagte Garcia direkt, als er sie erblickte.

Er führte sie in einen kleinen Raum.

»Bitte setzen Sie sich. Mein Kollege wird gleich zu Ihnen stoßen.«

Er verließ den Raum. Nach zwei Minuten kam sein angesprochener Kollege auch bereits herein. Er war groß und schlank, Henry schätzte ihn auf einen Meter neunzig. Er hatte einen düsteren Gesichtsausdruck und wirkte irgendwie starr.

»Guten Morgen. Mein Name ist Jacob Maloney.«

Er hielt ihnen seine Hand entgegen.

»Henry Nolan«, sagte Henry, als er sie ergriff.

»Ich und mein Kollege, Ben Sawyer, waren gestern Abend noch unterwegs. Zu dem Haus, in dem sich angeblich das Handy der Vermissten Ms. Jameson befinden sollte. Es war in dem Raum. Nur haben wir, statt wie angenommen einem Toten, acht Leichen dort gefunden.«

Henrys Kehle fühlte sich trocken an. Er konnte für einen Moment nicht schlucken. Fassungslos blickte er Megan an, die seinen Blick erwiderte.

»Wir wollten Verstärkung anfordern und aus dem Haus heraus. Doch dann geschah etwas Merkwürdiges. Mitten in dem Raum, den Sie nicht betreten hatten, befand sich ein Wesen. Das mag sich für Sie zwar jetzt komisch anhören, doch es sah aus wie ein Dämon. Ich habe es mit eigenen Augen gesehen.«

Henry ließ die Worte wirken. Sie ergaben für ihn keinen Sinn, dennoch hörte er weiter zu und verkniff sich, auch aus Respekt vor dem Mann, eine Zwischenbemerkung.

»Wir wollten so schnell wie möglich verschwinden, doch dann sahen wir ein Handy, vermutlich das von ihrer Kollegin. Mein Kollege wollte es holen - doch dann griff ihn das Wesen an. Es stieß ihm ein Messer in den Hals. Er ist gestorben, noch bevor ich ihm helfen konnte.«

Officer Maloney schluckte und machte eine Pause. Wieder versuchte Henry, sich an die Bedeutung der Wörter zu klammern. Doch er konnte es nicht, er war nicht fähig zu denken und zu sprechen.

»Danach sind wir noch mal dorthin gefahren. Wir haben die Toten identifizieren können.«

Jacob zog eine Liste hervor, auf der neun Namen untereinander aufgereiht standen.

»Schauen Sie sich die Liste mal genauer an. Vielleicht kennen Sie ja jemanden davon.«

Henry warf einen Blick darauf.

Joshua Daveson
Edward Loon
Howard Barkley

218

Olivia Barkley
Eugene Martin
Frank Whitman
Andrew Matlock
Alan Russell
Ben Sawyer

Megan schlug sich die Hände vors Gesicht.

»Was ist? Kennst du jemanden davon?«, fragte Henry.

»Ja«, murmelte sie.

»Wen?«

»Eugene. Tanyas Freund. Und Frank und Andrew. Das sind die Biker, die gestern bei uns waren.«

»Ich erinnere mich... Verdammt.«

»Wie war Ihre Verbindung zu Alan Russell?«, fragte Jacob Maloney plötzlich an Henry gewandt.

»Ich kenne ihn seit der Schulzeit. Danach hatte sich der Kontakt jedoch langsam aufgelöst.«

»Verstehe. Wann haben Sie ihn das letzte Mal vor dem gestrigen Tage gesehen?«

»Vor zwei Jahren etwa. Ich weiß es aber nicht so genau.«

Maloney wandte sich wieder an Megan.

»Also Sie sind sich sicher, dass sie Eugene Martin, Frank Whitman und Andrew Matlock wiedererkannt haben?«

»Ja.«

Sie sah Henry an.

»Kurz bevor sie wegfuhren, hatte Frank mir wegen seiner Handynummer eine Visitenkarte gegeben. Und auf der Karte stand Frank Whitman.«

»Das Handy konnten wir auch sicherstellen, die Auswertung

steht noch bevor. Außerdem wurde das gesamte Haus auf den Kopf gestellt. Dabei haben wir einen Fotoapparat gefunden.«

Maloney zog eine kleine Kamera hervor und reichte sie Megan.

»Sehen Sie sich die Bilder in Ruhe an. Es sind nicht viele.«

Megan schaltete den Fotoapparat vorsichtig an. Auf dem ersten Bild erkannte sie Eugene und Tanya. Es war eine Aufnahme von ihrem ersten gemeinsamen Urlaub.

»Das sind Eugene und Tanya«, murmelte sie.

»Das ist die Person, die Sie als vermisst gemeldet hatten? Tanya Jameson?«

»Ja. Das ist sie.«

Megan sah sich die weiteren Bilder an. Auf allen war Tanya zu sehen, einige zeigten zusätzlich noch Eugene.

»In welcher Beziehung standen sie zu Frank Whitman und Andrew Matlock?«, fragte Maloney sie.

»Wir haben sie gestern das erste Mal gesehen. Sie waren mit ihren Motorrädern auf der Durchreise. Sie haben in unserem Restaurant etwas gegessen, und ich kam mit ihnen ins Gespräch.«

»Im *Desert Valley*, nehme ich an.«

»Richtig.«, bestätigte Megan.

»Und... Tanya Jameson war in einer Beziehung mit Eugene Martin?«

»Die Betonung liegt auf *war*. Sie haben sich vor einiger Zeit getrennt.«

»Wissen Sie die Gründe?«

»Nein. Wieso?«

»Weil das ein wichtiger Fakt für die Ermittlungen sein könnten.«

»Haben Sie noch keinen Anhaltspunkt?«

»Nein. Tatsache ist, dass sich Ihre Kollegin definitiv nicht in dem Haus aufhält. Wir haben aber etwas weiteres, sehr Interessantes gefunden.«

Maloney zog ein neues Foto hervor.

»Ein rechteckiger Kasten. Er war abgeschlossen, aber es konnte sich nicht um einen Sicherungskasten handeln. Wir haben versucht, ihn aufzubrechen, doch es ging einfach nicht.«

Henry sah sich das Foto an. Der Kasten war aus dickem Stahl gefertigt, eine Erklärung dafür, dass er den Bemühungen der Polizisten standgehalten hatte.

»Egal was wir versucht hatten, es passierte nichts. Er ließ sich partout nicht öffnen«, fuhr Maloney fort.

»Schon komisch. Aber sind Sie sich sicher, dass es sich nicht um einen schlichten Sicherungskasten handelt?«, fragte Henry.

»So einen Kasten habe ich noch nie gesehen. Ich kann mich auch täuschen… ich bleibe aber dabei, dass das einfach kein Sicherungskasten sein kann«, murmelte Maloney.

»Sie erzählten von irgendeinem Wesen«, meinte Henry.

»Was hatte es damit auf sich? Haben sie es auch bei der zweiten Durchsuchung gesehen?«

»Nein. Es war verschwunden. Das ist eine weitere Sache, die ich nicht so ganz nachvollziehen kann. Ich zweifele so langsam an meinem Verstand.«

»Aber das ergibt für mich alles keinen Sinn!«, entgegnete Henry, ohne auf die letzte Bemerkung Maloneys einzugehen.

»Um auf diesen Kasten zurückzukommen: bei der zweiten Durchsuchung wurde auch kein Schlüssel gefunden. Das Haus wurde komplett auf den Kopf gestellt.«

»Gehört das Haus denn niemandem?«

»Doch. Der offizielle Besitzer ist aber bereits verstorben.«

Henry tauschte einen Blick mit Megan. Doch er half ihm nicht weiter. Ihr schwebte, genau wie ihm, ein imaginäres Fragezeichen über dem Kopf.

»Danke, dass Sie uns zumindest ein bisschen weiterhelfen konnten.«

Maloney stand auf und streckte ihnen seine Hand entgegen.

»Wenn wir weitere Fragen oder Informationen haben, melden wir uns. Auf Wiedersehen.«

Megan und Henry verabschiedeten sich und verließen die Wache. Sie stiegen ins Auto und fuhren wieder zu Megans Wohnhaus zurück.

»Das klingt so merkwürdig. Hoffentlich klärt sich das alles bald«, meinte Megan.

»Ja. Und hoffentlich finden sie Tanya!«

Henry parkte dieses Mal in der Tiefgarage. Sie stiegen aus und gingen durch das Treppenhaus wieder in Megans Wohnung. Schon von dem kurzen Weg geriet Henry ins Schwitzen. Es war einfach unerträglich heiß heute.

»Lass uns noch mal in den Pool gehen. Es ist so heiß.«

»Wollen wir uns auch gleich noch einen Martini mitnehmen?«, fragte Megan mit einem Augenzwinkern.

»Ich hätte nichts dagegen. Zieh du dich doch schon mal um, ich komme dann nach.«

Henry bereitete die Cocktails zu und ging zum Pool. Der Teller mit den Crackers stand noch unangetastet auf dem Beistelltisch, Henry nahm ihn in die Hand und stellte ihn zu den Martinis. Danach zog er sich aus und stieg die Leiter in den Pool hinab. Zwei Minuten später stieß auch Megan dazu. Sie legte ihr Handy auf den Beckenrand, sprang ins Wasser und schwamm zu Henry. Sie unterhielten sich über die Dinge, die in den letzten Tagen passiert waren. Da sie so in das Gespräch vertieft waren, bemerkten sie nicht, wie Megans Handy vibrierte. Eine SMS war eingegangen. Absender unbekannt. Fünf Buchstaben. H-I-L-F-E.

45 *Montag, 12. Juli 1995*

Gudrun öffnete die Augen. Die Dunkelheit war undurchdringbar. Sie versuchte, sich zu orientieren, doch es gelang ihr nicht, sie konnte weder sehen noch sich an etwas erinnern. Panik stieg in ihr auf. Was war passiert? Wo war sie? Der stechende Schmerz holte sie in die Realität zurück. Sie fasste sich an die Stirn und ertastete eine blutverkrustete Stelle.

»Hallo?«, rief sie in die Dunkelheit.

Keine Antwort. Wenig später verdrängte jedoch ein Geräusch die Stille. Gudrun lauschte. Es waren Schritte, die wenig später jedoch wieder verstummt waren. Sie befand sich augenscheinlich in einem fensterlosen Keller – die Schritte, die von oben gekommen waren und die stickige Luft bestärkten diese These. Doch wie war sie hierhergekommen? Sie tastete den Boden und die Wand hinter sich ab. Kalter Beton. Gudrun erhob sich. Sie stellte sich auf die Zehenspitzen und versuchte, die Decke zu erreichen, was ihr auch gelang. Sie ertastete eine Falltür aus Holz – zumindest glaubte sie, dass es sich um so etwas handeln musste. Sie versuchte, sich bemerkbar zu machen, doch sie war zu klein. Erschöpft ließ sie sich auf den Boden sinken. Ihr blieb nur übrig, zu warten – auf das, was das Schicksal heute für sie in petto hatte.

Alexander hatte sein Haus erreicht und war nun am Ziel angekommen. Er musste nur noch Marcel aus dem Weg räumen, aber das sollte nicht allzu schwer werden. Er musste lediglich auf den richtigen Moment warten, und der würde schon noch kommen. Er wollte Gudrun nicht erneut verletzen. Doch er konnte, nein, er durfte keine Zeit mehr verlieren! Er hatte Marcel gesehen - zwar noch weit genug entfernt, doch trotzdem in Reichweite! Und Gudrun war augenscheinlich nicht bereit gewesen, zu kooperieren. *Tja, ihr Pech!* Alexander hatte vor, sie früher oder später sowieso zu töten. Sie würde seine Pläne zerstören. Wenn Marcel erst einmal aus dem Weg geräumt war, dann konnte er sich auch darüber langsam Gedanken machen.

Marcel war durchgehend unterwegs. Zwei Tage um genau zu sein - und nur an wenigen Stellen hatte er eine Pause eingelegt um zu essen oder ein bisschen zu schlafen. Er fühlte sich schrecklich ausgelaugt. Von Alexander und Gudrun fehlte weiterhin jede Spur. Bald sollte er zumindest das Haus, was auf der Karte zu sehen gewesen war, erreicht haben. *Vielleicht werden sie dort ja festgehalten.* Marcel glaubte es nicht. Alexander war stark, er konnte sich wehren. Aber Gudrun… alles passte einfach irgendwie nicht zusammen. Er kämpfte sich durch das Dickicht, Dornen rissen seine Hose auf, doch es war ihm egal. Seit Inges Tod war ihm alles egal. Er wollte nur noch weg von diesem Ort, an dem bereits drei Menschen ihr Leben lassen mussten – bestenfalls mit Alexander und Gudrun. Er schritt weiter zielstrebig durch den Wald und versuchte um jeden Preis, seine Konzentration aufrecht zu erhalten.

Die Dunkelheit wurde immer intensiver, je länger Gudrun in sie hineinstarrte. Vor ihrem inneren Auge zuckten Lichtblitze umher. Mal größer, mal kleiner, mal heller, mal dunkler. Sie schloss die Augen und lehnte sich zurück. Ihr Rücken schmerzte, und der kalte, harte Beton trug sein Übriges dazu bei. Ihre Situation war aussichtslos, das wurde ihr jetzt bewusst. Ohne

Hilfe würde sie hier unten verhungern. Krampfhaft versuchte sie, die Erinnerungen zurückzuholen. Sie kamen nach und nach wieder – wie einzelne Puzzleteile, die sich später zu einem Ganzen zusammenfügten.

Wo bleibt Marcel denn?, fragte Alexander sich. Weit weg konnte sein Bruder nicht mehr sein. Er zitterte vor Anspannung. Lange hatte er warten müssen. Bisher war alles genau nach seinem Plan verlaufen. Wenn es erstmal vollbracht war, konnte er sich zurücklehnen und das Leben führen, welches er sich schon seit Jahren erträumt hatte. Doch vorher musste er noch den letzten Schritt wagen. Seine Hand verkrampfte sich um das Messer und seine Knie begannen zu schmerzen. Er entschied sich, zum Haus zurückzukehren. Marcel schien sich etwas zu verspäten - er könnte die Zeit nutzen, um sich in die Küche setzen und dort aus dem Fenster schauen. Ihm blieb nichts anderes übrig als zu warten. Seufzend ging er zum Haus zurück. Ihm war klar, dass er geduldig sein musste, auch, wenn das nicht seine Stärke war.

Der nächste Dorn riss sein komplettes Hosenbein auf und zog eine tiefe Furche in seine Haut. Marcel schrie auf. Blut lief über seinen Knöchel und sickerte in den Stoff seiner Socke. Er setzte seinen Rucksack ab, packte eine Packung Pflaster aus und klebte eins sorgfältig auf die Wunde. Er biss die Zähne zusammen, doch es half nichts. Ihm wurde übel vor Schmerz. Er setzte sich auf einen umgefallenen Baumstamm in seiner Nähe, doch selbst nach einigen Momenten wollte das brennende Gefühl nicht nachlassen. Es war zum Kotzen! Warum musste ihm das gerade jetzt, im entscheidenden Moment, passieren? Weit konnte es nicht mehr sein. Er hoffte, dass er noch nicht zu spät sein würde. Er würde es sich niemals verzeihen!

Da war er. Alexander. Und das Brecheisen. Gudrun wusste, dass beide eine wichtige Rolle in den Geschehnissen spielten. Der Schmerz pochte erneut in ihrer Stirn, und ihr Kopf drohte zu explodieren. Lange würde sie diesen Schmerz nicht mehr aushalten können. Er zerrte an ihren Nerven und an ihrem Verstand, früher oder später würde sie verrückt werden, wenn sie es nicht schon war. Sie hämmerte mit den Fäusten gegen die Wände, aber außer einem dumpfen Pochen war nichts zu hören. Ihre Hände taten weh, doch sie wollte nicht aufhören, denn aufhören war das gleiche wie aufgeben. Sie wollte sich mit der Situation nicht abfinden. Und aufgeben? Nein, aufgeben kam ganz und gar nicht infrage, denn das würde wohl oder übel ihren sicheren Tod zur Folge haben.

Alexander steckte den Wasserkocher in die einzige Steckdose in der Küche. Er ließ das Wasser kochen und goss sich dann einen Pfefferminztee auf. Mit diesem in der Hand setzte er sich vor das Fenster. Sogar durch die Glasscheibe war der Wasserfall zu hören, sein Rauschen füllte den gesamten Raum aus. Ein Geräusch, das Alexander nur allzu vertraut war. Er nippte an dem Heißgetränk und blickte aus dem Fenster. Der Wald lag trostlos vor ihm. Ein trauriger Anblick, und das mitten im Sommer. Die Wipfel der Bäume wiegten im leichten Wind hin und her und die Sonne schien vom Himmel, aber nur wenige Strahlen erreichten den Boden. Warm war es trotzdem nicht - zum Glück. Alexander hasste die Hitze, weshalb er sich hier oben in über siebenhundert Metern Höhe niedergelassen hatte. Er fühlte sich hier wohl. Er nahm einen weiteren Schluck Pfefferminztee und hatte das Gefühl, dass es nicht mehr lange dauern würde.

Viel Zeit durfte er sich nicht lassen, obwohl er noch nicht wirklich bereit war. Unter Schmerzen erhob Marcel sich. Der Schnitt war tiefer, als er anfangs gedacht hatte. Notdürftig klebte er noch ein Pflaster darüber, obwohl er wusste, dass das keinesfalls ausreichen würde. Er nahm seine Hand von dem Baumstamm, an dem er sich bisher festgehalten hatte und hob das Messer vom Boden auf. Er schaffte es, seinen Fuß zu belasten, und versuchte, seinen Weg fortzusetzen. Es gestaltete sich schwieriger als erwartet, da mit der Zeit der Weg an Höhe zunahm, aber er bewältigte diesen ohne größere Probleme. Einen Kampf würde er in seinem Zustand zwar nicht gewinnen, aber würde es wirklich dazu kommen? Er musste einfach auf eine kluge Vorgehensweise bauen, bei der er nicht körperlich zur Sache gehen musste. Bald hatte er eine Lichtung erreicht, und vernahm dort ein Rauschen in der Ferne. *Der Wasserfall!*, schoss es ihm durch den Kopf. Es war also nicht mehr weit. Marcel schluckte. Er war zwar nicht in bester Verfassung, aber dennoch bereit. Zumindest *musste* er das sein.

Sein Instinkt hatte Alexander noch nie getrogen, so auch dieses Mal nicht. Er trank gerade den letzten Schluck von seinem Tee, als er eine Bewegung wahrnahm. Da war *er*, Marcel! Unschlüssig stand er auf der Lichtung und beäugte das Haus. Danach wagte er sich näher heran. Alexander duckte sich. Er hoffte auf ein Überraschungsmoment. Auf seinen Moment. Er ging in den Flur und öffnete die Falltür.

Mit zitternden Knien erreichte Marcel das Haus. Es war größer, als er gedacht hatte, und erstreckte sich in seiner vollen Pracht vor ihm. Er hielt die einzige Waffe, die er hatte, fest in seiner Hand - es handelte sich dabei um Matthias' Taschenmesser. Marcel hatte es mitgenommen, als er die Tasche geleert hatte, und war nun froh, diese Entscheidung getroffen zu haben. Er ging zum Eingang und klopfte leise an die Tür. Kurz darauf hörte er Schritte aus dem Inneren. Sein Herz setzte für ein paar Schläge aus. Ein Geräusch war zu hören, infolge dessen sich die Tür öffnete. Marcel erstarrte. Das Letzte, was er wahrnahm, war ein heftiger Schlag gegen den Kopf – danach war alles schwarz.

Nun war der erste Teil geschafft. Alexander schleppte Marcels reglosen Körper über die Schwelle und schaffte ihn in den Wald. Den Baum hatte er sich schon vorher ausgesucht, das Material lag auch schon dort. Die Sig Sauer drückte unangenehm gegen seinen Oberschenkel, was er jedoch kaum zur Kenntnis nahm. Das Seil, welches sich vor dem Baum befand, nutzte er, um seinen Bruder festzubinden. Um sicherzugehen, verwendete er auch noch das zweite Seil, beide hatten eine Länge von zehn Metern. Sie reichten aus, doch Marcel war noch immer nicht bei Bewusstsein. Alexander wusste, dass es noch etwas dauern würde, bis sich dieser Zustand ändern würde - doch vorerst war alles erledigt. Er ging zurück ins Haus und warf einen Blick in den Flur. *Das Verließ… Ich wollte Gudrun rausholen. Gudrun?* Sein Herz setzte für gefühlt mehrere Schläge aus. Er wollte das, was er sehen musste, erst nicht begreifen - was jedoch nicht veränderte, dass das Kellerverließ leer war.

Er hatte sie geöffnet. Das war ihre lang erhoffte Chance - sie durfte es nicht versäumen! Die Flucht war zwar schwer aber möglich. Der Absatz, der sich in etwa auf Bauchhöhe befand, erleichterte ihr den Aufstieg. Sie versuchte, möglichst leise zu sein. Sie hatte zwar gehört, wie er das Haus verlassen hatte, wollte aber kein Risiko eingehen. Der Aufruhr konnte nur eines bedeuten: Marcel war angekommen, was hieß, dass er zumindest zunächst mal abgelenkt war. Blitzschnell schaute sie aus dem Fenster. Sie konnte ihn nicht sehen, aber er hatte die Tür offengelassen. *Weit weg kann er also nicht sein...* Gudrun trat über eine Blutpfütze hinaus in den Wald. Hier war der Wasserfall noch lauter. Sie drehte sich um. Ein Weg führte genau in die Richtung... Ein Fluchtweg! Sie lief so schnell sie konnte dorthin. Es waren keine Treppen in den Boden eingelassen, was den Abstieg deutlich erschwerte, noch dazu war der Untergrund extrem rutschig. Trotzdem alledem kam sie heil unten an. Ein paar Schritte später hatte sie einen Tunnel erreicht, der jegliches Licht verschluckte. Kurz darauf hörte sie einen Schrei.

»GUDRUN!«, schrie Alexander so laut er konnte.
Er wusste nicht, warum er das tat. Die Wahrscheinlichkeit, dass sie ihm antworten würde, lag bei null. Sie war nicht zu sehen. Tief in den Wald konnte sie nicht geflohen sein, denn er war gut zu durchblicken. Blieb nur der Wasserfall. Alexander beschleunigte seinen Schritt und erreichte so relativ schnell den Weg vor besagtem Wasserfall. Das Schild, was ihm nur allzu bekannt war, verriet ihm, dass der nächste bewohnte Ort zehn Stunden in die entgegengesetzte Richtung entfernt war. Er grinste. Dieses Schild diente nur als Ablenkung, aber es half ihm jetzt auch nicht weiter. Er wusste, dass diese Angabe falsch war, denn der nächste bewohnte Ort war mit dem Auto in einer Viertelstunde

zu erreichen, dort hörte dann auch der Wald auf. Seine Konzentration galt nun wieder der vor ihm liegenden Aufgabe. Es gab da dieses Tunnelsystem. Es führte zu einer Grotte, und hatte diverse verschiedene Abzweigungen mit mindestens fünf Ausgängen. Wenn sie schon weit genug voraus war, dann hatte er verloren. Dann wäre sie frei! Er musste sich beeilen. Wenige Schritte später betrat er bereits das Höhlensystem.

Es war dunkel, still und eiskalt. Gudrun hörte ihren eigenen Herzschlag und fror in ihrem dünnen T-Shirt. Doch es war kein Ausgang in Sicht. Ihr Atem kondensierte, es entstand ein weißer Nebel. Sie keuchte. Nirgends war Licht zu sehen, es war stockfinster. Sie lief stetig weiter geradeaus. Dann hörte sie Schritte, die in der Höhle als Echo widerhallten. *Alexander!* Sie erhöhte ihr Tempo erneut, obwohl sie wusste, dass sie nicht mehr lange durchhalten würde. Ihre Lunge brannte. Wenige Sekunden später hatte sie die erste Abzweigung erreicht. Sie entschied sich aus dem Bauch heraus für den Weg, der nach links führte. Der Boden war hart und uneben – an einer Stelle befand sich eine derart große Wölbung, dass sie stolperte, das Gleichgewicht verlor und der Länge nach hinfiel. Den daraus resultierenden Schmerzensschrei konnte sie sich nicht mehr unterdrücken.

Aus der Ferne hörte Alexander einen Schrei. *Gudrun!* Doch dem Geräusch nach zu urteilen war sie ihm weit voraus, mindestens einhundert Meter. *Und das bei den verschiedenen Gabelungen...* Es gefiel Alexander nicht, auch er begann zu frösteln. Das lag jedoch nur teilweise an der Kälte im Inneren der Höhle. Erneut legte er an Tempo zu. Von der Decke tropfte ab und an Kondenswasser, welches jedoch erst gefroren auf dem

Boden ankam. Es war wirklich verdammt kalt. Alexanders Finger fühlten sich taub an, und von Gudrun war weiterhin nichts zu sehen. Er erreichte eine Biegung. Einem Instinkt folgend entschied er sich für den Weg nach rechts. Langsam wurde die Kälte unerträglich. Wenige Schritte später gab er es auf. *Soll sie doch hier drin verrotten.* Einen Weg nach draußen würde sie nicht finden, wenn sie ihre Orientierung verloren hatte – und darauf baute er jetzt einfach mal.

Gudrun keuchte, die Kälte umhüllte sie vollends. Sie versuchte, aufzustehen, doch es gelang ihr nicht. Sie konnte weder ihre Hände noch ihre Füße spüren, alle ihre Gliedmaßen waren taub. Trotzdem gelang es ihr nach einem weiteren Versuch irgendwie, sich aufzurichten. Der Schmerz in ihrer Stirn nahm wieder zu. Sie lief in Richtung des Eingangs. Ihre tauben Füße erschwerten ihr den Weg, doch sie hoffte, dass sie es dennoch schaffen würde. Wenig später hatte sie eine Abzweigung erreicht. *Aber wieso...?* Gudrun wurde panisch. Sie hatte sich verlaufen! Ihr Atem ging stoßweise. Ohne nachzudenken lief sie nach rechts. Doch irgendwann hatte sie eine Stelle erreicht, an der es nicht mehr weiterging. Es war wie in einem Glasirrgarten. Auch nach links ging es nicht weiter. Nur in die Richtung, aus der sie gekommen war, und nach rechts. Vor ihren Augen flimmerte ein Film: Ihre Kindheit. Matthias. Gudrun stiegen die Tränen in die Augen. Sie schüttelte den Kopf und verbannte diese Gedanken tief in ihr Inneres. Dort, wo sie nie wieder hervorkommen sollten. Sie musste sich jetzt konzentrieren und durfte sich einfach keine Schwäche erlauben! Sie entschied sich für rechts, wollte auf keinen Fall zurück. Denn dort gab es keinen Ausweg, zumindest nicht in nächster Nähe. Sie konnte nur hoffen, dass sie jetzt einen finden würde. Das war ihre letzte Chance!

Marcel erwachte. Er versuchte, sich zu orientieren, doch es war nicht möglich. Außerdem konnte er seine Arme nicht bewegen. Er blickte hinab und bemerkte, dass er an einen Baumstamm gefesselt war. Das dicke Seil schnitt sich in seine Haut und nahm ihm die Luft zum Atmen. Er wollte sich befreien, doch es war unmöglich. Er kam auch nicht an das Taschenmesser in seiner Hosentasche heran, das Seil saß eindeutig zu eng. Die Quelle des stechenden Schmerzes war seine Stirn. Dumpf. Pochend. Marcel blickte in den Wald. Es war nichts zu sehen. Aber wer hatte ihn festgebunden? Er wusste es nicht, er konnte sich an nichts erinnern. Es war, als hätte irgendjemand sein Kurzzeitgedächtnis gelöscht.

Alexander erreichte wieder den Eingang. Er fühlte sich ausgelaugt, die Kälte hatte jegliches Leben aus seinem Körper gesogen. Er entschied sich jedoch dazu, zu warten. Die einzige Möglichkeit, die Gudrun nun noch hatte, war, irgendwie zurückzukommen. Einen Ausgang würde sie nicht finden, dazu hatte sie zu wenig Zeit. Sie würde erfrieren, oder aber ihm genau in die Arme laufen. Nach fünf Minuten erhob er sich und ging wieder den Pfad hinauf, der in den Wald führte. Er hatte in der Zwischenzeit nicht mal entfernte Schritte gehört, weshalb er davon ausging, dass Gudrun bereits aufgegeben hatte. Seine Finger erwärmten sich langsam wieder. Schon aus der Ferne sah er Marcel, und als er registrierte, dass sein Bruder bei Bewusstsein war, steigerte sich seine Freude ins Unermessliche. Mit einem Blick, der Alexander nicht erfasste, stand er gefesselt an dem

Baum. Er schlich leise hinüber.

»Marcel! Du bist ja endlich auch mal aufgewacht«, sagte er.

»Alexander?«, fragte Marcel skeptisch.

»Was machst du hier?«

»Spaß haben.«

Alexander umrundete den Baum.

»Was willst du von mir?«, fragte Marcel.

»Das muss ich mir noch überlegen«, meinte Alexander.

»Befreie mich. Bitte!«

Er bückte sich und zog an den Fesseln. Es gestaltete sich als schwierig, da Alexander den Knoten mit Bedacht geknüpft hatte, doch er schaffte es. Als Marcel frei war, zog Alexander seine Sig Sauer und richtete sie auf den Kopf seines Bruders.

»Keine Bewegung!«, sagte er scharf.

Marcel bewegte sich nicht. Stattdessen flüsterte er:

»Alexander.«

Ein Wort. Sein Name.

»Was?«

»Komm zur Vernunft. Lass mich am Leben!«

»Nenne mir einen vernünftigen Grund dazu.«

»Warum willst du mich umbringen? Was soll das?«

»Man antwortetet nicht mit einer Gegenfrage. Das ist unhöflich.«

Alexander stieß den Lauf der Pistole gegen Marcels Stirn. Nicht wirklich schnell, aber hart genug, um den Schmerz auszulösen, den das Brecheisen zuvor erzeugt hatte.

»Wo ist Gudrun?«, fragte Marcel.

Seine Stimme klang tonlos, fast so, als wäre er abwesend.

»Hast du sie auch umgebracht?«

»Sie hat sich selbst umgebracht. Sie hat versucht zu fliehen, sich

235

jedoch verlaufen – das ist dann wohl auf eigene Dummheit zurückzuführen, zumindest sehe ich das so.«

Alexander zuckte mit den Schultern.

»Ist mir generell auch egal. Ich brauche sie nicht mehr, genau so wenig, wie ich dich brauche.«

Marcel sagte nichts. Stattdessen starrte er auf einen Punkt in der Ferne, der sich irgendwo am wolkenlosen Himmel zu befinden schien. Alexander drehte sich um und blickte ebenfalls auf, was jedoch ein Fehler war: Mit einer schnellen Bewegung griff Marcel in seine Hosentasche. Das Messer. Alexander bemerkte es erst, als er einen stechenden Schmerz in seinem Unterschenkel spürte, und das Blut sich den Weg in seinen Schuh bahnte. Ruckartig drehte er sich um, Marcel nutzte den Moment seiner Unachtsamkeit, erhob sich und stieß seinen Bruder zur Seite. Dann lief er genau in dieselbe Richtung wie Gudrun, zum Wasserfall hin. Alexander wusste, dass er die Verfolgung nicht aufnehmen konnte, er war zu stark verletzt. Nun blieb ihm nur noch eine einzige Mögichkeit. Er zog die Sig Sauer, richtete sie auf Marcel und schoss. Der Schuss verfehlte ihn nur um wenige Zentimeter. Eine Patrone hatte er noch im Magazin, Marcel bewegte sich immer weiter auf die Höhle zu. Er wartete, konzentrierte sich und schoss. Die Kugel durchbohrte Marcels Bein und ließ ihn nach vorne stürzen. Er fiel in die Tiefe. Nach wenigen Sekunden, die Alexander wie eine Ewigkeit vorkamen, hörte er ein lautes Platschen. Marcel war im Wasser gelandet. Der Schuss wird ihn nicht getötet haben, aber was war mit dem Aufprall? Es ging steil herunter, viel zu steil, als dass ein Mensch einen solchen Sturz unverletzt überleben konnte. Doch überleben an sich war gewiss schon möglich - eine gewisse Chance bestand für Marcel, weshalb Alexander es herausfinden musste. Er durfte ihn jetzt auf keinen Fall mehr am Leben lassen.

Seufzend stieg er die unter seinem Gewicht ächzenden Holzstufen hinunter, die auf der anderen Seite zu der Lagune unterhalb des Wasserfalls führten. Das Wasser schimmerte im Licht der Abendsonne orange und bot einen atemberaubenden Anblick. Der Weg war weit und steinig. Es war jetzt fünf Stunden her, dass Marcel in die Bucht gestürzt war. Alexander hatte nur kurz seinen Rucksack gepackt, da er wusste, dass es ein langer Weg werden würde. Nur das Nötigste - eine Thermoskanne, ein Zelt, einen Schlafsack und ein Feuerzeug. Kurze Zeit später hatte er den Sandstrand erreicht. Dort legte er seinen Rucksack mitsamt allen Sachen ab und breitete alles aus. Danach hielt er Ausschau nach Marcel, doch der war nirgends zu sehen. Es war möglich, dass er in der Zeit abgetrieben war - Alexander hatte es fast erwartet. Das Ruderboot, welches in dem sanften Wasser hin und her schwang, nutzte er, um auf die andere Seite zu gelangen. Dort gab es einige Höhlen, in die das Wasser den Körper getragen haben könnte. In der Ferne jedoch hörte das Wasser auf, hier ging es runter, die Ebene auf der er sich befand war nur ein kleiner Abschnitt des riesigen Wasserfalles. Der größte Teil entstand am Ende ebendieser Ebene. Alexander mobilisierte alle seine Kräfte und ruderte. Es dauerte nicht lange, bis er auf der anderen Seite angekommen war. Dort gab es viele kleine Höhlen. Alexander betrat eine davon, sie erstreckte sich rechts von ihm. Es gestaltete sich als schwierig, durch die Öffnung ins Innere zu gelangen, doch er schaffte es. Es war zwar lange nicht so kalt wie in der Grotte am Wasserfall, trotzdem fröstelte Alexander. Hier schien Marcel sich nicht aufzuhalten, das konnte er direkt sehen. Kurz darauf betrat er die gegenüberliegende Höhle. Der Eingang war etwas größer, sodass Alexander im Gegensatz zur ersten Höhle keine größere Mühe hatte, ins Innere zu gelangen. Diesen Abschnitt musste er genauer in Augenschein nehmen, denn er war viel größer als die anderen. Von Marcel war auf den ersten Blick jedoch weiterhin nichts zu sehen. Die Öffnung verengte sich ein paar Meter später, aber Alexander konnte sie dennoch passieren. Nach einer Minute hatte er die breiteste und höchste Stelle der Höhle erreicht. Alexander schätzte den Abstand zwischen der Decke und dem Boden auf fünf Meter. Er musste dem Wasser folgen, und so drang er immer weiter ins Innere der Höhle vor. Nach zehn Minuten, in denen er sich durch die engsten Öffnungen zwängte, sah er ein, dass es keinen Sinn hatte, und trat den Rückweg an. Er folgte weiterhin dem Fluss. Wenig später drang ein Geräusch zu ihm hervor. Ruckartig drehte Alexander sich um. Doch da war nichts. *Habe ich mir das nur eingebildet?* Nur eine Zehntelsekunde später spürte er einen Druck in seinem Rücken. Erneut wagte er einen Blick über die Schulter. Ein Messer steckte dort, er hatte es bisher nicht bemerkt, nahm jedoch nun den intensiven Schmerz war. Hinter ihm stand Marcel. Blitzschnell zog er das blutverschmierte Taschenmesser heraus und warf sich auf seinen Bruder. Marcel keuchte. Alexander befand sich oben und hatte das Messer in seiner Hand. Doch bevor er nachdenken konnte, bäumte Marcel sich unter ihm auf und warf ihn zur Seite. Sein Bruder war kräftiger, als er gedacht hatte… er landete auf der Stelle, an der sich das Messer in seinen Rücken gebohrt hatte. Etwas Hartes stach genau dort hinein, und er schrie auf. Ein Stalagmit! Marcel warf sich auf ihn, das Messer fest in seiner Hand umklammert.

»Hast mich schon für tot gehalten, was?«, fragte Marcel.

Ein leerer Ausdruck stand in seinen Augen. Er schien dem Wahnsinn verfallen zu sein.

»Aber diesen Wunsch werde ich dir nicht erfüllen.«

Es roch nach Blut in der Höhle. Marcel hatte eine klaffende Wunde auf der Stirn, schien sich dadurch jedoch nicht ablenken lassen zu wollen. Er verstärkte den Druck des Messers auf die Kehle seines Bruders. Alexander sagte nichts. Er fühlte sich niedergeschlagen. Alles war bisher perfekt gelaufen, doch dieser letzte Schritt sollte nun sein Todesurteil sein. Plötzlich jedoch passierte etwas mit Marcel, es war, als hätte sich von einen auf den anderen Augenblick ein Schalter in seinem Kopf umgelegt. Seine nächsten Worte hörten sich nicht bösartig an, nein, sie klangen eher melancholisch. Seine Stimme zitterte, als hätte er Tränen in den Augen, was Alexander in der Dunkelheit jedoch nicht sehen konnte.

»Ich kann so einfach nicht weiterleben. Ich habe alles verloren.«

Marcel nahm das Messer von Alexanders Kehle, setzte es an sein Handgelenk – und das, was dann geschah, nahm Alexander wie in Zeitlupe war. Es war eine Sequenz, die er in dieser Form nicht erwartet hatte: Sein Bruder stach sich tief in seinen Unterarm und schnitt sich die Pulsadern durch.

46 *Montag, 18. Juli 2005*

»Henry!«, rief Megan.

»Komm mal her!«

Henry schwamm aus der Beckenmitte zu Megan, die sich am Rand aufhielt. Sie stand im Wasser und hatte ihr Handy in der Hand. An ihrem Gesichtsausdruck sah Henry, dass irgendetwas passiert sein musste.

»Sieh dir das an!«

Sie zeigte ihm eine Nachricht auf dem Handy. „Hilfe" stand dort geschrieben. Der Absender war unbekannt.

»Meinst du...«, setzte Henry an, doch Megan unterbrach ihn.

»Das kann nur Tanya sein. Sie... nicht viele haben meine Nummer. Es muss einfach so sein!«

Sie klang panisch und verwirrt.

»Meinst du, wir sollten zur Wache fahren?«, fragte Henry.

»Ja. Lass uns los.«

Sie zogen sich an, setzten sich in Henrys Mustang und steuerten wieder das Sheriffs Office an. Henry fuhr schnell – sie beide waren angespannt und nervös und wollten alles am liebsten schnellstens hinter sich bringen. So schnell sie konnten, eilten sie ins Innere der Wache. Garcia sah von seinem Computer hoch, als er ihre Schritte hörte.

»Guten Tag, Mr. Nolan. Gibt es Neuigkeiten?«

»Ja«, antwortete Megan für ihn.

»Sehen Sie sich die Nachricht mal bitte an«, fuhr sie fort und reichte ihm das Handy.

»Sehr interessant«, murmelte Garcia, als er nach einigen Sekunden wieder vom Bildschirm aufblickte.

Er tippte ein paar Dinge in den Computer ein.

»Ich kann das Handy orten. Ich empfange ein Signal.«

»Von wo?«, fragte Megan aufgeregt.

»Ungefähr zweihundertsiebzig Meilen entfernt. Mitten im Wald. Wir werden eine Streife losschicken – und ich werde selbst mit dabei sein«, sagte Garcia.

Er nahm sein Funkgerät in die Hand.

»Jacob?«

Er wartete, bis eine Antwort kam. Es dauerte zehn Sekunden, bis ein leises Rauschen zu vernehmen war.

»John? Hier Maloney.«

»Hast du gerade einen Einsatz? Oder bist du frei?«

»Nichts. Was gibts denn?«

»Ich bräuchte dich, es ist wichtig! Wie weit bist du entfernt? «

»Ich könnte in fünf Minuten da sein.«

»Dann komm bitte schnell!«

»Ich bin schon auf dem Weg.«

Damit endete die Verbindung.

»Wir werden auch mitkommen«, sagte Megan.

»Nein. Das geht nicht. Sie sind Zivilisten. Wir können Sie nicht mit auf einen Einsatz nehmen.«

»Aber wir müssen dabei sein!«, bestand Megan.

»Okay, eigentlich haben Sie recht. Dann werden wir wohl eine Ausnahme machen müssen«, willigte Garcia ein.

Es war ihm jedoch deutlich anzusehen, dass ihm das nicht passte. In Bezug darauf konnte Henry ihn auch verstehen – Megan hingegen war zu hartnäckig, um einfach so aufzugeben.

»Es ist ja auch ein spezieller Fall. Und ich fürchte, dass wir ihre Hilfe auch brauchen werden«, lenkte er ein.

Garcia schob seinen Schreibtischstuhl zurück und ging auf die gegenüberliegende Tür zu. Er klopfte zwei Mal, wartete, bis ihn sein Kollege Russell, dem das Büro gehörte, hereinbat, und öffnete dann die Tür.

»Lester, wir haben einen wichtigen Hinweis zum eventuellen Aufenthaltsort von Tanya Jameson.«

Russell blickte von einem Haufen Papiere, die vor ihm auf dem Schreibtisch lagen, auf.

»Was für ein Zufall. Ich habe die Akte gerade offen.«

Garcia umrundete den Schreibtisch und sah sich die geöffnete Akte an.

»Wir haben nicht viel Zeit. Maloney ist gerade unterwegs zu uns. Danach sollten wir los.«

»Und wer hält die Stellung?«, fragte Russell.

»Shawn Andrews ist noch da.«

»Ach ja.«

Russell zuckte mit den Schultern.

»Den habe ich ganz vergessen.«

Russell blickte in seine halbleere Kaffeetasse. Er setzte sie an seine Lippen und trank den Rest aus.

»Drei Minuten«, sagte Garcia knapp und ging wieder aus dem Büro heraus.

»Sie fahren mit dem Auto hinter uns her. Und… halten Sie sich bitte im Hintergrund«, meinte er, als er Henry und Megan wieder erreicht hatte.

»Alles klar«, murmelte Henry.

Ihm war nicht wohl dabei.

»Schreiten Sie nur ein, wenn es dringend notwendig sein sollte!«, schärfte Garcia ihnen nochmals ein.

»Dazu sollte es aber nicht kommen.«

»Sie schaffen das schon«, meinte Megan.

Sie klang zuversichtlich.

»Natürlich!«, entgegnete Garcia.

»Es ist ja nur für den Falle eines Falles.«

In dem Moment, in dem Garcia seine letzten Worte sprach, schwang die Eingangstür auf. Maloney trat ein. Seine kurzen, braunen Haare klebten ihm an der Stirn, und sein Gesicht war hochrot.

»Jacob! Da bist du ja. Komm!«

Garcia erwartete keine Antwort. Er drängte sich an Maloney vorbei, verließ das Präsidium und drehte sich noch einmal um.

»Lester, informiere bitte Andrews. Sag ihm, dass wir sehr lange unterwegs sein werden.«

»Wie lange wird es denn dauern?«, rief Russell zurück.

Garcia blickte auf seine Uhr. Es war viertel vor zwei.

»Selbst wenn wir uns beeilen, wird die reine Fahrzeit acht Stunden betragen. Wir werden also kaum vor zweiundzwanzig Uhr zurück sein.«

Russell verschwand hinter einer Tür und kam nach zehn Sekunden wieder.

»Er weiß Bescheid«, murmelte er, als er Garcia wieder erreicht hatte.

Henry nahm wenige Augenblicke später wieder am Steuer des Mustangs Platz, Megan setzte sich auf den Beifahrersitz-

»Willst du das wirklich durchziehen?«, fragte er Megan.

»Es wäre das einzig Richtige. Für Tanya. Und allgemein würde es sich falsch anfühlen, nichts zu tun.«

»Okay. Eigentlich hast du recht. Hast du noch Hunger? Wir werden lange unterwegs sein.«

»Ja. Halte einfach kurz beim Supermarkt an, ich hole mir da was raus. Willst du auch was?«

Henry überlegte. Vor Mitternacht würden sie wohl kaum wieder zu Hause sein.

»Ja. Bring mir bitte was mit. Drei Brötchen oder so.«

Henry startete den Motor. Garcia, Maloney und Russell standen noch vor dem Auto auf dem Parkplatz und besprachen die Situation. Er kurbelte das Fenster herunter und steuerte auf sie zu.

»Wir fahren schonmal vor und holen uns noch etwas zu essen«, sagte er.

»Zum *Desert Market* wollten wir gleich auch noch. Aber Sie können ja trotzdem schon vorfahren«, meinte Garcia.

Maloney öffnete die Beifahrertür, Russell nahm auf dem Rücksitz Platz. Sie waren startbereit. Henry steuerte den Parkplatz des *Desert Market* an, Megan stieg aus. Die Hitze war nahezu unerträglich, die vierzig Grad Marke sollte schon längst erreicht worden sein. Schon nach wenigen Metern kam sie ins Schwitzen. *Zum Glück haben wir eine Klimaanlage*, dachte sie. Gerade als sie die Ladentür erreicht hatte, steuerte der Polizeiwagen den Parkplatz an. Maloney und Russell stiegen aus, Garcia blieb im Auto sitzen.

»Vergesst den Kaffee nicht!«, rief er seinen Kollegen durch das heruntergekurbelte Fenster hinterher.

Henry überlegte, ob er aussteigen und sich etwas mit Garcia unterhalten sollte. Es wäre sicherlich interessant gewesen zu erfahren, wie er als erfahrener Sheriff diesen Fall einschätzte, aber trotzdem entschied Henry sich dagegen. Er wollte ihn nicht aus der Routine bringen, also blieb er im Auto sitzen und sah aus der Windschutzscheibe. Die Sonne hatte ihren Zenit nahezu erreicht. Henry blickte auf das Thermometer, welches sich direkt neben der Tachoanzeige hinter dem Lenkrad befand: Achtunddreißig Grad. Es war einfach unerträglich heiß! Nach drei Minuten kam Megan wieder aus dem kleinen Supermarkt heraus. Sie hatte zwei Kaffee und eine Brötchentüte in den Händen. Direkt hinter ihr gingen Maloney und Russell durch die Ladentür ins Freie. Megan stieg wieder ein, der Wagen hatte in der Zwischenzeit eine angenehme Temperatur erreicht. Sie reichte Henry den Kaffee, er nahm einen kleinen Schluck, stellte den Pappbecher in die dafür vorgesehene Halterung und startete den Motor. Danach öffnete er die Tüte, in der sich fünf belegte Brötchen befanden, und zog eines heraus. Er wartete, bis Garcia an ihnen vorbeifuhr, und reihte sich dann auf die Fahrspur ein. Ab und zu trank er einen Schluck von dem viel zu bitteren Kaffee und biss von den Brötchen ab, während er sich auf den niemals endenden Wald konzentrierte. Er war angespannt, seine Hände zitterten.

»Soll ich dich ablösen?«, fragte Megan nach einer Weile.

Henry fühlte sich müde und schwach. Trotzdem wollte er unbedingt weiterfahren.

»Nein, es geht schon«, antwortete er.

»Bist du dir sicher? Du wirkst irgendwie unkonzentriert.«

Henry war unkonzentriert, aber er wollte jetzt nicht anhalten, sondern das Ganze schnellstmöglich hinter sich bringen.

»Es ist alles in Ordnung. Wirklich.«

»Okay. Wenn du es dir doch anders überlegt hast... Sag Bescheid.«

Henry wandte seinen Blick von der Straße ab und sah Megan direkt an. Obwohl ihr die Strapazen anzusehen waren, sah sie verdammt gut aus.

»Ja, mache ich dann. Danke«, sagte er.

Sie lächelte, danach wurde ihr Blick wieder ernst.

»Hoffentlich geht das Ganze gut aus mit Tanya. Ich meine... hoffentlich lebt sie noch.«

Henry hatte einen Kloß im Hals, er konnte einen Moment lang nicht schlucken.

»Ich habe ein gutes Gefühl, ich glaube fest daran, dass sie noch lebt.«

Er hatte kein gutes Gefühl. Er wollte Megan und sich selbst einfach nur ermutigen und hoffte sehr, dass ihm das auch gelingen würde.

»Wirklich?«, fragte Megan.

»Ja«, log er.

»Die Hoffnung stirbt schließlich zuletzt«, meinte sie.

Sie hatte recht. Und die Hoffnung war noch nicht gestorben - sie war ein Funke, wie die Glut eines Feuers. Vergänglich.

47 *Montag, 18. Juli 2005*

Der Wald schien nie enden zu wollen. Lewis wurde immer schneller, Jeff konnte ihm kaum noch folgen. Es dauerte lange, bis die Bäume eine Lichtung freigaben. Ihr folgte allerdings dichtes Buschwerk, Dornenbüsche standen dicht gedrängt aneinander. Lewis blickte auf seine Armbanduhr. Es war mittlerweile halb fünf, also waren vier Stunden verstrichen, seit sie von der Hütte mit den Messern wieder aufgebrochen waren. Eine lange Zeit, die jedoch ziemlich schnell vergangen war.

»Was machen wir jetzt?«, fragte Jeff und zeigte auf die Dornenbüsche.

Lewis sah sich um. Sie mussten durch das Unterholz steigen, eine andere Möglichkeit hatten sie nicht. *Zum Glück haben wir lange Hosen an*, dachte er.

Schritte. Poltern. Liz blickte auf. Tanya und Janet schliefen tief und fest. Sie fühlte sich schlapp, lehnte sich an die Wand und schloss ebenfalls die Augen. *Lange dürften sie nicht mehr brauchen*, dachte sie. *Hoffentlich kommen sie bald!* Dann hörte Liz einen Schlüssel, der in ein Schloss gesteckt wurde. *Er öffnet die Falltür!*, schoss ihr durch den Kopf. Ein paar Sekunden später fiel Tageslicht von oben in das Verließ. Sie kniff die Augen zusammen. Es war doch etwas ungewohnt, nach so vielen Stunden wieder direkt dem Tageslicht ausgesetzt zu sein.

»Morgen«, sagte er schroff.

Sie antwortete nicht.

»Habt ihr Hunger?«

Liz murmelte irgendetwas vor sich hin. Plötzlich warf er etwas in die Dunkelheit, es handelte sich um einen Porzellanteller. Er landete hart auf Liz' Kniescheibe, fiel zu Boden und zerbrach. Dann schloss er die Falltür wieder. Liz tastete den Boden ab, fühlte etwas Weiches und griff danach. Toast. Sie wollte es nicht essen, doch ihr Magen begann zu rebellieren. Janet und Tanya schliefen noch immer, selbst das laute Zerbrechen des Tellers schien sie nicht aufgeweckt zu haben. Liz seufzte. Sie versuchte, das Toastbrot in der Dunkelheit in drei etwa gleich große Stücke zu teilen und steckte sich eins davon in den Mund. Es schmeckte gut, und als sie ihre Portion nach drei Bissen aufgegessen hatte sehnte sie sich danach, etwas zu trinken. Ihre Kehle fühlte sich ausgetrocknet an. Sie starrte in die Dunkelheit. Nach wenigen Minuten hörte sie eine Stimme, es war Tanya, die nun ebenfalls wach war.

»Liz«, flüsterte sie.

»Ja?«

»Bist du wach?«

»Ja.«

»Wie lange schon?«

»Durchgehend. Ich kann hier nicht schlafen.«

»Ist schon ziemlich unbequem«, murmelte Tanya.

»Du sagst es.«

Dann folgte wieder die Stille.

»Sie werden bald da sein«, sagte Liz nach einiger Zeit.

»Wer?«

»Lewis und Jeff.«

»Megan auch. Vielleicht hat sie ja die Polizei gerufen.«

»Die Polizei? Aber was...«

»Mein Handy ist jetzt leer. Vorhin, als du geschlafen hast, habe ich eine SMS schreiben können. An meine Freundin Megan.

Hoffentlich hat sie die Polizei gerufen.«

»Was hast du denn geschrieben?«

»*Hilfe*. Zu mehr bin ich nicht gekommen, da ich gesehen habe, dass der Akku fast leer war. Aber... Einen Haken gibt es noch an der Sache.«

»Und der wäre?«

»Ich bin noch nicht dazu gekommen, ihr meine neue Nummer zu geben. Ich habe mir letztens erst ein neues Handy gekauft, aber sie hat meine Nummer noch nicht. Sie hat bestimmt versucht, mich auf dem alten Handy zu erreichen. Aber das ist kaputt, besser gesagt es funktioniert nicht mehr ganz so gut.«

»Was ist denn damit passiert?«, fragte Liz.

»Es ist mir runtergefallen, als ich gerade im *Desert Valley* die Theke geputzt habe. Das war am Freitagabend. Ich habe mich wohl zu weit nach vorne gebeugt und es ist mir aus der Hosentasche gerutscht. Das Display war komplett zerbrochen und auch einige Tasten waren kaputt, ich war kaum noch in der Lage, damit zu telefonieren. Deswegen bin ich dann direkt nach Feierabend noch in die Stadt gefahren und habe mir ein neues gekauft. Und danach habe ich komplett vergessen, Megan die Nummer zu geben.«

»Somit könnte sie also auch denken, dass es sich um einen Scherz handeln könnte.«

»Richtig. Aber sie ist immer so schnell besorgt. Sie ist fünf Jahre älter als ich, und ich kenne sie mittlerweile seit fünf Jahren. Damals war ich fünfzehn. Ich habe im *Desert Valley* ausgeholfen, um Geld zu verdienen. Mit achtzehn lernte ich dann Eugene kennen, meinen Freund. Die Beziehung hat aber nicht besonders lange gehalten, nur anderthalb Jahre.«

»Wie habt ihr euch kennengelernt? Und warum hat die Beziehung nicht gehalten?«

»Ich habe ihn auf Megans dreiundzwanzigsten Geburtstag kennengelernt, sie kennt ihn schon seit der Highschool. Aber nach einem Jahr wurde er langsam nervig. Er hat mir vorgeworfen, mit anderen Männern zu flirten und wollte sogar, dass ich den Job im *Desert Valley* aufgebe. Nachdem ich die Beziehung beendet hatte, hatte ich lange nichts mehr von ihm gehört. Bis... welcher Tag ist heute?«

»Montag«, murmelte Liz.

»Also bis vor zwei Tagen. Am Samstag kam er in das Restaurant und bestellte sich unter anderem ein Bier. Ich war schlecht gelaunt, weil er mich immer noch so behandelte, als wäre ich seine Freundin. Ich war nicht nett zu ihm, was ich im Nachhinein auch zugeben muss, aber ich konnte in dem Moment nicht besser damit umgehen. Nachdem ich ihn also quasi rausgeworfen habe, riet Megan mir, ein klärendes Gespräch mit ihm zu führen, weshalb ich ihn mehrmals anrief, doch ohne Erfolg.«

»Und jetzt hast du ein schlechtes Gewissen?«, fragte Liz.

»Ja. Ich hätte nicht ganz so gemein zu ihm sein sollen.«

»Und danach? Was passierte dann?«, fragte Liz.

»Kurz vor Ladenschluss kam der Mann, der mich verschleppt hatte. Er war auffällig gekleidet, trug einen Zylinder, eine Sonnenbrille und einen Stock. Er bestellte sich einen Kaffee und ein Stück Kuchen und fragte dann, ob wir Überwachungskameras hätten, was ich verneinte. Danach ist er ausgerastet. Er legte zehn Dollar auf den Tisch, warf den Teller gegen die Wand, schmiss die Tür zu und verschwand mit quietschenden Reifen von unserem Parkplatz. Es war ein weißer Ford Mustang, den ich später sofort wiedererkannt habe.«

Liz ließ sich die Worte durch den Kopf gehen.

»Und dann hat er dich entführt? Vor dem Restaurant? Haben denn...«, setzte Liz an.

Tanya unterbrach sie.

»Nein. Er hat mich vor meiner Wohnung geschnappt und mich mit einem harten Gegenstand bewusstlos geschlagen, ich vermute, dass es ein Brecheisen war. Dann bin ich irgendwann aufgewacht. Ich war in seinem Kofferraum, er hatte mich gefesselt und geknebelt. Nach einiger Zeit waren wir angekommen. Er öffnete den Kofferraum, löste den Knebel und die Fesseln und führte mich in das Haus. Dort ließ er mich vorerst frei, und ich konnte den ganzen Tag tun und lassen, was ich wollte. An Flucht war nicht zu denken, da sich in beiden Richtungen nichts als Wald erstreckte. Zumindest erzählte er mir das - außerdem hatte er die Türen verriegelt. Ich stöberte ein bisschen in dem Haus herum und fand etwas Interessantes. Ein Tagebuch. Dort stand wirklich alles drin. Vor zehn Jahren ist er mit seinem Bruder, der Freundin seines Bruders und ein paar weiteren Freunden unterwegs auf einem Wanderurlaub gewesen. Hier, ganz in der Nähe.«

Liz unterbrach Tanya.

»Hast du dir auch den Namen gemerkt?«

»Seinen Namen? Alexander Reising.«

Alexander Reising. Liz erinnerte sich. Die Ausweise, die Rucksäcke... Rucksack! *Mein Rucksack!*

»Hast du auch einen Rucksack gefunden?«

»Einen Rucksack? Ja. Er war ebenfalls gut versteckt in einem Schrank.«

»War er blau? Dunkelblau?«

Tanya runzelte die Stirn.

»Ja. Woher weißt du das?«

»Das ist meiner. Ich dachte, ich habe ihn verloren. Aber dann hat er ihn wohl doch geklaut.«

»Also war er euch ziemlich nah«, vermutete Tanya.

»Wer?«

Janet schaltete sich in das Gespräch ein, sie war nun auch aufgewacht.

»Der, der uns eingesperrt hat. Alexander Reising. Erinnerst du dich?«, meinte Liz.

»Alexander Reising? Ja. Einer von der deutschen Reisegruppe, oder?«, fragte Janet.

»Ja«, meinte Liz.

»Ihr wusstet davon?«, fragte Tanya erstaunt.

»Wir haben die Rucksäcke und Ausweise von ihnen bei unserem Zeltlager gefunden. Es waren sechs Personen.«

»Das würde mit dem übereinstimmen, was ich in dem Tagebuch gelesen habe. Aber eine Sache überrascht mich dennoch.«

»Was denn?«, fragte Liz.

»Wenn ich mich richtig erinnere, hatte Alexander nur einen umgebracht. Am Ende waren noch sein Bruder und er übrig. Sein Bruder war kurz davor, ihn zu töten, aber hat sich dann doch selbst umgebracht.«

»Wie sind die anderen zu Tode gekommen? Ich meine, wenn Alexander nur einen umgebracht hat...«, stammelte Liz.

»Soweit ich mich erinnern kann, ist einer von einer Hängebrücke gestürzt. Die Freundin von Marcel, Alexanders Bruder, ist ertrunken und eine andere angeblich erfroren. In einem unterirdischen Höhlensystem, direkt hier in der Nähe«, sagte Tanya.

»Marcel Reising hat einen Schuss abbekommen und ist in die Tiefe gestürzt. Hier, direkt vor dem Haus. Diesen Sturz hat er allerdings nahezu unbeschadet überstanden. In einer Höhle kam es dann zu einem Kampf, Marcel war schon so weit, dass er die Möglichkeit hatte, Alexander umzubringen. Doch dann ist in seinem Kopf irgendetwas passiert, und er brachte sich selbst um. Er schnitt sich die Pulsadern auf«, fuhr sie fort.

»Woher weißt du das so genau?«, fragte Liz.

»Die einzige Stelle aus dem Tagebuch, die ich mir gemerkt habe. Das klang besonders merkwürdig.«

Sie zuckte mit den Schultern.

»Hast du dir auch die Hintergründe davon gemerkt? Warum wollte er alle umbringen?«, fragte Janet.

»Er hatte schon immer einen Hass auf Marcel. Und die anderen konnte er auch nie leiden. Ein halbes Jahr zuvor sagte er, dass er auf Geschäftsreise nach Amerika müsse, was gelogen war, er war zwei Monate hier und hat alles vorbereitet. In seiner Heimat hat er alles nur dafür aufgegeben. Damals stand schon fest, dass sie einen Wanderurlaub machen würden. Die Idee kam von ihm.«

»Du hast auch noch was von einem unterirdischen Höhlensystem erzählt. Weißt du mehr darüber?«, fragte Liz.

»Ich weiß nur das, was er aus seiner Sicht geschrieben hat. Er kennt sich da unten sehr gut aus, aber lange kannst du dich dort nicht aufhalten. Es ist eiskalt, und wenn du dich einmal verläufst, bist du verloren. So wie Gudrun, Inges Freundin. Sie hat es durch eine Unachtsamkeit Alexanders geschafft, aus diesem Verließ hier herauszukommen und zu fliehen. Aber sie schlug den falschen Weg ein, denn sie rannte in Richtung der unterirdischen Gänge. Es ist wie ein Labyrinth. Und wie ich schon sagte, wenn man sich einmal verläuft, ist man verloren. So erging es ihr. Es gibt zwar mehrere Ausgänge, aber die sind schwer zu finden. Wobei das für Alexander kein großes Problem darstellen sollte.«

»Wieso?«, fragte Janet.

»Er kennt die Gänge in- und auswendig. Er hat mir sogar einen Lageplan gezeigt. Ein Labyrinth ist dagegen noch harmlos!«

»Hat er das selber gebaut oder...«

»Nein. Das hat die Natur erschaffen«, meinte Tanya.

»Und wieso kennt er sich so gut dort aus?«

»Er hat sich den Lageplan immer wieder angeguckt und sich einen Fluchtweg ausgedacht. Falls es hart auf hart kommen sollte, wie jetzt zum Beispiel.«

»Er hat diese Situation genauestens geplant, also darf er nicht entkommen!«, merkte Liz an.

»Wenn er erstmal mit etwas Vorsprung das Höhlensystem erreicht, dann hat die Polizei keine Chance, ihn zu kriegen«, mutmaßte Tanya.

»Den Vorsprung darf er nicht bekommen.«

»Hat er auch erzählt, wie lange er braucht bis er den ersten Ausgang findet?«, fragte Janet.

»Er redete von ungefähr sieben Minuten.«

»Wir müssen ihn davon abhalten! Denn wenn die Polizei kommt, wird er flüchten. Und die scheint schon auf dem Weg zu sein. Hoffentlich«, sagte Janet.

»Wir brauchen einen Plan. Wenn erst mal Jeff und Lewis da sind, dann eventuell die Polizei... entweder er nimmt den Kampf auf, oder er flüchtet«, dachte Liz laut nach.

»Vielleicht können wir ja auch nicht einschreiten. Wenn er uns nicht freilässt, dann bringen uns auch alle guten Pläne nichts«, murmelte Tanya.

»Natürlich müssen wir darauf hoffen, dass wir eine Möglichkeit bekommen. Diese müssen wir dann aber auch nutzen.«

48 *Montag, 18. Juli 2005*

Nach drei Stunden konnte Henry sich absolut nicht mehr konzentrieren, weshalb Megan das Steuer übernahm. Sie fuhr etwas
schneller, damit sie wieder zu Garcia, Maloney und Russell
aufschließen konnten. Henry blickte aus dem Fenster. Endloser
Wald erstreckte sich bis weit in die Ferne. Sie fuhren nicht gerade langsam und mussten eigentlich schon zweihundert Meilen
oder sogar mehr geschafft haben. *Es ist also nicht mehr weit*,
dachte Henry. Er wurde unruhig. Und er war müde, was auch
der Kaffee vom *Desert Market* nicht verhindern konnte. Das
Thermometer zeigte aktuell fünfunddreißig Grad an. Zwar nicht
kalt, aber es hatte sich immerhin schon um drei Grad abgekühlt.
Ob es am Wald oder am Fortschritt des Tages lag, konnte Henry
nicht sagen, es war ihm auch egal, es gab definitiv wichtigeres.
Er sehnte sich danach, dass das Ganze vorbei war, dass alles
wieder normal werden würde. Wobei eine Sache doch ganz gut
war. Er warf Megan einen unauffälligen Blick zu. Sie waren
sich definitiv nähergekommen. *Schade, dass es unter diesen
Umständen war*, dachte Henry. Es würde sich bestimmt nichts
ändern, alles würde wieder so werden, wie es gewesen war,
bevor diese merkwürdigen Dinge passiert waren. Tanya. Alan.
Henry seufzte leise. Die Sache mit Alan nahm ihn ziemlich mit,
auch, wenn er es nach außen hin nicht zeigen konnte. Was war
in diesem Raum passiert? Konnte man den Worten von Jacob
Maloney Glauben schenken? Henry wusste es nicht.

»Glaubst du dem Polizisten?«, fragte er Megan.

»Welchen meinst du?«

»Maloney. Der, der mit seinem Kollegen in dem Haus war.«

»Ich weiß nicht, was ich glauben soll. Einerseits klingt er ziemlich unglaubwürdig, aber andererseits haben wir Alan gesehen. Er wirkte wie besessen.«

»Er war auf jeden Fall nicht mehr er selbst«, murmelte Henry.

»Obwohl ich an so etwas ja eigentlich nicht glaube«, fügte er hinzu.

»Ich auch nicht. Aber es gibt mehr Dinge zwischen Himmel und Erde, als wir denken.«

49

Freitag, 9.Juli 1995

Wir sitzen am Feuer und starren in die Glut. Mir ist extrem warm, doch trotzdem lege ich noch etwas Holz in die Flammen. Außerdem zerreiße ich meine vorherigen Aufzeichnungen und werfe sie hinein. Ich brauche sie nicht mehr, alles ist fertig geplant. Gudrun und Matthias liegen sich in den Armen, genau wie Inge und Marcel. Marcel. Wenn ich den Namen schon aufschreibe, läuft es mir kalt den Rücken hinunter. Ich hasse ihn noch mehr als er mich. Ich sehe ihn nicht als meinen Bruder, sondern als meinen Todfeind. Ich kann den Anblick nicht ertragen, wie er und Inge sich in den Armen liegen. Bald wird es vorbei sein, nur wissen sie noch nichts davon. Es war ein leichtes gewesen, alles vorzubereiten. Dass sie es nicht gemerkt haben – einfach nur dumm! Dafür muss ich mich selbst eigentlich auch loben. Vom 6.Januar bis zum 6.März - zwei Monate, in denen ich alles bis ins kleinste Detail geplant hatte, in der Hütte. Wanderzeit circa dreieinhalb Tage. Wenn ich dort angekommen bin, müssen sie alle schon tot sein und falls nicht, habe ich vorgesorgt. Das Verließ ist nicht besonders groß, aber es reicht für drei Personen. So viele dürften aber nicht übrigbleiben. Das wäre schon fatal! Hauptsache er ist am Ende tot. Marcel. Ihm gilt das Ganze. Aber auch Matthias, ihn kann ich ebenfalls nicht leiden. Er spielt sich immer auf, als sei er der Größte, dabei ist er einfach nur dumm. Na ja. Der Einzige, der halbwegs normal ist, ist Ralf, aber ihn kann ich genauso wenig am Leben lassen. Auch er kann Marcel überhaupt nicht leiden. Gudrun und Inge sind total geblendet von ihren Männern, weshalb ich sie genauso hasse. Aber... gute Miene zum bösen Spiel. Der Plan wird aufgehen. Wir werden alle als verschollen gelten, und ich kann mein immer erträumtes Leben fernab jeglicher Zivilisation führen. Das wird herrlich! Und ich bin sie alle für immer los! Falls irgendetwas schieflaufen sollte, gibt es immer noch das Höhlensystem, welches sich nah an meiner Hütte befindet. Es ist aufgebaut wie ein Labyrinth, aber ich kenne es in- und auswendig. Während meiner „Geschäftsreise" habe ich es gründlich unter die Lupe genommen. Wenn man sich nicht verläuft und ein ordentliches Tempo vorlegt, sollte man in sieben Minuten zu einem anderem Ausgang gelangen. Wenn nicht, dann erfriert man. Jetzt verabschieden wir uns voneinander und gehen in unsere Zelte. Es ist bald so weit, ich kann es kaum erwarten. Meine Vorfreude auf dieses Fest ist unbeschreiblich.

Alexander Reising, 9.Juli 1995

50 *Montag, 18. Juli 2005*

Nach einer halben Stunde, in der sie sich durch die Dornenbüsche gekämpft hatten, hatten sie das Haus erreicht. Es erstreckte sich der Länge nach vor dem Wasserfall, dessen Rauschen sie schon lange wahrgenommen hatten.

»Da ist es«, murmelte Jeff.

Lewis Knie wurden weich. Sie waren am Ziel angelangt, der Zeitpunkt war gekommen. *Sind Liz und Janet wirklich hier?* Sie mussten, denn wo sollten sie sonst sein? Lewis Magen zog sich zusammen.

»Lass uns vorsichtig sein. Jeder Fehler kann unseren Tod bedeuten, wenn jemand hier ist.«

Alexander spürte es, wenn Ärger drohte. Er konnte ihn förmlich riechen. Ein Instinkt, viel mehr eine Gabe, über die er überaus stolz war. In solchen Momenten wie diesem half sie ihm weiter. Er erhob sich von der Couch und ging in die Küche. Sein Stuhl stand genau dort, wo er auch vor zehn Jahren gestanden hatte. Wie damals, als er Marcel beobachtet hatte. Er setzte sich vor das Küchenfenster. Und tatsächlich - da waren sie. Die Helden! Alexander lachte. Sie waren noch etwas entfernt, aber trotzdem in Reichweite und kamen früher als erwartet. Er hatte sich noch gar nicht vorbereiten können. Er stand wieder auf und ging ins Wohnzimmer. In der obersten Schublade der Kommode lag die Sig Sauer. Sie war geladen - für den Fall eines Falles. So wie jetzt. Alexander nahm sie in die Hand, seine Finger krallten sich um den Abzug. Er fühlte sich zurückerinnert an eben diesen Moment, in dem sein Schuss Marcel ins Bein getroffen hatte.

Noch heute war er verwundert, wie sein Bruder den Sturz nahezu unverletzt hatte überleben können. Der Moment erinnerte ihn zurück an die Macht, die er besaß. Natürlich hatte er sich genau dafür einen Plan zurechtgelegt. Sie konnten kommen – er war nun auf alles vorbereitet.

Lewis ging geradewegs auf die Eingangstür zu. Er überlegte, zu klopfen, wusste jedoch, dass das keinen Sinn ergeben würde. Er drückte die Klinke hinunter. Abgeschlossen. Er musste also doch klopfen, formte seine Hand zu einer Faust und ließ sie zwei Mal gegen das Holz prallen. Nach zwanzig Sekunden öffnete sich die Tür.

»Hallo?«, fragte ein Mann.

Lewis schätzte ihn auf Mitte dreißig. Er machte einen ungepflegten Eindruck und wirkte indes noch unsympathisch und nervös dazu. Sein schwarzes Haar klebte ihm am Kopf, außerdem stand ihm ein Schweißfilm auf der Stirn.

»Wo ist meine Freundin?«, fragte Jeff.

Seine Stimme klang scharf.

»Ihre Freundin?«

Der Mann runzelte die Stirn.

»Ich habe keine Ahnung.«

Danach zog er etwas hinter seinem Rücken hervor. Eine Waffe. Er betätigte den Abzug - und schoss ohne noch eine weitere Sekunde zu zögern.

Sie hatten den Ort bald erreicht, laut des Navigationsgerätes waren es nur noch zehn Meilen. Megan fuhr immer schneller, weil Garcia vor ihnen ebenfalls das Tempo gesteigert hatte. Sie rasten an den Bäumen vorbei, Henry kam es vor, als würden sie über den Boden schweben. Es dauerte nicht lange, bis Garcia vor ihnen den Blinker setzte und in einen Waldweg abbog. Megan folgte ihm. Nach einer Meile hatten sie ein Haus erreicht. Henry wurde mulmig zumute. Es war *das* Haus. Das Haus, in dem sich Tanya befinden musste. Einen Augenblick später stiegen Garcia, Maloney und Russell aus dem Wagen vor ihnen aus. Garcia gab ihnen per Handzeichen zu verstehen, dass sie im Auto warten sollten. Megan schaltete den Motor ab.

»Wir sind da«, murmelte sie.

»Ja«, sagte Henry leise.

»Wir sind angekommen.«

Der Schuss zerriss die Stille. Die Kugel flog nur wenige Millimeter an Lewis' Ohr vorbei. Er stürzte sich auf Alexander und versuchte, ihm die Waffe zu entwenden. Ohne Erfolg, er schoss erneut. Die Kugel bohrte sich in Lewis' Arm, er schrie auf und fiel nach hinten. Jeff warf sich kurz darauf auf Alexander und drückte ihn zu Boden. Dann ging alles ganz schnell, Lewis war für einen Zeitpunkt unfähig zu handeln. Ein erneuter Schuss löste sich aus der weiterhin geladenen Waffe: die Kugel traf Jeff mitten in die Stirn.

Ein Poltern. Und dann... ein Schuss! Wenige Sekunden später fielen noch weitere. Liz schreckte auf.

»Sie sind da«, murmelte Tanya.

Plötzlich waren mehrere Stimmen zu hören, welche definitiv nicht zu Jeff und Lewis gehörten. Die Polizei hatte das Haus ebenfalls erreicht.

Lewis stöhnte auf. Jeffs Körper lag neben ihm, mit einer klaffenden Schusswunde in der Stirn. Er war tot, das sah Lewis sofort. Er konnte nichts mehr für ihn tun und wandte seinen Blick ab. Der Mann war geflüchtet! Er hätte Lewis mühelos umbringen können, doch er hatte sich letztlich dafür entschieden, wegzulaufen. Was nicht zuletzt daran lag, dass sie Verstärkung bekommen hatten. Lewis versuchte aufzustehen, doch es eilte ihm schon einer der Polizisten zur Hilfe.

»Bewegen Sie sich nicht!«, sagte dieser.

»Er ist geflüchtet«, war das Einzige, was Lewis hervorbrachte.

»Ich weiß«, antwortete der Polizist.

»Meine Kollegen sind schon hinter ihm her.«

Alexander hörte den Motor. Instinktiv sprang er auf und eilte zur Tür. Die Polizisten sahen ihn, aber es war etwas zu spät. Er nutzte den Vorsprung und rannte in Richtung des Wasserfalls. *Bloß runter. Runter ins Labyrinth.* Wenn er das erstmal erreicht hatte...

»Da!«, rief Maloney und zeigte auf den Mann, der weglief.

»Wir dürfen keine Zeit verlieren«, sagte Russell.

»Stehen bleiben. Sofort!«, schrie Garcia.

Doch der Mann wurde noch schneller. Sie spurteten los. Garcia eilte zu dem Haus, in dem die Schüsse gefallen waren, während Maloney und Russell die Verfolgung aufnahmen.

Henry hörte die Schüsse. Er schreckte auf und öffnete die Tür.

»Nein! Bleib hier!«, rief Megan ihm hinterher.

Doch es war zu spät: Henry befand sich bereits auf dem Weg zu dem Haus.

»Henry!«

Er drehte sich jedoch nicht um und wurde auch nicht langsamer. Dann sah Megan, wie jemand vor Maloney und Russell flüchtete. Sie wartete nicht länger, stieg ebenfalls aus dem Auto aus und lief in Richtung des Holzhauses.

»Halt!«, sagte Garcia, als er sah, dass Henry auf das Haus zustürmte.

»Rufen Sie die 911. Wir haben einen Schwerverletzten!«

Henry kramte in seiner Hosentasche nach dem Handy und wählte die Nummer des Notdienstes. Megan hatte ihn fast erreicht, Henry machte ihr Platz, und sie ging auf die Haustür zu.

»Durchsuchen Sie das Haus! Ich bleibe bei dem Verletzten«, sagte Garcia.

Megan zögerte keine Sekunde.

»Okay«, antwortete sie außer Atem.

Er war ihnen einhundert Meter voraus. Zu weit, um einen gezielten Schuss zu setzen, doch es war möglich. Maloney richtete die Waffe auf das Bein des flüchtenden Mannes und drückte den Abzug. Die Kugel schlug nur wenige Zentimeter neben ihm im Gras ein und hinterließ Rauchschwaden.

»Schneller!«, sagte Russell und deutete auf den weiterhin flüchtenden Mann.

Nur noch wenige Meter, dann hatte er es geschafft. Fünf Meter, drei, einer... Er sprang die Treppe herunter und lief blindlings in die Dunkelheit hinein. Er wusste, wo er lang musste, versteckte sich hinter einem Felsvorsprung und zückte seine Waffe.

Eine Kugel flog nur wenige Zentimeter an Maloney vorbei. Reflexartig ging er in Deckung und zog seinen Revolver. Hinter ihm stöhnte Russell auf und fiel wenige Sekunden später zu Boden.

»Lester! Alles in Ordnung?«

Er antwortete nicht. Auch sein Atem war nicht zu hören. Hatte ihn die Kugel getroffen? Maloney beugte sich zu seinem Kollegen hinunter, und ertastete eine nasse Stelle in der Bauchgegend. Blut. Er zuckte zusammen.

»Lester!«, rief er erneut.

Doch sein Kollege zeigte keine Regung.

Es war kalt im Inneren der Höhle. Maloney fror. Plötzlich hörte er Schritte aus der Dunkelheit. Schritte, die genau auf ihn zukamen.

Als er den Schuss hörte, sprang Garcia auf.

»Kümmern Sie sich um den Verletzten, bitte!«, wies er Henry an.

»Und Sie durchsuchen bitte das Haus«, sagte er zu Megan.

Sie befolgte seinen Befehl und lief in die Küche, welche zwar klein, aber geräumig war. Hier konnte Tanya sich nicht aufhalten. Der Verletzte, bei dem Henry war, hatte das Bewusstsein verloren. Die Kugel hatte seinen Arm durchbohrt, doch es sah auf den ersten Blick so aus, als würde er durchkommen. Der Notarzt war unterwegs, er würde von der anderen Richtung aus ungefähr eine Viertelstunde brauchen. Bei dem anderem sah es schlechter aus: die Kugel war genau in seinen Kopf eingeschlagen, er war sofort tot gewesen. Megan ging ins Wohnzimmer. Sie befand sich im Flur und spürte Teppich unter ihren Füßen. Außerdem vernahm sie Geräusche. Ein Klopfen und gedämpfte Stimmen, die von unten zu kommen schienen.

So schnell er konnte, stürmte Garcia in die Höhle. Er zog seinen Revolver.

»Maloney! Russell!«, rief er in die Dunkelheit hinein. Keine Antwort. Nur ein leises Stöhnen, Garcia folgte dem Geräusch. Doch in der Dunkelheit konnte er immer noch nichts sehen.

»Jacob? Lester?«, schrie er, so laut er konnte.

»John.«

Eine Stimme in der Dunkelheit. Sie gehörte zu Maloney.

»Komm. Wir brauchen Hilfe.«

Garcia folgte der Stimme. Sie war nicht mehr weit entfernt.

»Jacob, mach auf dich aufmerksam. Ich kann dich nicht sehen.«

Maloney löste den Abzug und schoss eine Kugel in den Boden. Garcia schreckte auf und lief in die Richtung, aus der das Geräusch gekommen war. Dann sah er auch schon die Konturen von zwei Körpern.

»Alles in Ordnung?«, fragte Garcia, obwohl er genau wusste, dass dem nicht der Fall war. Er hatte es am Klang der Stimme von Jacob Maloney gehört.

»Lester hat eine Kugel abbekommen«, sagte Maloney tonlos.

»Er ist tot.«

»Und wo ist der Mann?«, fragte Garcia.

»Er ist entkommen. Scheinbar kennt er sich hier ganz genau aus.«

Maloney sprach mit leiser Stimme.

»Scheiße«, murmelte Garcia.

»Lass uns von hier verschwinden. Wir können für Lester nichts mehr tun, John.«

»Du hast recht. Außerdem ist es eiskalt hier unten.«

Sie ließen den leblosen Körper von Lester Russell in dem Gang. Maloney folgte Garcia, der sich den Weg gut gemerkt hatte.

Beide waren bis auf die Knochen durchgefroren, als sie wieder draußen angekommen waren.

Megan hob den Teppich, unter dem das Geräusch hervorkam, und sah eine Holzklappe. Erneut drang ein Klopfen bis zu ihr vor. Die Klappe zu dem unter ihr liegenden Raum war verschlossen, doch darüber war Megan nicht verwundert. Sie stand auf und durchsuchte alle Schränke im Wohnzimmer. Erst im letzten, in der untersten Schublade, wurde sie fündig. Dort befand sich ein Schlüsselbund mit insgesamt drei Schlüsseln. Megan probierte den ersten. Er passte nicht. Doch bei dem zweiten hatte sie Erfolg: sie drehte ihn nach links und hörte ein leises Klicken. Kurz darauf konnte sie die Klappe öffnen.

Alexander war froh, dass er sich in dem unterirdischen System so gut auskannte. Es hatte ihm das Leben gerettet. Dazu noch ein gezielter Schuss... es lief einfach genial bisher. Würde er sich verlaufen... er wollte gar nicht daran denken, denn er kannte den Weg. Rechts. Und dann... zwei Minuten später musste er erneut rechts lang. Wenig später sah er schon das Licht. Licht - Freiheit! Alexander stieg die Stufen hinauf. Er war völlig durchgefroren und das Sonnenlicht blendete ihn, er kniff die Augen zusammen. Selbst als er die Straße erreicht hatte, lief er mit geschlossenen Augen weiter – weshalb er den Krankenwagen, der sich mit mörderischem Tempo näherte, erst wahrnahm, als sein Kopf bereits gegen den Kühlergrill schlug und seine Schädeldecke zerplatzte.

51 *Interview*

RGH News: „ Guten Tag, Mr. Garcia und Mr. Maloney, dürfen wir Ihnen ein paar Fragen stellen?"

Sheriff John Garcia: „Natürlich."

RGH News: „Erzählen Sie bitte, was an jenem besonderen Tag vorgefallen ist."

Sheriff John Garcia: „Wir konnten neben der vermissten Tanya Jameson noch zwei weitere Personen aus einem Kellerverließ retten. Dabei handelte es sich um Liz Cooper und Janet Havering. Bevor wir eintrafen, gab es eine Schießerei, bei der Jeff Torres tödlich verletzt wurde. Ein anderer Mann, Lewis Thompson, überlebte schwer verletzt. Eine Kugel durchschlug seinen Arm, und er hatte großes Glück, dass die Sanitäter früher als erwartet eingetroffen waren."

RGH News: „Und was passierte mit Alexander Reising?"

Sheriff John Garcia: „Als Alexander Reising Jeff Torres erschossen hatte, war er wohl kurz davor, auch Lewis Thompson umzubringen. Doch er flüchtete, als er das Polizeiauto hörte. Meine Kollegen Lester Russell und Jacob Maloney folgten ihm in ein Höhlenlabyrinth, welches Alexander Reising sehr gut kannte. Dort kam es zu einer erneuten Schießerei."

RGH News: „Mr. Maloney, mögen Sie weitererzählen?"

Officer Jacob Maloney: „Okay. Mein Kollege Lester und ich waren hinter Alexander Reising her, als dieser aus der Dunkelheit heraus erneut schoss. Die Kugel traf meinen Kollegen im Bauch, wir konnten ihm nicht mehr helfen. Alexander Reising trat sofort die Flucht an. Als er einen Ausgang erreicht hatte, lief er ohne sich umzublicken über die Straße. Ein Krankenwagen erfasste ihn, er war ebenfalls sofort tot."

RGH News: „Wie geht es Lewis Thompson?"

Officer Jacob Maloney: „Sein Zustand ist stabil. Und es gab noch eine Besonderheit, die wir Ihnen nicht vorenthalten möchten. Lewis Thompson hat einen Schlüssel in einer Quelle gefunden, der wohl von Alexander Reising dort deponiert worden war. Der Schlüssel passte in einen Kasten, den wir in einem verwaisten Haus einen Tag zuvor gefunden hatten. Es gehörte ebenfalls Alexander Reising. Im Inneren des Kastens fanden wir etwas sehr Merkwürdiges."

Sheriff John Garcia: „Richtig. Wir fanden einige Schalter in dem Kasten. Sie waren nur mit „Seenfärbung *Three Lake Bridge*" beschriftet. Dabei handelt es sich um ein paar Seen, die sich in der Nähe von Alexander Reisings Haus befanden. Mit diesen Schaltern konnte er bestimmen, in welcher Farbe und im welchen Zeitfenster sich die Seen färben, genaueres konnten wir jedoch noch nicht herausfinden. Es musste ein wahnsinnig großer logistischer Aufwand hinter alldem stecken, was der Mann über die Jahre geplant hat."

RGH News: „Vielen Dank, dass Sie uns für ein paar Fragen zur Verfügung standen."

Sheriff John Garcia: Wir danken ebenfalls für Ihre Aufmerksamkeit."

52 *Freitag, 22. Juli 2005*

Henry wachte auf. Um ihn herum war es dunkel, durch den Vorhang drang kein einziger Lichtstreifen. Einzig und allein die Ziffern des Radioweckers leuchteten in der Dunkelheit auf. Es war kurz nach halb neun. Megan schlief noch neben ihm, weshalb er die Bettdecke leise zurückschlug und sich auf Zehenspitzen aus dem Schlafzimmer herausschlich. In der Küche angekommen, bereitete er das Frühstück vor. Er schnitt das Brot, welches sie am gestrigen Tage im *Desert Market* gekauft hatten, auf und legte es auf einen Teller. Nach langen Überlegungen hatten sie sich dazu entschieden, das *Desert Valley* für ein paar Wochen zu schließen. Megan hatte einen gemeinsamen Urlaub mit Lewis, Janet, Liz und Tanya vorgeschlagen. Alle waren von der Idee begeistert gewesen, außerdem war es eine Möglichkeit für Liz, Jeffs Tod zu verarbeiten. Sie war sichtlich mitgenommen, aber wer wäre das auch nicht, wenn er so etwas erlebt hätte? Henry schaltete den Herd an und bereitete sechs Spiegeleier zu. Danach trug er das geschnittene Brot und die Eier herunter zum Pool. Dort deckte er den Tisch für sechs Personen. Megan hatte Liz, Janet, Lewis und Tanya zum Frühstück eingeladen. Als Henry wieder in Megans Küche stand, öffnete er eine Flasche Sekt und trug diese mitsamt den Gläsern ebenfalls hinunter zum Pool. Danach zog er sich seine Badehose an und sprang hinein. Das kühle Wasser umhüllte seinen Körper, er schloss die Augen und ließ sich einfach treiben. Ein paar Minuten später sah er Megan. Sie stand vor dem Pool und lächelte auf ihn herab. Er erwiderte das Lächeln.

»Komm rein. Das Wasser ist herrlich!«, sagte er.

»Aber sie kommen doch schon bald.«

Henry blickte auf seine wasserdichte Armbanduhr. Es war mittlerweile kurz nach neun.

»Ist doch egal!«, sagte er.

Es war tatsächlich egal. Vollkommen egal.

Epilog

»Schau mal, ein Haus.«

Larry zeigte auf eine Stelle tief im Wald. Im Schatten des dichten Blätterdaches lag ein Haus, es wirkte mysteriös.

»Wow«, erwiderte Brit nur.

»Ja. Lass es uns mal näher ansehen. Es sieht ziemlich alt aus.«

Larry schlug den Weg zu dem Haus ein. Unter seinen Füßen knisterten die Äste und die Blätter, die den Waldboden säumten. Zwei Minuten später hatte er besagtes Haus erreicht, Brit blieb ihm dicht auf den Fersen. Kurz darauf standen sie bereits vor der Eingangstür. Das morsche Holz knackte unter Larrys Schuhen, und für einen Moment glaubte er, die Stufen würden unter seinem Gewicht brechen. Sie hielten ihm jedoch stand. Er sah einen Klingelknopf an der Hauswand, auf dem ein Schild angeklebt war. Er beäugte es näher. „Alexander Reising", stand dort geschrieben. Er legte einen Finger auf die Klingel und drückte den Knopf. Im Inneren ertönte ein Glockenschlag, und plötzlich öffnete sich die Tür. Larry warf einen Blick in den Raum vor ihnen, entdeckte jedoch niemanden. Hatte sich die Tür etwa von alleine geöffnet?

»Hallo?«, rief Larry in die Dunkelheit hinein.

Er erhielt keine Antwort.

»Niemand zu Hause«, murmelte Brit.

»Es hat aber jemand die Tür geöffnet.«

»Bist du dir sicher?«

Larry sah sie stirnrunzelnd an.

»Ja, die Tür hat sich eben einfach geöffnet. Wieso?«

»Egal.«

»Dann lass uns das Haus einfach mal erkunden. Wenn die Tür schon offen ist...«
Sie verschwanden in der Dunkelheit...

ENDE

ALLE BÜCHER DES AUTOREN

SPURLOS

2005: Lewis, Janet, Jeff und Liz erhoffen sich ein Abenteuer, ein Wanderurlaub in den Bergen – genau nach ihrem Geschmack. Trotz einiger beängstigender Vorkommnisse während der Fahrt in die Berge entscheiden sie sich, zu bleiben. Als sie allerdings auf die Rucksäcke einer verschollenen Wandergruppe stoßen und nach und nach mysteriöse Anzeichen auf deren Verbleib finden, beginnt ein Albtraum, aus dem es kein Entrinnen zu geben scheint...

1995: Idyllische, weite Wälder und glasklare Seen. Nichts anderes wollen Marcel, Inge, Matthias, Gudrun, Alexander und Ralf, als sie sich dazu entscheiden, einen Urlaub in den Bergwäldern zu machen.

Doch dann verliert sich jede Spur von ihnen...

DAS GEISTERHAUS

Die vier Jugendlichen Marc, Blake, Jay und David wagen gemeinsam mit dem Einsiedler Joseph, Jays Bruder Danny und seinem Freund Neal einen Ausflug zu einem „Geisterhaus", um das sich zahlreiche Mythen ranken. Doch als sie eines nachts das Haus betreten, beginnt ein Albtraum, der nie zu enden scheint. Denn das Haus lebt. Und es sucht sich seine Opfer...

LAGER DER FINSTERNIS

Zehn Personen wachen in einer verlassenen Lagerhalle auf. Zunächst können sie sich nicht erklären, wie sie dort hingelangt sind. Doch als ein Teil der Gruppe auf ein System unterirdischer Gänge stößt, entfesseln sie ein Grauen, das die Grenzen jeglicher Vorstellungskräfte überschreitet.

AUF DÄMONENJAGD IM LAGER DER FINSTERNIS

Die Dämonenjäger Marcus Young und William Collister verbringen eine Nacht in der Lagerhalle, in der sich vor kurzer Zeit erst schreckliche Dinge zugetragen haben. Sie installieren eine Kamera, um die paranormalen Geschehnisse per Video zu dokumentieren. Als Marcus in einem der Räume auf eine apathisch wirkende Frau stößt und wenig später verschwunden ist, begibt sich William auf die Suche nach ihm. Die deutlichste Spur führt tief in den Wald...
Währenddessen läuft die Kamera. Und zeichnet schreckliche Dinge auf...

ARIZONA SPLASH

Bei der Eröffnungsfeier des *Arizona Splash*, einem riesigen Schwimmbad mit Außenpools, Saunas und Rutschen, werden zwei junge Leute entführt. Ihnen steht eine Nacht des Grauens bevor: im Inneren des Schwimmbades müssen sie sich nicht nur mit ihren sadistischen Peinigern auseinandersetzen, sondern auch mit einer Gefahr, die aus den Tiefen eines geheimen Kellerganges zu kommen scheint.

WILLKOMMEN IN KINMARK

Kurz vor Dienstschluss wird Officer Gilbert Smith zu einem Einsatz gerufen: der Fahrer einer Dodge Viper befindet sich nach einem Unfall auf der Flucht. Eine Verfolgungsjagd und ein darauffolgender Unfall führen den Officer über den Highway tief in die Solven-Hills und das beschauliche Dorf Kinmark. Je tiefer er in die Geheimnisse des Ortes vordringt, desto deutlicher wird ihm, dass er sich in einer tödlichen Falle befindet, aus der es kein Entrinnen zu geben scheint...

CAMP SEASIDES MÜHLENSCHATZ

Die vier Freunde Jaxon, Natalia, Maxwell und Laura freuen sich auf einen mehrtägigen Campingurlaub auf dem Gelände des *Camp Seaside*, einem Platz mit einem Badesee und einer alten Getreidemühle. Bei einem Rundgang im Wald entdecken sie einen Brief, der ihnen einen Schatz in den Tiefen der Mühle verspricht. Sie lassen sich auf die Suche ein - und beginnen damit ein Spiel, bei dem eine Menge Blut fließen wird. Denn im Inneren der Mühle lebt der Tod. Und er fordert seinen Tribut…

FENNERLEYS GRAUEN

Aus dem einst belebten Dorf Fennerley verschwanden vom einen auf den anderen Tag alle Einwohner spurlos. Ein sechsköpfiges Forschungsteam macht sich daran, den Begebenheiten auf den Grund zu gehen. Die Suche gestaltet sich als sehr schwierig – bis dem Team ein Durchbruch gelingt, der jedoch schwerwiegende Folgen zu haben scheint…

CRETHRENS – VERLOREN IN DER EISWÜSTE

Der jugendliche Oskar findet sich inmitten einer gigantischen Eiswüste mit neunzehn anderen Jugendlichen wieder. Schon bald erkennen alle, dass sie sich in einem perfiden Test befinden, bei dem es nicht nur um das blanke Überleben geht...

CRETHRENS – DIE FESTUNG VON GHIRON NAGH

Nach den Geschehnissen in der Eiswüste, die jeden einzelnen verändert haben, landen die Überlebenden mit einem Helikopter in einer verlassenen Stadt. Sie finden eine Karte und entscheiden sich dazu, zwei Orte aufzusuchen: eine mittelalterliche Festung und die unterirdische Stadt Ghiron Nagh. Alles scheint nach Plan zu laufen – bis das Schicksal wieder gnadenlos zuschlägt...

CRETHRENS – ODYSSEE NACH EHYGEA

Das Königreich Ehygea war einst ein Ort mit blühenden Landschaften, rauschenden Flüssen und endlosen Weiten. Eines Tages wurde der Ort von einer schrecklichen Katastrophe heimgesucht – seitdem besteht dieser nur noch aus finsterem Ödland. Die Überlebenden drängen nach und nach in die Geschichte des düsteren Ortes vor – und müssen feststellen, dass ein großer Kampf um Leben und Tod bevorsteht, der über die Zukunft des gesamten Planeten entscheidet.